KB100910

일러두기

1. 번역에 쓰인 원전은 2013년 중국 장강문예출판사에서 출간한 '이월하 문집' 제1판을 사용했다.
2. 맞춤법과 띄어쓰기는 한글 맞춤법과 외래어 표기법에 따랐다.
3. 한자는 우리말로 표기하고, 꼭 필요한 경우에만 괄호 속에 원음을 병기해 이해하기 쉽도록 했다.
   예 : 다이곤多爾滾(도르곤)
4. 인명과 지명은 우리말로 표기했다. 단, 이미 굳어진 표현은 원지음을 존중했다.
   예 : 나찰국羅刹國(러시아). 이후에는 '러시아'로 표기
5. 본문 중의 괄호 안에 뜻을 풀이한 것은 모두 옮긴이의 설명이다.

【제왕삼부곡】

중국 최고지도부가 선택한 최고의 역사소설

강희대제

2

얼웨허 역사소설

홍순도 옮김

더봄

小說 康熙大帝：二月河

Copyright ⓒ 2013 Eryuehe
Korean Translation Copyright ⓒ 2015 by theBOM Publishing co.

Korean edition is published by arrangement with Eryuehe
小說《康熙大帝》出刊根據與原作家二月河的約屬於theBOM出版社. 嚴禁無斷轉載複製.

소설《강희대제》의 저작권은 원작자 얼웨허와의 독점계약에 의해 출판사 '더봄'에 있습니다.
저작권법에 의해 한국 내에서 보호를 받는 저작물이므로 무단전재와 복제를 금합니다.

강희대제 2권

개정판 1판 1쇄 발행   2015년 6월 28일
개정판 1판 3쇄 발행   2015년 9월 25일

지은이   얼웨허(二月河)
옮긴이   홍순도
펴낸이   김덕문

펴낸곳   더봄
등록번호   제2015-000072호
주소   서울특별시 중구 을지로 12길 28, 207호(저동2가, 저동빌딩)
대표전화   02-2264-0148   **팩스**   02-2264-0149
전자우편   thebom21@naver.com
블로그   blog.naver.com/thebom21

ISBN 979-11-86589-02-1 04820
ISBN 979-11-86589-00-7 04820(전12권)

책값은 뒤표지에 있습니다.

칼을 차고 있는 소년 강희제
8살에 재위에 오른 강희는 집권 초반 실권이
없었다. 보정대신 오배가 섭정 역할을 했다.
오배의 세력을 물리치기 위해 몰래 무예 연습을
하던 시절의 모습이다.

효장문황후孝莊文皇后

1613~1687. 성姓은 박이제길특博爾濟吉特이다. 칭기즈칸의 후예인 그녀는 청 태종
홍타이지의 후궁이자, 홍타이지의 막내아들인 순치제의 생모이다. 시동생이자
황제를 꿈꾸던 다이곤多爾袞의 청혼을 받아들여 아들 복림福臨을 황제로 만든 철의
여인이었다. 순치제 연간 내내, 그리고 손자인 강희제가 재위하는 처음 25년 간
공동 섭정의 역할을 할 정도로 가공할 만한 정치적 힘을 가졌다.

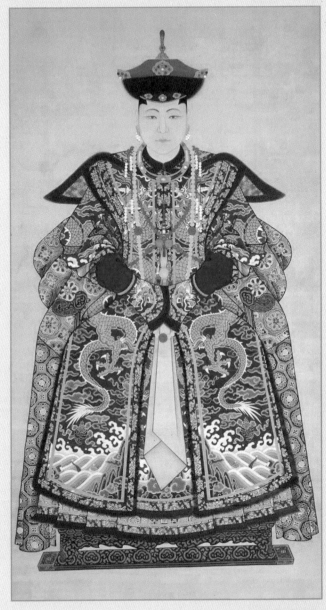

소마라고 蘇麻喇姑
강희제의 할머니인 효장문황후의 시녀 출신으로, 강희제 즉위 후부터 가장
가까이에서 모시며 환난을 같이 했다. 소설 속에서는 이루어질 수 없는 사랑으로
인해 불가에 귀의한 애틋한 비련의 주인공으로 묘사되었다.

1부 탈궁초정 奪宮初政

16장
칼을 가는 오배

강희가 자금성으로 돌아오자 장만강이 신무문에서 초조하게 기다리고 있다 마치 엎어질듯이 달려왔다. 그는 인사를 올리는 것도 잊은 채 발을 동동 굴렸다.

"폐하! 이러고 계실 시간이 없사옵니다. 큰일이 났사옵니다!"

강희가 온통 땀투성이에 누렇게 뜬 장만강의 얼굴을 일별하면서 황급히 물었다.

"무슨 일이야?"

장만강은 습관처럼 부산스레 주위를 살폈다. 수상한 사람이 없는 것을 확인하는 듯했다. 그런 다음 나지막하게 아뢰었다.

"오배가 폐하를 뵙겠다면서 문화전에서 떡 버티고 앉아 있사옵니다. 하늘이 두 조각이 나도 오늘은 꼭 폐하를 만나 뵈어야 한다고 고집을 부리고 있사옵니다. 일단 폐하께서 낮잠을 주무시고 계신다고 둘러댔사옵니다. 태황태후마마와 황태후마마께서도 무슨 일이 있더라도 폐하의 행적을 들켜서는 안 된다는 특별지시를 하셨사옵니다. 조금만 늦었더라면 큰일날 뻔했사옵니다."

강희는 순간적으로 으스스한 느낌에 몸을 부르르 떨었다.

"무슨 냄새를 맡은 것은 아닐까? 낮에 찾아오는 경우는 거의 없었는데."

강희가 잠시 머뭇거리다 다시 입을 열었다.

"짐이 낮잠에서 깨어나 어화원에서 몸을 풀고 있다고 전해. 볼일이 있으면 그쪽으로 오라고 해."

강희가 위동정을 의미심장하게 바라보면서 덧붙였다.

"자네도 짐을 따라오게. 같이 몸이나 풀어보자고."

어화원에서 오배를 만나려고 하는 것은 극본에 없는 강희의 임기응변이었다. 낮잠을 잔 흔적도 없이 황급하게 상서방에 가서 오배를 만났다 괜한 트집만 잡히는 것보다 그에게 다리품을 팔아 어화원으로 오게 하는 것이 더 낫지 않겠냐고 판단한 것이다. 오배가 목리마와 눌모를 데리고 현장에 나타났을 때 강희는 활시위를 팽팽하게 당기고 있었다.

오배는 어화원에 들어섰지만 인기척은 내지 않았다. 그저 미소를 지으면서 조용히 강희를 지켜봤다. 강희는 직감적으로 오배가 도착한 사실을 눈치채고는 갑자기 몸을 휙 돌렸다. 이어 오배가 있음직한 방향을 향해 시위를 당겼다 놓았다.

순간 오배의 얼굴을 향해 화살이 빠르게 날아갔다. 목리마가 비명을 지르면서 오배를 막고 나섰다. 그러나 그것은 공연한 객기를 부려본 것에 지나지 않았다. 도저히 막을 수 있는 상황이 아니었다. 눈 깜짝할 사이에 일어난 일이었다.

사람들은 깜짝 놀라 우왕좌왕했다. 하지만 정작 당사자인 오배는 침착하기 그지없었다. 못에 박힌 듯 제자리에 선 채 눈앞까지 날아온 화살을 여유 있게 손가락 사이에 움켜잡았다. 그러나 오배의 손가락에 끼인 화살은 살상용이 아니었다. 끝을 솜으로 단단히 묶은 것이었다. 강희는 활을 땅바닥에 내던지고 놀라게 해서 미안하다는 듯이 크게 웃은 다음 오배에게 다가갔다. 오배 역시 아무렇지도 않은 듯 애써 분노를 드러내지 않았다. 둘은 곧 마주보면서 하늘이 떠나가라 웃었다. 하지만 위동정과 목리마, 눌모는 여전히 놀란 가슴을 진정시키지 못했다. 어색하게 웃음을 짓기는 했으나 몽둥이로 뒤통수를 한 방 얻어맞은 것 같은 찜찜한 감정은 떨치지 못했다

강희가 손바닥에 배인 땀을 엉덩이에 쓱쓱 문질러 닦으면서 다가가자 오배가 껄껄 웃음을 터트렸다.

"폐하의 활 실력은 정말 놀라우시네요! 하마터면 이 늙은이가 심장병을 일으켜 비명에 갈 뻔했사옵니다!"

강희가 말을 받았다.

"그대는 진짜 대장군다워. 짐의 실력이야 그대에 비하면 장난이나 마찬가지지. 다 웃자고 한 일이니 많이 놀랐다면 미안하게 됐네. 아무튼 이리 와서 앉게."

강희가 정자로 올라가 오배에게 나무의자를 권하면서 물었다.

"무슨 급한 일이 있는가?"

오배가 소맷자락 속에서 둘둘 말려있는 종이를 꺼냈다. 그런 다음 공손하게 두 손으로 받쳐 내밀었다.

"평서왕 오삼계가 무호無湖 지역에 비축된 식량 이백만 섬을 군량미로 달라는 상주문을 보내왔사옵니다."

"짐은 명나라의 신종神宗황제를 본받아 태평성세의 천자가 되고 싶네. 웬만하면 보내주도록 해. 또 앞으로 이런 일은 그대가 알아서 처리하게."

강희가 대수롭지 않은 듯 덧붙였다.

"지금까지 이것보다 더 크고 중요한 일도 그대가 처리했을 것 아닌가. 더구나 이런 사소한 일로 짐을 반나절이나 기다릴 것은 없지 않은가?"

오배가 조심스럽게 아뢰었다.

"이백만 섬은 엄청나게 많은 양입니다. 소신 생각에는 능력 있는 대신 한 명을 현지에 파견해 감시하는 것이 바람직하지 않을까 생각되옵니다."

그러자 강희가 넌지시 물었다.

"그대 생각에는 누가 적격인 것 같나?"

오배가 미리 연습이라도 해둔 양 거침없이 대답했다.

"소인의 짧은 소견으로는 색액도 대인이 적임자가 아닐까 생각하옵니다."

강희는 겉으로는 아무것도 모르고 관심이 없다는 듯 처신했다. 그러나 내심은 전혀 그렇지 않았다. 당장 오배의 축 늘어진 볼기를 짓밟아버리고 싶을 정도로 가증스러웠다. 하지만 강희는 이미 웬만한 것에는 흥분하지 않을 수 있는 노련함을 일찌감치 키운 터였다. 그래서인지 그의 말에서는 느긋함과 여유가 잔뜩 묻어났다.

"며칠 전에 봉천奉天장군이 긴급 상주문을 보내왔네. 러시아가 외흥안령外興安嶺 일대에서 대거 불법 침입을 일삼는다고 했어. 그래서 우리 대청제국大淸帝國의 위엄을 보이기 위해 짐이 색액도를 그쪽으로 파견하려던 참이야. 우선 조금 지켜봐야 하겠지만 진짜 러시아가 물러가지 않으면 어쩔 수 없이 색액도를 투입해야 해. 색액도만큼 그쪽 지리와 형세에 밝은 사람이 없으니까 말이야."

오배는 두 눈을 부산하게 굴리면서 생각을 이어갔다.

'외흥안령은 살인적인 추위가 끊이지 않는 곳이야. 얼어 죽거나 전투

에 패해서 객사할 가능성도 없지 않지. 오히려 색액도를 그쪽으로 보내는 게 더 괜찮은 일인지도 몰라.'

언뜻 여기까지 생각이 미치자 오배가 다짜고짜 물었다.

"그러면 폐하께서는 무호에 누구를 보내실 생각이옵니까?"

"반포이선이 어떻소?"

강희가 반포이선의 이름을 입에 올렸다. 결코 물러설 수 없다는 의지를 내비치듯 두 눈을 똑바로 뜨고 오배를 노려보면서 노골적으로 도전하는 자세였다.

"그건 절대 아니 되옵니다. 업무상 반포이선은 자리를 비워서는 아니 되옵니다."

오배가 뜨거운 물에라도 덴 듯 화들짝 놀라면서 거듭 반대를 하고 나섰다. 강희는 속으로 코웃음을 쳤다.

"그 사람이 안 된다면 하는 수 없지. 알필륭이 수고해줘야겠군. 요즘 건강이 좋지 않아 반년 동안이나 집에서 쉬고 있는 것으로 알고 있으니까! 그대가 가서 전해주게. 경치 좋은 곳에 가서 요양도 할 수 있으니 일석이조인 것 같아."

오배가 알필륭을 대신 보내는 것에는 이의가 없다는 듯 흔쾌히 동의했다.

"오늘 중으로 폐하의 뜻을 전하겠사옵니다."

오배가 논의를 마치자마자 자리를 털고 일어서려고 했다. 그때 강희가 한마디 덧붙였다.

"오늘 소문대로 천하제일이라는 오 대인의 뛰어난 무예실력을 짐의 눈으로 확인했어. 참 대단하더군. 하지만 이대로 보내기에는 어쩐지 서운해. 이왕 온 김에 한번 눈이 번쩍 뜨이게 무예 시범이나 보이고 가지 않겠는가?"

"변변찮은 재주로 감히 폐하 앞에서 추태를 보일 수는 없사옵니다."

"짐이 괜찮다는데 뭐가 문제가 되겠어. 어서 실력을 발휘해 보게!"

강희가 망설이는 오배의 등을 무작정 떠밀었다.

"황공하옵니다."

오배는 그 한마디와 함께 어느새 구슬이 치렁치렁하게 달린 육중한 관모官帽를 벗어 목리마에게 던지듯 넘겨줬다. 이어 학 무늬 제복과 아홉 마리 맹수의 모습이 수놓아진 두루마기를 벗었다. 곧이어 비단으로 만든 그의 헐렁한 속옷이 드러났다. 그는 보기만 해도 무척이나 더워 보이는, 길게 땋아 내린 머리채를 목에다 감는 것도 잊은 채 목표물을 발견한 독수리처럼 열 손가락을 날카롭게 펴 보였다. 동시에 불꽃과 같이 이글거리는 두 눈을 매섭게 치떴다.

오배는 곧 온 세상이 떠나갈 정도로 우렁찬 기합소리와 함께 두 다리를 힘껏 굴렀다. 두 손으로는 옆에 있던 족히 250근은 넘어 보이는 바위를 번쩍 들더니 머리 위까지 올렸다. 그가 기합을 넣고 발을 구른 곳에는 빗물이 한 양동이는 족히 고일 정도로 바닥이 움푹하게 패였다.

모든 것은 순식간에 일어났다. 강희를 비롯한 사람들은 놀라움을 금치 못했다. 그 사이 오배는 한 손으로 바위를 머리 위에서 받쳐든 채 마치 요술 부리듯 몸을 몇 바퀴나 돌렸다.

강희는 입을 크게 벌린 채 다물 줄을 몰랐다. 그러나 오배가 부리는 묘기의 진수는 이제 시작되는 참이었다. 힘을 제대로 쓰지 않은 듯했다. 그래서인지 여유도 있어 보였다. 그가 갑자기 한 손으로 머리 위에 치켜든 바위를 힘껏 위로 던졌다. 이어 잽싸게 구르더니 땅바닥에 두 손을 펴고는 가만히 있었다. 사람들은 어안이 벙벙해졌다. 그 사이 그 육중한 바위는 오배의 손등을 정확히 겨냥하면서 떨어졌다. 사람들은 너무나 끔찍한 상상을 하지 않을 수 없었다. 자신들도 모르게 손으로 얼굴을 감싸 쥐었다. 하지만 그는 눈 하나 깜빡하지 않았다. 여유 있게 두 손을 홱 잡아 빼는가 싶더니 어느샌가 그 바위를 세 조각으로 갈라버 렸다. 그야말로 눈 감짝할 사이였다. 말할 것도 없이 두 손은 멀쩡했다.

위동정은 오배의 무예가 완전히 신의 경지에 이르렀다는 소문은 익 히 들어 알고 있었다. 하지만 이 정도일 줄은 정말 몰랐다. 그는 연신 경 악을 금치 못했다. 반면 목리마와 눌모의 표정은 그와는 아주 대조적이 었다. 강희도 크게 다르지 않았다. 눈이 휘둥그레져 있을 법도 했으나 그 순간 표정관리를 아주 잘하고 있었다. 흥미로운 표정으로 단향목檀 香木으로 만든 부채를 부치면서 침착하게 지켜보고 있었다. 오배가 땅에 서 잡히는 대로 돌멩이 두 개를 집어 손아귀로 움켜 잡았다. 마무리 동 작인 듯했다. 손아귀 속 돌멩이는 순식간에 가루로 변했다.

오배가 박수갈채를 귓전으로 흘린 채 손으로 옷을 툭툭 털면서 겉옷 을 챙겨 입었다. 이어 강희에게 공손하게 예를 올렸다.

"폐하께 실례가 안 됐는지 모르겠사옵니다."

강희가 부채를 접으면서 껄껄 웃음을 터뜨렸다.

"실례라니! 나라에 그대 같은 문무를 겸비한 장군이 있으니 짐은 오 늘부터 잠자리 걱정을 말끔히 잊겠네. 그대만 곁에 있으면 신변 보장도 확실히 될 것이니 말이야!"

강희는 이어 위동정을 바라보면서 덧붙였다.

"자네는 시간을 내서 무예에 소질이 있는 열여섯 살 전후 되는 소년 들을 몇 명 불러와야겠네. 그 친구들과 같이 짐도 무예연습을 좀 하고 싶네. 몸이 뻣뻣해서 애늙은이라는 소리를 들을까 두렵네."

"예, 폐하!"

위동정이 재빨리 대답했다. 그 순간 그는 힐끔 오배를 쳐다보는 것을 잊지 않았다. 오배는 이상한 낌새를 눈치채지 못한 것이 분명해 보였다.

"소인, 내일까지 불러오겠사옵니다."

그러자 오배가 나섰다.

"소인은 일곱 살 때부터 유명한 스승을 모시고 무예를 연마했사옵니다. 그럼에도 아직까지 별로 신통치가 않사옵니다. 그런데 폐하께서는 지금 시작하신다니 조금 늦은 것은 아닌지 모르겠사옵니다."

강희가 화답했다.

"그럼, 그럼! 생명이 오락가락하는 전쟁터에는 당연히 그대가 요긴하게 투입될 수 있을 것이야. 짐은 그냥 심심풀이로 몸을 푸는 것에 지나지 않아. 그대와 같은 수준에 이르겠다는 생각은 감히 못하지!"

알필륭은 흥분을 감추지 못했다. 오죽했으면 이게 꿈인가 생시인가 하고 수시로 볼을 꼬집었겠는가. 심지어 잠도 못 이루고 밤을 하얗게 지새우기도 했다. 마치 소풍을 앞두고 가슴 설레는 어린애가 따로 없었다. 무호로 파견된다는 공문이 그를 그렇게 만들고 있었다. 날이 밝으려면 아직 시간은 많이 남아 있었다. 그러나 그는 잠시도 가만히 있지 못했다. 짐을 쌌다 풀었다 하기를 몇 번씩이나 반복했다. 그런가 하면 하인들에게 돈을 듬뿍 줘서 뱃사공을 구하고 가르침을 줄 고문도 초빙하라고 지시했다. 지지리도 느리게 가는 시간은 거의 원수 같았다고 해도 좋았다. 그만큼 그의 눈에 북경은 완전히 시한폭탄 같은 곳이었다. 하루라도 빨리 떠나고 싶은 말썽 많고 탈 많은 '사람이 살 동네가 못 되는' 곳이었다.

그는 반년 동안이나 아프다는 핑계로 집에서 누워 있었다. 자연스럽게 어느 누구 편도 아닌 냉정한 제3자의 입장에서 시국을 먼발치에서 지켜볼 수 있었다. 그 결과 그는 천하의 진리를 다시 한 번 깨달았다. 조용한 전쟁터를 방불케 하는 숨막히는 암투가 벌어지는 자금성에서 줄 한번 잘못 섰을 경우 경을 치는 것은 자신과 같은 어중간한 대신들이 될 것임을 말이다.

그의 눈에 강희와 오배의 두 세력은 마치 거대한 돌풍과도 같았다. 반면 그 자신은 심심하면 한 대 후려갈기고 지나가는, 돌풍의 중간에 놓여 있는 힘없는 나무와도 같았다. 그는 어느 쪽도 가볍게 볼 수 없고 그렇다고 어느 누구에게도 붙을 수 없는 자신의 처지가 너무나 처량하다고 느꼈다. 하지만 그는 어디에도 붙지 않는 것이 자신에게 이롭다는 사실을 진작부터 알고 있었다. 두 갈래의 돌풍이 정면충돌하는 날에는 뿌리째 뽑혀 날아갈 것이 불 보듯 뻔했으니까 말이다.

알필륭은 세차게 머리를 흔들었다. 생각만 해도 소름이 끼쳤던 것이다. 오배와 반포이선은 그가 병을 핑계 삼아 누워 있는 동안 두 차례나 병문안을 왔다. 강희 역시 웅사리와 위동정을 두 번 보냈다. 그는 사람들이 왔다 갈 때마다 없던 병도 생겨날 것만 같아 착잡하고 불안했다. 또 애매모호한 말들을 던지고 표표히 사라지는 그들을 바라보면서 칠흑 같은 밤에 거친 바닷바람과 맞서 싸우는 외로운 뱃사공을 떠올리기도 했다. 당연히 천길 절벽에서 추락하는 것 같은 두려움에 사로잡혔다. 그런데 이 아슬아슬한 시기에 군량미 문제로 자신을 무호로 보내준다는 결정이 내려지다니! 그렇게만 되면 당당하게 북경을 떠날 수 있는 명분이 주어진 것이나 다름없지 않은가. 그로서는 흥분에 떨지 않을 수 없었다.

이튿날 아침 일찍 알필륭은 업무정리를 위해 건청궁으로 향했다. 곧 양심전으로 나오라는 성지가 날아들었다.

알필륭은 기운 없이 축 늘어진 흰 머리카락과 희끗희끗한 턱수염 사이로 드러난 초췌하고 누렇게 뜬 얼굴을 굳이 숨길 생각을 하지 않은 채 강희 앞에 무릎을 꿇었다. 강희는 마치 마른 나뭇가지를 방불케 하는 앙상한 알필륭의 어깨를 보는 순간 가슴이 찡했다. 몇 년 사이에 폭

삭 늙어버린 알필륭이었다.

'그래, 여기에서 간사하고 교활한 오배에게 비참하게 당하게 해서는 안 돼. 소극살합의 전철을 밟아서도 안 되고. 그러려면 보내는 것이 천 만번 잘하는 것이야.'

강희는 알필륭에 대해서는 감정이 나쁘지 않았다. 최소한 자신과 오 배 사이에서 중립을 지켜준 것만 해도 양심은 있다고 생각했다.

"그만 일어나 자리에 앉게!"

알필륭이 머리를 소리 나게 바닥에 조아린 다음 의자에 엉덩이를 반 쯤 붙이고 앉았다. 그는 그제야 강희의 뒤에서 늠름하게 지키고 서 있는 위동정을 발견했다. 그 아래에는 육경궁에서 온 낭심을 비롯한 몇 명의 시위들이 보무도 당당하게 떡 버티고 서 있었다. 그는 기에 눌려서 눈동 자를 아래로 깔았다. 바로 그때 강희의 목소리가 들려왔다.

"사람을 몇 번 보냈었어. 그래 건강은 어떤가?"

알필륭은 얼굴까지 붉히면서 당황한 표정을 지었다. 그러나 얼떨결에 일어나면서도 허리를 구부정하게 굽히는 것은 잊지 않았다.

"폐하께서 염려해주신 덕분에 원기를 완전히 회복했사옵니다!"

강희가 알겠다는 듯 머리를 끄덕였다.

"군량미 관계로 무호에 가는 것을 어떻게 생각하는가?"

알필륭이 황급히 대답했다.

"이 일은 결코 소홀히 할 수 없는 중대한 일이옵니다. 소인이라면 잘 처리할 수 있다고 자신하옵니다."

"아니야!"

강희는 뜻밖에도 무서운 표정과 단호한 어투였다.

"그대는 단 한 톨의 식량도 오삼계에게 줘서는 안 돼!"

알필륭은 깜짝 놀라 몸을 흠칫 떨면서 이유를 물어보려고 했다. 그러나 강희가 먼저 덧붙였다.

"오삼계가 왜 군량이 부족하다는 거야? 말도 안 돼! 소금은 기본이고 무기, 심지어는 화폐까지도 자체적으로 생산하잖아. 그런데 뭐가 부족하다는 거야. 운남성을 비롯한 서남쪽 네 개 성의 비옥한 땅에서 그깟 몇 십만 섬의 군량미도 마련하지 못한다는 말인가?"

강희는 알필륭이 무슨 반응이라도 보일 줄 알았다. 그러나 그는 아무런 반응 없이 어정쩡한 자세였다. 강희의 목소리가 더욱 높아졌다.

"오히려 식량이 부족한 곳은 북경이야! 북쪽 지방은 해마다 홍수 등 각종 재해로 수많은 백성이 굶어죽어 가고 있어. 인재人災도 없지 않고. 당치도 않은 소리야!"

알필륭은 전혀 생각지도 못한 '인재'라는 단어를 들먹이는 강희에게 속으로 탄복했다. 못 보는 사이에 안팎으로 진짜 많이 노련해져 있었던 것이다. 사실 평범한 집의 아이로 태어났더라면 강희는 참외서리 같은 것에나 열을 올릴 나이였다. 물론 그는 매일 공부와는 담을 쌓고 노는 것에만 빠져 있다는 비난은 받고 있었다. 그럼에도 확실히 뭔가 심상치 않은 구석은 있었다. 이를테면 겉으로 드러난 것에 현혹되지 않고 강한 투시력으로 진실을 간파하는 능력은 이만저만이 아니었다. 알필륭은 이런저런 생각을 하면서 강희를 힐끔 쳐다봤다. 순간 강희도 예리한 눈빛을 뿜어내고 있었다. 알필륭은 도저히 주체할 수가 없어 황급히 "예, 폐하!" 하고 대답해 버렸다.

"배불뚝이들이 더 거둬먹으려고 오히려 안달이야! 배 터져 죽으려고 환장을 한 모양이지?"

강희는 단단히 화가 난 표정이었다.

"그대는 이번에 무호로 가게. 가거든 일 년 내에 반드시 육백 만 섬의 식량을 만들어 운하를 통해 비밀리에 북쪽으로 보내줘야 해. 나머지는 짐의 지시를 따르고. 만약 운하가 막혔으면 돈을 들여서라도 뚫어야 해."

알필륭이 자리에서 일어나 허리를 굽히면서 대답했다.

"보정대신들이 물고 늘어지거나 평서왕이 직접 사람을 무호까지 파견해 막무가내로 나오면 어떻게 해야 하는지 폐하께서 분명하게 지시해 주셨으면 하옵니다."

"그거야 그대가 알아서 해야 할 일이 아닌가!"

강희가 덧붙였다.

"자고로 장군이 밖에서 일을 볼 때는 천자의 눈치를 안 봐도 된다고 했어!"

알필륭은 그만 말문이 막혀 버렸다. 강희가 알필륭의 속내를 짚어낸 듯 싸늘한 음성으로 말을 이었다.

"내가 뒤에서 힘껏 밀어줄 테니 다른 걱정은 하지 말고 팍팍 밀고 나가. 명심해야 할 것은 만약 그렇지 않고 다른 생각을 했다가는 짐이 그대를 그냥 놔두지 않을 것이라는 사실이야. 그리 알라고!"

말을 마친 강희가 탁자 앞으로 걸어가 붓을 휘갈겼다.

알필륭은 짐이 특별하게 파견하는 흠차이다. 군량미 문제 해결을 위해 무호로 떠난다. 어느 누구를 막론하고 간섭해서는 안 된다!

강희가 조서를 알필륭에게 직접 건네주면서 덧붙였다.

"어때? 이 정도면 훨씬 더 수월하겠지? 그대는 머리가 비상한 사람이니 나머지는 알아서 해!"

강희는 더 이상 할 말이 없다는 듯 입을 다물어 버렸다. 그러자 한참을 망설이던 알필륭이 마지못해 대답했다.

"폐하의 깊으신 뜻을 가슴에 아로새기겠사옵니다. 다만 시국이 겉으로는 평온한 것 같아도 남쪽은 뒤숭숭하니 폐하께서는 이 점을 고려하셨으면 하옵니다."

"듣던 중에서는 그래도 괜찮은 얘기군."

강희가 머리를 끄덕이면서 미소를 지었다.

"잘 알아들었다니 다행이네. 그만 가봐!"

17장
제자들을 키우는 권법의 달인

알필륭이 물러가자 강희는 건청궁으로 향했다. 손전신, 명주, 조봉춘, 목자후, 노새, 넷째 등은 일찌감치 월화문에서 기다리고 있었다. 그들은 멀리서 강희가 모습을 드러내자 약속이나 한 듯 일제히 꿇어앉았다. 손전신이 대표로 예를 올렸다.

"폐하께서 따분해하실까 봐 소인이 이들을 데려왔사옵니다."

강희가 명주 등을 둘러보면서 물었다.

"왜 이렇게 인원이 적은가?"

"폐하께서 분부하신 그대로이옵니다. 우선 몇 명만 불러오고 차차 데려오기로 한 것으로 기억하고 있사옵니다."

위동정이 대답했다. 강희는 그제야 목적이 드러나지 않도록 처음에는 몇 명만 데려오라고 했던 자신의 말을 떠올렸다. 이어 사람들을 손짓으로 불러 일일이 이름과 나이 등을 물었다. 강희는 그들 중 명주에게 유난히 관심을 표명했다.

"명주明珠라······ 참 좋은 이름이군. 그런데 손 안의 진주인가, 아니면 흙속의 진주인가?"

명주의 얼굴은 다소 굳은 표정이었다. 황제를 직접 만난다는 흥분과 긴장이 어우러져 아무래도 부담스러웠던 것이다. 그러나 강희가 처음부터 털털하게 나오자 놀라면서도 안심이 되는 모양이었다.

"소인은 폐하의 쟁반 속 진주가 되고 싶사옵니다!"

명주의 말에 강희가 머리를 힘차게 끄덕여 보이고는 넷째에게 다가가 물었다.

"항렬이 네 번째인가 보군?"

넷째는 위동정이 가르쳐준 대로 대답했다.

"노재의 본명은 학춘성郝春城이옵니다. 하지만 어릴 적부터 워낙 겁이 없었사옵니다. 거칠게 살기도 했사옵니다. 그래서 사람들이 하늘과 땅, 천자를 빼고는 무서워하는 것이 없다는 뜻에서 넷째라고 부르기 시작하였사옵니다!"

"무서워해야 할 것들은 분명히 알고 있다니, 됐네! 확실한 사람이구만!"

강희가 넷째에게서 얼굴을 거두고 나머지 사람들을 향해 물었다.

"노새가 누구인지 가까이 와 보게!"

노새는 황제가 갑자기 자신을 거명하자 황급히 뛰어나갔다. 그런 다음 흙먼지가 일 정도로 풀썩 무릎을 꿇었다. 쿵쿵 소리가 나게 땅바닥에 머리를 조아린 것은 자연스런 수순이었다.

"자네, 전에는 뭐하던 사람인가?"

"본전이 필요 없는 장사를 했사옵니다."

노새는 당황한 바람에 위동정이 침이 마르도록 가르쳐준 말을 까마

득히 잊어버리고 엉뚱한 대답을 하고 말았다. 순간 그와 위동정의 시선이 마주쳤다. 그제야 위동정이 가르쳐준 말이 떠올랐다. 그러나 이미 엎질러진 물이었다. 그는 조금이라도 실수를 만회해보려는 생각에서 앞뒤 잴 사이도 없이 한마디 더 덧붙였다.

"그러나 그것은 오래 전의 일이옵니다. 맹세하건대 최근에는 사람을 죽여본 적이 없사옵니다."

노새는 묻지도 않은 말에 자문자답을 쏟아냈다. 그것도 광기와 야성으로 얼룩진 자신의 과거였다. 위동정과 목자후는 노새의 말에 그야말로 눈앞이 캄캄해지며 진땀을 흘리지 않을 수 없었다. 순간 강희는 박장대소 했다.

"과거는 과거대로 묻어버릴 수 있는 게 진짜 사나이야! 어서 일어나게."

강희는 호탕하게 웃으면서 노새를 비롯한 여러 사람의 마음을 편안하게 해준 다음 위동정에게 눈길을 돌렸다.

"이 친구들은 보아하니 평생 선행과는 담을 쌓고 살아온 듯해. 어떤가?"

'선행과 담을 쌓았다'라는 말은 소설 《수호지》水滸誌에서 주인공 노지심魯智深이 전당강錢塘江 변에서 남긴 말이었다. 이후 세인들에 의해 많이 인용되고는 했다. 사실 정확하게 말하면 노지심은 '선행과 담을 쌓고, 아는 게 살인방화뿐이다'라는 말을 남겼다. 그런데 강희는 일부러 '아는 게 살인방화뿐이다'라는 다음 구절은 빼먹었다. 위동정은 강희의 마음을 잘 헤아릴 수 있었다.

"솔직히 명주만 빼고 다들 그렇다고 봐도 과언은 아니옵니다. 하지만 지금부터 폐하를 뫼시기로 한 이상 그런 기질을 좋은 쪽으로 발휘하도록 하겠사옵니다. 충심을 다 바쳐 보위할 것을 약속드리옵니다."

"좋았어!"

강희가 만족스런 표정을 지었다.

"자네는 지금 경사방에 가서 전하게. 오늘부터 한 달에 한 번씩 팔품八品의 녹봉을 이들 개개인에게 내려주라고 말일세."

강희는 명주 일행을 정식으로 받아들인다는 뜻을 흔쾌하게 피력했다. 그때 멀리서 장만강과 소마라고가 걸어오고 있었다. 강희가 서둘러 덧붙였다.

"이제부터 그대들은 당당한 궁중의 일원들이야. 그러니까 매사에 조심해야 해. 당분간 무기류는 휴대할 필요 없어. 그저 짐과 무예나 열심히 익히면 될 것이야. 위동정, 나머지는 자네가 알아서 하게."

강희는 말을 마치자 바로 양심전으로 향했다.

위동정은 강희가 멀리 사라지자 일행들을 불러 모았다.

"폐하의 분부를 잘 들었겠지? 오늘부터 여러분은 조정의 직무를 맡은 당당한 관리들이오. 손발이 근질거리더라도 무조건 자제해야 하오. 일거수일투족에도 각별히 신경을 써줘야 하오. 방금 들어서 알겠지만 폐하께서는 여러분을 나에게 맡겼소. 그런 이상 일과 관련된 것에는 형제의 의리 같은 걸 따지지 않겠소. 매정하고 치졸하게 보일지도 모르나 대의를 위해서는 어쩔 수 없다는 것을 이해해 주시오. 황궁에는 나 위동정의 힘이 닿지 못하는 곳이 많소. 그러니 그때 가서 나를 원망하지 말고 맡은 바 임무에 최선을 다하시오!"

위동정은 엄숙한 표정으로 당부를 했다. 모두들 숙연한 자세로 경청을 했다. 아니 딱 한 사람, 노새만은 예외였다. 그는 뭐라고 계속 입속말로 중얼거리고 있었다. 그러나 위동정은 그를 무시한 채 계속 말을 이었다.

"매일 진시辰時(오전 7~9시)와 신시申時(오후 3~5시)에는 각자 일정문日

精門과 월화문에서 당직을 서고 있다가 폐하께서 도착하시면 잘 모셔야 하오. 아니면 제자리에서 대기하고 있도록 하고. 다시 말하지만 조금 딱딱하고 간깐한 면도 없지 않소. 하지만 집에 돌아가면 우리는 모든 허울을 벗어던지고 일상으로 돌아가는 거요."

위동정은 곧바로 모두를 데리고 밖으로 나왔다. 그들이 월화문에 막 도착할 무렵이었다. 마침 건청궁에서 반포이선이 나오고 있었다. 양측은 정면으로 마주쳤다. 먼저 위동정을 발견한 반포이선이 걸음을 멈추고 아래위를 훑어봤다. 위동정은 황급히 한쪽 무릎을 반쯤 굽히고 인사를 올렸다.

"반 대인께 인사 올립니다."

반포이선은 위동정의 인사를 받고서야 살집 좋은 얼굴에 웃음기를 머금으면서 그를 일으켜 세웠다.

"위 군문軍門(장군에 대한 존칭), 우리 사이에 이럴 필요까지야 없지 않소? 괜히 서먹서먹하게 말이오. 그래, 어쩐 일이오?"

반포이선은 말은 부드럽게 하면서도 목자후 등을 부단히 곁눈질했다. 무척이나 신경이 쓰이는 눈치였다. 위동정이 그런 그의 태도를 간파했다.

"아, 이 친구들은 오늘 선발된 하급 시위들입니다. 폐하께서 심심해 하실까봐 무예에 소질이 있는 친구들을 몇몇 데려와 봤습니다."

반포이선은 위동정과 그의 일행을 실눈으로 저울질하다 이내 겉으로는 아무렇지도 않은 듯 호탕하게 웃었다. 이어 위동정의 어깨를 툭툭 치면서 칭찬을 했다.

"잘했소. 암, 그래야지! 보아하니 기품이 뛰어난 사람들 같군. 영웅호걸 감이네!"

"과찬이십니다. 무모한 짓이나 일삼으라면 선수겠으나 이 꼴을 해가지고 어느 세월에 영웅호걸이 되겠습니까!"

두 사람은 입에 침도 바르지 않은 채 속에 없는 말을 한참이나 했다.

다음 날이었다. 반포이선은 학수당으로 오배를 찾아갔다. 오배는 알필륭과 군량미 문제를 상의하고 있었다. 반포이선은 밖에 서 있을 수밖에 없었다. 한참 후 알필륭이 돌아갔다. 반포이선은 그제야 오배의 서재로 들어갔다. 자리에 앉자마자 그가 물었다.

"오 대인, 위동정이 데리고 온 그 애들은 뭐하는 애들입니까?"

오배는 알 듯 말 듯한 쓴웃음을 지었다.

"황제가 무예연습을 할 때 들러리 서는 애들이에요. 신경 쓸 것 없어요."

반포이선은 오배의 뭔가 명확하지 않은 말에 갈피를 잡지 못했다.

"무슨 꿍꿍이속이 있는 게 아닐까요?"

오배가 천천히 머리를 들어 시선을 창문 밖에 고정시켰다. 그러더니 차가운 표정으로 내뱉었다.

"기껏해야 우리 두 사람 모가지를 비틀겠다는 것 아니겠어요?"

"그렇다면……."

반포이선이 미간을 찌푸린 채 물었다.

"대인께서는 그걸 아시고서도 어찌 이토록 태평할 수가 있습니까? 미리 대책을 세우시지도 않으시고."

"그는 어쨌든 황제요."

오배가 두 눈을 반쯤 감고 몸을 의자 등받이에 기대면서 차가운 웃음을 흘렸다.

"내가 너무 손발을 꽁꽁 묶어두는 것도 명분이 서지 않아요. 그런 점에서 황제의 체면도 약간은 배려해줘야죠. 그 차원일 뿐이에요."

말을 마친 오배가 너털웃음을 터트리더니 말을 이었다.

"하지만 그 자식도 어지간히 웃기는 놈이오. 그까짓 조무래기들을 데리고 나를 어떻게 해보겠다는 거야, 뭐야? 조만간에 단단히 손 좀 봐줘야겠어요."

오배가 말을 마치자마자 옆에 놓인 찻잔을 으스러지게 잡았다. 잠시 후 오배는 갑자기 크게 웃으면서 찻잔을 반포이선 앞으로 내밀었다. 반포이선은 찻잔을 들어 살펴보다 기절초풍하듯 놀라고 말았다. 구리로 만들어진 찻잔에 다섯 개의 손가락 자국이 뚜렷하게 나 있었던 것이다!

한동안 무거운 침묵이 흘렀다. 반포이선이 구리 찻잔을 탁자에 올려 놓으면서 조심스레 입을 열었다.

"대인께서 선수를 치시겠다니 다행입니다. 또 모든 일은 감을 잡는 것이 중요합니다. 아무튼 그 자들의 속셈을 불 보듯 뻔히 알고 계시는 만큼 각별히 조심해야겠습니다."

"물론이오."

오배가 머리를 끄덕이면서 덧붙였다.

"그대의 말이 일리가 있어요! 그렇지 않아도 이미 목리마에게 융종문隆宗門을 지키도록 했어요. 또 눌모에게는 경운문景運門을 맡겼죠. 건청궁에도 열 명이 훨씬 넘는 우리 애들을 풀어 놓았어요. 어디 그 뿐인 줄 아시오? 창평昌平, 거용관居庸關, 문두구門頭溝, 풍대豊臺, 통주通州, 순의順義 등지의 수비군도 모두 우리 애들로 바꿨어요. 어떻소?"

"수비군만 바꾸는 것 가지고는 모자랄 것 같지 않습니까?"

"그렇기는 하나 지금으로서는 이게 최선이에요."

오배가 말을 이었다.

"한꺼번에 너무 요란하게 뒤집어버리면 병부兵部에서 눈치를 못 챌 리가 있겠어요? 병부가 알면 조정 내의 대다수가 안다는 것과 같소. 그렇게 되면 너무 위험하오."

"오 대인!"

반포이선이 그제야 의구심이 풀렸다는 듯 홀가분한 목소리로 오배에게 말했다.

"지금이 진시입니다. 아마 그자들이 무예연습을 하는 시간일 겁니다. 심심한데 산책 삼아 한번 가보는 게 어떻겠습니까?"

반포이선의 제안에 오배가 용수철 튕기듯 일어나면서 기분 좋게 대답했다.

"그러죠. 얼마나 대단한 무예들인지 오랜만에 눈요기나 좀 해보는 것도 나쁘지는 않을 테죠!"

두 사람은 얼마 후 자금성에 도착했다. 융종문으로 들어서자 알필륭이 건청문에서 두리번거리면서 안쪽을 살피는 모습이 보였다. 오배가 웃음 띤 얼굴로 반포이선에게 농담을 했다.

"저 어르신은 또 뭣 때문에 저렇게 안절부절 못하죠?"

"셋째를 호랑이 굴에 내버려둔 채 떠나려니 마음에 걸려서 그러는 것이 아니겠습니까?"

두 사람이 주거니 받거니 얘기를 나누면서 건청문으로 들어서자 안면이 있는 당직 시위가 비굴한 웃음을 지으며 굽실거렸다. 바로 그때 월화문 쪽에서 한바탕 치고 박고 웃고 떠드는 소리가 들려왔다.

"저리로 가 봅시다."

반포이선이 오배를 월화문 쪽으로 잡아끌었다.

그곳에서는 넷째와 조봉춘이 한 덩어리가 돼 뒹굴고 있었다. 옆에서는 강희가 흥미진진한 표정으로 구경을 하고 있었다. 둘이 펼치는 무예는 사실 무예라고 할 것도 없었다. 그저 무작정 밀치고 다리를 걸어 쓰러뜨리거나 눕히고 하는 것이 고작이었다. 동네 조무래기들의 패싸움이나 마찬가지였다. 그야말로 난리법석이 따로 없었다. 문 밖에서 그 모습을 엿보던 오배와 반포이선은 실소를 금치 못했다. 어이가 없었던 것이다.

"온 김에 들어가 보기나 하죠."

두 사람은 성큼 안으로 들어섰다. 강희는 전혀 인기척을 느끼지 못한 듯했다. 둘은 강희의 뒤에서 예를 올렸다.

"폐하, 오늘은 기분이 괜찮아 보이시옵니다!"

강희는 그제야 오배와 반포이선이 도착했다는 사실을 알았다. 그가 흥미진진한 표정으로 말했다.

"진짜 고수가 오셨네! 오 중당, 괜찮다면 내려가서 저 친구들과 심심 풀이 시합이나 해보는 것이 어떻겠나?"

오배는 흔쾌히 머리를 끄덕여 보였다. 이내 모자를 벗더니 제복을 그 대로 입은 채 넷째 등을 향해 두 손을 마주 잡은 채 높이 흔들어 보였다.

"여러분의 흥을 깨지는 않았는가 모르겠네. 그렇더라도 이 늙은이 잘 좀 봐 주게나."

오배는 진지하게 두 다리를 벌리고 섰다. 그런 다음 천천히 무릎을 굽 혔다 폈다 반복하면서 기를 모았다. 위동정 역시 노새 등을 향해 겁먹 을 것 없다는 듯 손짓을 하면서 물었다.

"누가 오배 대인과 한번 겨뤄 보겠는가?"

언제나 충동적이고도 치밀하지 못한 노새가 이번에도 가장 먼저 뛰쳐 나왔다. 그 다음에는 더 천방지축이었다. 마치 싸움소마냥 으르렁거리 면서 열 손가락을 갈고리 모양으로 만든 채 앞뒤 재지도 않고 오배에게 덤벼들었다. 그러나 기습 공격으로 오배를 쓰러뜨려보려던 노새의 생각 은 오산이었다. 그는 그 사실을 이내 뼈저리게 느꼈다. 그의 두 손바닥 이 가 닿은 오배의 가슴팍은 마치 육중한 바윗돌 같아서 촉감부터가 달랐던 것이다. 뿐만 아니었다. 용수철처럼 튕겨지는 탄력 또한 만만치 가 않았다. 노새는 이게 사람 몸이냐는 생각에 잠깐 얼이 빠지고 말았다. 그 사이 오배는 종이를 구겨서 내던지듯 순식간에 노새를 움켜 잡더니 한 장丈(약 3미터) 밖으로 내던졌다. 당연히 노새는 엉덩방아를 쿵 찧었다. 체면이 완전 말이 아니었다. 악에 받친 그는 이를 악문 채 다시 일어나 오배를 노려봤다.

위동정은 그림자처럼 강희의 옆을 지키고 있었다. 강희가 왼쪽으로 가면 왼쪽으로 따라가고, 또 오른쪽으로 움직이면 일정한 간격을 두면서 놓치지 않고 움직였다. 단 한 순간도 긴장의 끈을 놓지 않았다. 반포이선은 그런 위동정을 눈여겨보면서 생각했다.

'이 자식 눈치 하나는 끝내주는군! 셋째의 신변이 위태로운 줄을 아는 것을 보니.'

노새의 엉덩이는 된통 수난을 당했다. 그러자 목자후를 비롯한 넷째, 조봉춘 등이 시선을 교환하더니 한꺼번에 덤벼들었다. 그러나 오배는 껄껄 웃으면서 넷째 등을 마치 지렁이 보듯 했다. 동시에 여유 있게 시까지 읊기 시작했다.

성동격서聲東擊西의 귀재에게 공연한 객기를 부리지 말라.
거대한 돌풍이 불어 닥친들 눈 하나 깜짝하지 않을 터이니…….

오배는 시를 읊으면서 한편으로는 이리저리 손을 휘저었다. 덤비라는 시늉이었다. 그러나 그 기세에 눌렸는지 좌중에는 누구 하나 감히 대적하려는 사람이 없었다.

하지만 단세포처럼 단순한 성격인 노새는 달랐다. 연이어 엉덩방아를 찧은 것이 너무 분해 도저히 못 참겠다는 듯 또다시 덤벼들었다. 순간 오배가 180도 공중회전을 했다. 그러자 그의 치렁치렁한 머리채가 바람을 일으켰다. 머리채는 독사마냥 좌중 사이를 꿈틀거리면서 휘젓고 다녔다. 노새가 어쩌다 운 좋게 그 머리채를 홱 움켜잡았다. 동시에 승리를 거머쥐기라도 한 듯 흥분하면서 소리쳤다.

"오 대인, 꼼짝 말……."

그러나 그의 말이 채 끝나기도 전에 오배가 힘껏 머리를 가로저었다. 그러자 노새는 마치 소꼬리에 붙어 있던 파리처럼 사정없이 땅바닥에 내리꽂히고 말았다. 어깨가 먼저 땅에 닿았으니 망정이지 하마터면 대형 사고가 날 뻔했다. 그럼에도 노새는 좀체 기가 죽지 않았다. 정말이지 근성 하나는 대단했다. 씩씩거리면서 다시 일어난 그가 오배에게 욕설을 퍼붓기 시작했다.

"어디에서 굴러온 똥돼지인지 힘도 좋군. 어디 한번 누가 이기나 끝까지 해보자!"

노새는 전신을 파고드는 아픔도 잊은 채 또다시 덤벼들었다. 두 눈에 쌍심지를 켠 채였다.

오배는 무식하고 무례한 노새와는 더 이상 창피하게 싸우고 싶지 않은 모양이었다. 자신을 향해 달려드는 노새를 향해 긴 소맷자락을 한 번 휘둘렀다. 노새는 소맷자락이 일으키는 바람에 또다시 마른 지푸라기처럼 몇 발짝 뒤로 밀려나더니 바닥에 쓰러지고 말았다. 오배가 이번에는 아예 노새를 폐인으로 만들어버릴 기세로 앞으로 다가갔다. 그때 눈치 빠른 목자후가 재빨리 오배를 가로막고 나섰다.

"대인, 저희가 멋모르고 까불었습니다!"

그제야 오배는 거드름을 피우면서 강희를 향해 읍을 했다.

"불경을 저질러 황송하옵니다."

강희는 주먹을 휘두르지도 않고 가지고 노는 듯이 노새를 넘어뜨리는 오배의 실력에 적잖이 놀랐다.

"그대가 사용한 권법이 도대체 뭔가? 정말 대단하군."

오배가 두 손을 맞잡은 채 엉뚱하게 대답했다.

"소인은 알필륭 대인을 바래다줘야 하옵니다. 어쩔 수 없이 그만 자리를 떠야겠사옵니다."

오배는 찬바람을 일으키면서 반포이선을 데리고 자리를 떠났다. 강희의 반응 따위는 무시하겠다는 태도였다. 강희는 여러 사람 앞에서 보기 좋게 체면을 구기고 말았다. 그러나 황제 체면에 화를 낼 수는 없었다. 그저 억지웃음이라도 지어보여야 했다.

"갈 사람은 가고 우리끼리라도 재미있게 놀아보세!"

"흥! 말하지 않는다고 누가 모를까?"

위동정이 멀리 사라지는 오배를 쳐다보면서 콧방귀를 끼었다. 이어 가소롭다는 듯 덧붙였다.

"방금 오배가 보여준 권법은 바로 '첨의십팔질'沾衣十八跌이라는 권법이 틀림없사옵니다. 상대가 자신의 옷에 닿는 순간에 쓰러진다고 해서 붙여진 이름이옵니다. 오랜 기간 연마하지 않으면 불가능한 내공이기도 하옵니다. 그러나 사람을 골병들게 할 수는 있어도 치명적이지 못하다는 약점을 가지고 있는 줄로 알고 있사옵니다."

위동정은 정말로 오배가 펼친 권법에 대해 어느 정도 알고 있는 모양이었다. 강희는 그 사실에 다소 위안을 느꼈는지 흐뭇한 표정을 지었다.

"자네, 그런 것도 알고 있었나?"

위동정은 강희의 과도한 칭찬에 몸 둘 바를 몰라 했다. 그러면서 권법에 대한 설명은 그치지 않았다.

"알고 있다고 할 것도 없사옵니다. 그저 귀동냥을 조금 했을 따름이옵니다. 오배의 실력에 비하면 새 발의 피라고 해도 과언이 아니옵니다. 물론 그렇다고 오배의 실력도 대단히 뛰어나다고 하기는 어렵사옵니다. 사용표 어르신의 말로는 태의원太醫院(황실의 의약을 담당하는 기관)에서 일하는 호궁산胡宮山이라는 사람이 이 권법의 달인이라고 하옵니다. 오배도 상대가 안 된다고 하옵니다."

위동정과 일행은 오배에게 한바탕 당했다는 생각에서 좀체 헤어나지 못했다. 모욕감에 내내 기분도 좋지 않았다. 결국 강희의 명령에 따라 해산한 다음 숙소로 돌아왔지만 황제 앞에서 밑천을 모두 다 드러내 보였다는 자괴감에 계속 시달렸다. 다들 입을 꾹 다물고 멍하니 앉아 있기만 했다. 그러다 노새가 예의 성질대로 분노를 터뜨리기 시작했다.

"정말 재수 옴 붙었어. 어디서 굴러온 개뼈다귀인지 거만하기가 이를 데 없더군. 황제도 안중에 없는 무례한 자식 같으니라고!"

목자후가 그의 말을 즉각 반박했다.

"인정할 것은 인정해야 해. 우리가 현재는 그 자의 발뒤꿈치에도 못 따라가는 것은 엄연한 사실이야."

그때 사용표가 문을 열고 들어섰다. 좌중은 연장자인 그가 들어오자 약속이나 한 듯 자리에서 일어나 인사를 올렸다. 위동정이 먼저 입을 열었다.

"오늘은 정말 쥐구멍에라도 들어가고 싶은 심정입니다."

사용표가 거두절미한 위동정의 자조 섞인 말에 영문을 몰라 자초지종을 물었다. 위동정은 오배에게 당한 일을 자세히 털어놓았다.

"음! '첨의십팔질'이라면 별 거 아닌 것 같으면서도 절대 방심해서는 안 되는 권법이지."

이번에는 명주가 나섰다.

"형이 태의원 호 아무개가 이 권법의 달인이라고 말하지 않았어? 그 사람을 데려다 한 수 배워보는 게 어떨까?"

위동정이 명주를 힐끔 째려봤다. 말이 되느냐는 태도였다.

"말이 쉽지! 어느 세월에 그걸 익혀?"

오배에게 당한 분함을 못 이겨 저마다 볼멘소리를 계속하고 있을 때였다. 하인이 급히 달려와 아뢰었다.

"장 공공께서 당도했습니다!"

하인은 허둥대며 어쩔 줄을 몰라 했다. 위동정이 그 모습을 보면서 빙그레 웃었다.

"그 양반이 호랑이라도 데리고 오나? 뭘 그리 쩔쩔매? 어서 들어오시라고 하지 않고 뭘 해!"

하인이 더듬거리면서 한마디 더 덧붙였다.

"성지를 전하러 왔다고 합니다!"

위동정은 성지라는 말에 튕기듯 자리에서 일어서면서 황급히 명령했다.

"어서 성지를 받을 탁자를 준비하라!"

위동정은 서둘러 태감 장만강을 맞이하기 위해 밖으로 나갔다. 장만강은 나름대로 격식을 갖춘 다음 성지를 읽어 내려가기 시작했다.

"짐이 잠시 주의를 게을리하다 감기에 걸렸노라. 위동정은 속히 태의원 호 아무개를 입궁시켜 짐을 치료하도록 하라!"

위동정은 엎드린 채 성지를 전해 들었다. 전혀 뜻밖이어서 대답은 한참 후에야 나왔다.

"성지聖旨를 받들겠사옵니다!"

위동정과 장만강은 서로 성지를 주고받은 다음 각자 손님과 주인 자리에 앉았다. 장만강이 그제야 궁금한 듯 물었다.

"조금 전 성지를 받는 태도가 약간 이상해 보였습니다. 무슨 일이 있는 겁니까?"

위동정이 대답했다.

"폐하께서 태의泰醫를 부르시는 것은 자주 있는 일입니다. 그런데 굳이 괜한 의심을 불러일으키면서 제가 다녀올 필요까지 있겠느냐는 거죠."

장만강이 히죽 웃었다.

"그건 불필요한 걱정입니다. 폐하께서는 호궁산의 이름도 제대로 모르십니다. 그래서 혹시 다른 사람을 보냈다가 사람을 오인하는 실수를 할까봐 염려하셨습니다. 위 군문을 보내려는 것은 바로 그래서입니다. 물론 나도 동행하니 걱정하지 마십시오."

위동정은 장만강의 설명을 듣고서야 새삼 강희의 치밀함에 감탄했다. 그가 뒤늦게 차를 대접하려고 하인을 불렀다. 그러자 장만강이 급히 자리에서 일어섰다.

"아니, 차 마실 시간이 없습니다."

장만강은 곧장 위동정과 함께 서둘러 태의원으로 갔다. 목자후도 눈치가 제법 빠른 편이었다. 위동정이 성지를 받을 때 밖에서 본의 아니게 엿들은 바도 있었다. 그가 고개를 갸우뚱하면서 이상하다는 표정으로 입을 열었다.

"이상하네? 방금 전까지 멀쩡하시던 폐하께서 갑자기 왜 감기에 걸리셨지?"

넷째가 목자후의 말을 대수롭지 않게 받았다.

"그럴 수도 있는 거지. 한치 앞도 내다볼 수 없는 게 사람이니까!"

하지만 명주는 뭔가 짚이는 것이 있는 모양이었다.

"여러분들이 '첨의십팔질'이니 뭐니 해가지고 안달이 나 화병이 나신 거 아냐?"

넷째 등은 명주의 말에 조금 전 자신들이 오배한테 당했을 때 강희가 보여줬던 표정을 떠올렸다. 충분히 그럴 가능성이 있다는 생각이 들었다. 그들은 갑자기 입을 꾹 다물고 말았다. 그때 사용표가 어색하고 딱딱한 분위기를 돌려 보려는 듯 입을 열었다.

"호궁산 그 사람 정말 대단한 사람이야. 예전에 풍대에서 그 사람의 실력을 보고 혀를 내두른 적이 있다고. 위 군문도 아마 그때 나한테서 호궁산에 대해 들었을 거야!"

명주는 무예에는 완전히 문외한이었다. 그러나 눈치 하나만큼은 둘째 가라면 서러워할 사람이었다. 그가 한동안 침묵을 지키더니 천천히 입을 열었다.

"너희들이 오늘 개망신만 시키지 않았더라도 이런 일은 없었을 것 아냐! 동정 형이 아까 성지를 선뜻 받아들이지 못한 것을 보면 모르겠어?"

명주가 계속 목자후 등을 물고 늘어졌다. 당연히 듣는 사람들은 기분이 좋을리가 없었다. 다들 어색하게 눈치나 살피고 있을 때였다. 넷째가 더는 못 참겠다는 듯 나섰다.

"방금 머쓱하게 동정 형한테 한방 얻어먹은 사람이 누구더라? 하도 계집애처럼 놀아 수염조차 없는 턱을 하고 있었는데 말이야."

좌중의 사람들 중에서 수염을 기르지 않은 사람은 명주뿐이었다. 물론 넷째의 조롱은 악의가 있다고 하기는 어려웠다. 그저 승부에서 진 허탈함을 조금 달래보자는 안타까움의 발로라고 해야 했다. 명주가 넷째를 어이없다는 듯 바라보면서 고개를 저었다.

"좋아, 다 좋아. 문제는 아까 뭔가 말 못할 속사정이 있는 것 같았어. 너희들은 잘 모르겠지만 동정 형은 털털한 것 같으면서도 치밀하고 섬세한 구석이 있다고. 우리 같은 사람들은 발뒤꿈치에도 미치지 못해."

넷째가 여전히 히죽히죽 웃으면서 말했다.

"너처럼 제갈공명 같은 사람도 예측불허라는 게 있어? 도대체 동정 형을 짓누르고 있는 골칫거리가 뭐야?"

명주는 사사건건 자신을 걸고넘어지는 넷째의 빈정거림이 이제는 아무렇지도 않았다. 완전히 만성이 됐다고 할 수 있었다. 그가 아무렇지도 않은 듯 부채를 펴들고 자리에서 일어섰다. 이어 무게를 한껏 잡고 방안을 서성거렸다. 노새는 평소에 말끝마다 자신들을 은근히 무시하는 명주가 괘씸했다. 한바탕 화를 내려고 했다. 그러나 꾹꾹 눌러 참으며 명주의 사설을 들었다.

"장님 코끼리 만지듯 황제의 뜻에 대해 아무렇게나 왈가왈부하는 것은 말할 것도 없이 바람직하지 않아. 그러나 내 생각에는 별 볼 일 없는 우리를 갑자기 불러들인 것은 답이 너무나 뻔한 수수께끼야. 분명 뭔가 큰일을 벌이려고 작심한 것 같아. 그런데 뜻대로 안 되니까 다급할 수밖에!"

"그게 우리 때문이라는 거야? 우리가 뭐가 어때서? 듣자듣자 하니까 거 참 기분 더럽게 말하네."

노새가 끝내 분통을 터뜨렸다.

"네가 잘났으면 얼마나 잘났어? 치사하게 아부나 하고 다니는 재주는 있는지 모르지만!"

"아무튼 나는 걸레쪽처럼 내팽개쳐진 적이 없어. 또 엎어져서 흙을 주워 먹은 적은 더더군다나 없지."

명주는 노새의 거친 말 따위는 전혀 개의치 않고 말을 이었다.

"나는 구질구질하게 입방아만 찧으면서 시간을 죽이는 것은 질색이야. 그러나 어쨌든 나는 너와는 달리 선비야!"

"뭐라고? 아무짝에도 쓸모없는 선비 주제에 감히 나를 우습게 봐? 억울하면 한번 덤벼 봐. 자, 자! 덤비라고!"

노새는 화를 주체하지 못했다. 금방이라도 눈에 쌍심지를 켜고 덤벼들 자세였다. 그러자 목자후가 더는 봐줄 수 없다는 듯 노새를 잡아당기면서 말리자 욕설을 퍼부었다.

"이 미친 놈! 가흥루에 가서 계집을 붙잡고 멋지게 한번 놀아볼 재주도 없는 놈이 겁도 없이 큰소리를 치기는! 불만이 있으면 말로 해, 말로!"

명주는 놀랍게도 의연했다. 노새가 아무리 길길이 날뛰어도 안색 하나 흐트러지지 않았다. 그가 예의 당당한 목소리로 사용표를 가리키면서 말했다.

"정 손이 근질거리면 당당하게 사 어르신과 한번 겨뤄보지 그래. 네가 이기면 나 명주가 깨끗하게 승복하지! 내가 보기에는 우리 사 어르신의 실력도 만만치는 않아. 너희들이 다 같이 덤벼도 못 당할 걸?"

"그래 좋아! 한번 붙어보자. 그런데 만약에 우리가 이기면?"

"두 말할 것도 없이 나는 네가 말한 소위 아부나 하고 다니는 치사한 인간이 되는 거지. 그러나 만약 너희들이 지면 어떻게 할 거야?"

"그렇다면 우리도 깨끗이 결과에 승복하지. 사 어르신을 스승으로 모시겠어!"

사용표는 처음에는 젊은이들끼리 괜히 티격태격하면서 입씨름을 벌이는 줄로만 알았다. 빙그레 웃고만 있었던 것도 다 그 때문이었다. 그러나 나중에는 자신까지 끌어들여 치고 박고 싸우자 처지가 아주 애매해졌다. 그는 도리 없이 황급히 중재를 하려고 나섰다.

"두 사람 모두 할 말이 궁하기는 궁했나 보군. 죄 없는 노인네를 끌어들이는 것을 보니!"

명주가 화해를 권하는 듯한 사용표의 말을 듣고는 목자후의 옷자락을 잡아당겼다.

"사 어르신은 보시다시피 말장난을 하는 사람이 아니야. 진짜 대장부는 이렇게 입이 무거워야 한다고. 남자가 촐싹대는 것처럼 꼴불견이 어디 있겠나!"

명주가 한 번 크게 웃고 나서 다시 말을 이었다.

"호형호제하는 사이에 간혹 토닥거리고 싸울 때도 있는 거지. 방금 있었던 일은 좋게 받아들이자고! 그건 그렇고 너희들 한번 통쾌하게 사 어른과 무예를 겨뤄볼 생각은 정말 없는 거야? 나 같으면 그 실력에 겁 날 게 없겠는 걸!"

명주는 완전히 병 주고 약 주고 하면서 부채질을 했다. 그럼에도 목자 후 등은 통 갈피를 잡지 못하는 눈치였다. 얼핏 들으면 격려 같기도 했 으나 다시 생각하면 놀리는 것처럼 들리기도 했다. 오리무중이 따로 없 었다. 목자후는 말싸움으로는 명주와 상대가 안 된다는 것을 깨닫고는 한참만에야 쑥스러운 표정으로 뒤통수를 긁적였다.

"정 그렇다면 어르신과 겨룬다고는 하지 맙시다. 건방지고 무례하기는 하지만 서로 한번 몸이나 풀어보는 정도로 하죠!"

사용표는 난처했다. 젊은이들 싸움에 어정쩡하게 말려든 꼴이었다.

"늙은이 주제에 채신머리없이 나서는 것은 정말 싫어. 하지만 이 늙 은이의 추태를 구경하는 것이 정 소원이라면……. 아무튼 잘 부탁하네, 젊은 친구!"

사용표가 곧장 겨루기 자세를 취했다. 이어 몸을 솜털처럼 가볍게 놀 리면서 덧붙였다.

"공격을 해보게!"

노새가 손바닥을 붙여 손가락을 날카로운 비수 모양으로 쫙 펴 보였 다. 곧 그의 입에서 우렁찬 기합소리가 터져 나왔다. 동시에 그가 쏜살 같이 사용표의 허리께를 향해 공격해 들어갔다. 처음부터 지나치게 공 격적이었다. 명주를 포함한 좌중의 사람들은 갑작스런 그의 공격에 깜 짝 놀랐다. 아까 황궁에서 오배와 맞붙었을 때는 맥도 못 추던 그가 아 닌가. 그런데 잠깐 사이에 이렇게 달라질 수 있다는 말인가! 명주는 머 리를 갸우뚱했다.

하기야 무예에는 까막눈인 명주가 오배의 권법과 사용표의 권법이 전혀 다르다는 사실을 눈치챌 리가 없었다. 게다가 노새로서는 사용표와의 대결은 전혀 부담이 없었다. 아까는 강희한테 잘 보이려고 엉뚱한 데 신경을 쓰다 보니 긴장해서 기량을 마음껏 발휘하지 못한 면도 있었다.

예상대로 사용표는 대단했다. 난세를 살면서 강호 바닥에서 잔뼈가 굵었다고 해도 과언이 아니었으니 그럴 만도 했다. 젊은이의 충동을 미소로 받아들이면서 여유롭게 대처해 나갔다.

사용표의 예리한 눈에는 노새의 허점이 그야말로 적나라하게 보였다. 무엇보다 뒷심이 부족하고 기본적인 훈련이 결여되어 자세가 엉터리였다. 그는 노새를 가만히 놔뒀다가는 슬슬 기어오를 것으로 생각했다. 그래서 우선 두어 번 가볍게 몸을 흔들어 보였다. 이어 잽싸게 솟구쳐 오르면서 순식간에 노새의 등허리를 걷어찼다. 순간 노새는 마치 딱딱한 방망이에 얻어맞기라도 한 듯 휘청거리더니 우당탕 쓰러졌다.

목자후와 넷째가 사용표의 실력을 간파하는 데는 오랜 시간이 걸리지 않았다. 둘은 노새가 이길 확률이 전무하다는 판단이 서자 바로 끼어들면서 공손히 머리를 숙였다.

"도저히 안 되겠네요. 저희 세 사람이 한꺼번에 덤벼보겠습니다."

사용표는 희미한 미소로 목자후의 제안을 받아들였다. 그러자 세 사람은 서로 시선을 주고받더니 하늘이 떠나갈 듯한 고함소리를 내질렀다. 동시에 손가락을 갈고리처럼 꺾더니 사용표를 향해 덮쳐갔다. 셋의 기세는 정말 놀라웠다. 마치 사용표를 갈가리 찢어 버릴 것만 같았다. 하지만 그것도 잠시였다. 셋은 갑자기 몸을 날려 오른쪽, 왼쪽, 가운데 세 측면에서 사용표의 가슴팍을 걷어찼다. 척 봐도 셋이 즐겨 쓰는 전법이라는 사실을 알 수 있었다. 손발 역시 착착 들어맞았다. 위력은 말할 것도 없었다. 나름 치명적이라고 할 만했다. 하기야 기본적인 실력이 있었으니 과거 관동사걸關東四杰 중의 한 명이라는 동태세東太歲라는 사람도 그런 식으로 그들의 발에 채여 피를 토하고 죽었을 터였다.

사용표는 상황 파악이 무척 빨랐다. 당황하는 기색도 전혀 없었다. 오히려 일부러 가슴을 쭉 펴고 기다리듯 셋의 발길을 받아들였다. 주변의 구경꾼들은 비명을 지르면서 눈을 질끈 감았다. 그러나 오히려 쿵! 하는 육중한 소리와 함께 땅에 널브러진 것은 엉뚱하게도 세 사람이었다. 셋은 철판을 연상케 하는 사용표의 몸에 부딪혀 용수철처럼 튕겨나갔다. 그들 엉덩이 밑에는 세 개의 웅덩이가 패였다.

세 사람은 아픈 다리를 질질 끌면서 오만상을 찌푸린 채 사용표 앞에 죄인처럼 섰다. 이어 스승으로 모시겠다면서 공손하게 꿇어앉았다. 그러나 사용표는 아무것도 아니라는 듯 셋을 일일이 일으켜 세우면서 자상한 어조로 말했다.

"사내 녀석들이 못나기는! 그까짓 걸 가지고 웬 울상인가?"

그제야 명주가 나섰다.

"이게 다 누구 덕인 줄은 알지? 내가 붙여주지 않았더라면 이런 훌륭한 스승님을 모실 수 없었을 거 아닌가!"

세 사람은 처음과는 달리 명주의 말에 그다지 신경을 쓰지 않는다는 듯 씩 웃었다. 한참 후 역시 명주가 사용표에게 물었다.

"사 어르신, 그때 처음 뵀을 때는 서산의 부두 인근 서하 시장에서 따님하고 길거리 무예를 하고 계셨잖아요? 저는 궁금한 것이 있어요. 그날 따님이 멋지게 여러 건장한 사내들을 물리쳤어요. 그 정도의 무예를 익히려면 어떻게 해야 하나요?"

"그것은 하루 이틀에 익힐 수 있는 것이 아니지. 적의 힘을 빌려 적을 물리치는 무예라고 할 수 있어. 그러나 감매의 실력도 그저 호신술 정도에 지나지 않는 수준이야. 적들과 대적하기에는 아직은 역부족이지."

신나게 말을 이어가던 사용표의 얼굴이 갑자기 굳어졌다. 이어 속이 상한 듯 깊은 한숨을 내쉬면서 혼잣말처럼 중얼거렸다.

"오배의 집에 있는데, 지금은 어떻게 지내는지……. 후유, 착하게 살아온 죄밖에는 없는데!"

18장

명의와 독약

장만강은 호궁산을 데리고 앞장서서 걸어갔다. 위동정이 놓칠세라 그 뒤를 바짝 따라갔다. 그들의 발길은 양심전으로 향하고 있었다. 위동정은 호궁산의 왜소한 뒷모습을 바라보다 말고 머리를 갸우뚱했다.

'체구가 한 주먹밖에 안 되잖아. 생긴 것도 두 번 다시 쳐다보고 싶지 않을 정도로 못 생겼고. 게다가 쭈글쭈글한 세모눈에서는 섬뜩한 빛이 흐르잖아. 저 작자가 진짜 그렇게 대단한 능력의 소유자라는 말인가? 사용표 어르신이 엄지손가락을 내밀 정도라면 두 말이 필요 없다는 얘기인데……..'

위동정은 강희가 호궁산을 만나려고 할 것이라는 생각을 하지 않은 것은 아니었다. 하지만 이렇게 빠를 줄은 예상하지 못했다. 어떻게 보면 강희는 위동정이 자세한 뒷조사를 해볼 여유도 주지 않고 서둘렀다. 그는 사용표로부터 호궁산이라는 사람이 원래는 무당파의 총본산인 종남산終南山의 도사道士였다는 말은 익히 들어 알고 있었다. 하지만 왜 다시 속세로 나왔는지에 대해서는 듣지 못했다. 또 어떻게 내무부 황黃 총관總管의 신임을 얻어 태의원에 들어오게 됐는지에 대해서도 들은 바가 없었다. 그는 처음부터 끝까지 모든 것이 궁금했다.

'황 총관이라면 오삼계와 보이지 않는 끈으로 연결돼 있는 사이인데……'

위동정은 이런저런 생각을 하면서 길을 걸어갔다. 그러면서 명나라 재건을 위해 일조를 하려고 북경을 찾았다는 사용표의 말을 떠올리기도 했다. 그는 자신도 모르게 길게 숨을 들이마셨다.

호궁산을 데리고 온 사람은 장만강이었다. 그러나 그를 데려오라는 성지는 위동정에게 내려졌다. 때문에 위동정은 자신이 직접 나서서 공손히 예를 올렸다.

"폐하, 태의원의 호궁산이 대령했사옵니다!"

강희는 머리에 금색 띠를 두르고 침상에 반쯤 기대고 있었다. 그의 눈에 희귀할 정도로 못 생긴 외모의 사람이 들어왔다.

"그대가 호궁산이라는 자인가?"

"예, 폐하."

호궁산이 머리를 조아리며 대답했다.

"신 호궁산, 폐하의 병세를 치료하라는 성지를 받고 왔사옵니다."

호궁산의 목소리는 나지막했다. 그러나 힘이 넘쳤다. 강희가 머리를 끄덕였다.

"약간 감기 기운이 있는 것 같네. 따로 진맥할 필요는 없어. 약이나 한 제 지어주게."

호궁산이 머리를 들어 강희를 바라봤다.

"성지를 어기는 죽을죄를 짓는 한이 있다 해도 진맥 없이는 처방을 내릴 수 없사옵니다, 폐하."

강희는 괜한 고집을 부려 시간을 허비하고 싶지 않았다. 어쩔 수 없이 팔을 의자 위에 올려놓았다.

호궁산이 무릎걸음으로 다가왔다. 먼저 눈을 감은 채 조용히 왼쪽 맥부터 짚어보기 시작했다. 이어 오른쪽 맥마저 짚고 나더니 조심스레 아뢰었다.

"소신이 보기에 폐하는 감기가 아니옵니다. 머리가 무겁고 어지럽기 때문에 마치 감기인 것 같으나 실은 기가 원활히 통하지 않아 생긴 병이옵니다. 게다가 우울증 증세가 약간 있사옵니다."

"그렇다면 처방을 해 오게."

강희가 빙그레 웃으며 말했다. 호궁산이 머리를 조아렸다.

"폐하의 이런 증세는 약을 드실 필요가 없사옵니다. 소신이 하는 데까지 해보겠사옵니다. 그래도 안 되면 그때 가서 약을 써도 늦지는 않사옵니다."

약을 먹지 않고도 병을 나을 수 있게 한다고? 강희가 흥미롭다는 듯 자리에서 벌떡 일어났다.

"무슨 묘방이 있는지 어서 보여주게!"

"폐하께서는 우선 움직이지 마시옵소서. 가만히 앉아계시기만 하면 되옵니다!"

호궁산은 강희와 약간의 거리를 둔 채 눈을 스르르 감았다. 그러더니 곧 부동자세로 섰다. 장만강과 소마라고는 웬 돌팔이가 겁도 없이 무식한 방법으로 황제의 옥체를 치료해 주겠노라고 나서는지 몹시 궁금한 시선으로 바라봤다. 하지만 위동정은 그가 기氣 치료를 한다는 것을 알아챘다.

처음에는 강희도 웃음을 참을 수 없었다. 하지만 시간이 흐를수록 뭘

가 이상했다. 마치 청량음료를 마시는 듯한 상쾌한 기운이 머리부터 태양혈太陽穴, 인당혈印堂穴을 거쳐 발끝까지 스며드는 느낌이 든 것이다. 강희는 아편 중독자가 약기운에 취해 구름을 타고 훨훨 창공을 날아다니는 흥분에 떨 듯 온몸이 서서히 마비돼가는 것 같은 감각을 느꼈다. 동시에 모든 걱정과 고민이 깨끗이 씻겨 내려가는 쾌감에 사로잡혔다. 곧 갑자기 피가 거꾸로 흐르는 듯 약간의 어지럼증과 함께 오장육부가 진동을 하는 듯한 느낌도 찾아왔다. 강희는 급히 눈을 감았다.

족히 한 시간은 그런 느낌이 지속됐다. 호궁산은 그제야 한숨을 내쉬고는 엎드려 머리를 조아렸다.

"폐하, 용안龍眼을 떠 보시옵소서!"

강희는 당초 아프다는 핑계로 여러모로 뛰어나다는 호궁산을 만나보려고 했다. 그러나 호궁산의 첫인상이 하도 못 생긴 탓에 원래의 생각은 순식간에 사라지고 말았다. 대신 그의 뇌리를 파고든 것은 혐오감이었다. 그러나 그가 호궁산의 진면목을 간파하는 데는 오랜 시간이 걸리지 않았다. 순간 그는 가슴이 트이는 느낌과 함께 눈을 번쩍 떴다. 놀랍게도 머리가 너무나도 맑았다. 막혔던 기가 뻥 뚫린 듯 시원했다. 그는 머리에 둘렀던 금색 띠를 풀어 던진 채 만족스런 표정을 지었다.

"몰라봤네. 그대에게 이런 능력까지 있을 줄은!"

"황공하옵니다. 소신은 전에 기공氣功을 연마한 적이 있사옵니다. 이것으로 폐하께 충성하게 될 줄은 몰랐사옵니다."

강희는 당초 호궁산의 진가를 시험해 보려고 했다. 하지만 호궁산은 짧은 진료를 통해 강희의 의심을 완전히 해소시켜 버렸다. 강희는 강한 호감을 보였다.

"그대는 기공에 조예가 깊은가?"

"황공하옵니다. 조예하고는 거리가 멀고 그냥 좀 알고 있을 따름이옵니다."

호궁산이 황급히 대답했다.

"괜찮아, 한번 시범을 보여주게!"

위동정은 호궁산에게 기공 시범을 보이라는 강희의 명령을 듣자마자 바로 행동으로 들어갔다. 만일의 사태에 대비해 잽싸게 다가와 강희 옆에 붙어 선 것이다.

"폐하께 보여드리기에는 차마 민망한 실력이옵니다!"

호궁산이 자리에서 일어섰다. 자신의 말대로 동작은 보여주지 않고 그저 웃기만 했다. 좌중의 사람들은 그의 의외의 행동에 의아스럽다는 듯 서로 얼굴만 번갈아 쳐다봤다. 그러다 어느 순간 이상한 기분을 느꼈다. 그들은 약속이나 한 듯 바닥을 내려다봤다.

강희를 비롯한 사람들은 순간 기절초풍할 정도로 놀랐다. 알고 보니 호궁산이 강희의 명령을 받고 바닥에서 일어서면서 내공을 발휘했던 것이다. 그들의 눈앞에는 어느새 산산이 부서진 붉은 벽돌이 수북하게 널려 있었다. 그의 두 손바닥, 두 무릎, 두 발이 닿은 벽돌들이었다. 바닥역시 움푹 꺼져 있었다.

"훌륭하군, 정말 훌륭해!"

강희가 감탄사를 연발하면서 박수를 쳤다.

"역시 사람은 외모만 보고 섣불리 판단했다가는 큰코다쳐. 이런 인물이 아직 빛을 못 보고 있다니! 강요는 안 하겠으나 자네가 원한다면 짐이 중용하겠네."

장만강이 기뻐서 어쩔 줄 모르는 강희의 마음을 헤아렸는지 바로 최고 등급의 금일봉을 가져왔다. 황금 20냥이었다. 그러자 강희가 말했다.

"이런 진짜 사내대장부를 그까짓 몇 푼의 돈으로 가볍게 취급해서는 안 되지."

강희는 탁자 위 쟁반에 놓여 있던 여의를 가리켰다.

"이걸 그대한테 선물하겠네!"

호궁산은 강희가 내려준 선물을 공손하게 받고는 한참이나 뒷걸음쳐 물러갔다. 강희가 그의 뒷모습을 흐뭇하게 바라보다 말고 갑자기 위동정에게 고개를 돌렸다.

"저 사람 능력이 이만저만이 아니군. 지난번에 듣기는 했으나 이 정도인 줄은 정말 몰랐네!"

위동정은 재빨리 강희의 기분을 헤아렸다.

"폐하의 홍복洪福이옵니다."

그러나 강희는 위동정의 말은 듣는 둥 마는 둥 했다. 그저 먼 산을 바라보면서 혼잣말처럼 중얼거렸다.

"해줄 사람은 생각지도 않는데 미리 다 된 일처럼 행동하는 것은 아닌지 모르겠군. 짐을 위해 힘을 써 줄지 모르겠어."

"군자는 의리를 먹고 살고, 소인배는 재물에 목숨을 건다고 하옵니다. 호궁산 같은 사나이가 폐하의 뜻을 저버리겠사옵니까?"

위동정이 장담하듯 대답했다. 그러자 강희가 기분 좋게 웃었다.

"자네가 그렇게 멋진 말도 할 줄 아는가?"

그러더니 다시 위동정에게 물었다.

"방금 의리에 대해 말하니까 생각나는 것이 있어. 자네가 보기에는 반포이선과 오배가 진짜 같은 배를 탄 것이 틀림없어 보이는가?"

"예, 폐하. 적어도 소인이 보기에는 그런 것 같사옵니다."

"아닐지도 몰라. 반포이선은 자기 집에 개인적으로 키우는 병사들을 수십 명씩 따로 거느리고 있어. 게다가 가끔 오배와 따로 놀기도 해. 그런 것을 보면 어딘가 이상한 구석이 있어."

강희의 말에 위동정이 흠칫 놀랐다.

"폐하께서 그걸 어떻게 아시고······."

"그걸 자네가 알 필요는 없고!"

강희가 덧붙였다.

"그 사람이 오배 몰래 하는 일이 적지 않은 것은 사실이야."

위동정은 생각지도 않았던 얘기를 듣고 놀라지 않을 수 없었다. 머릿속이 마구 헝클어지고 있었다. 입술을 잘근잘근 씹으면서 말을 잇지 못했다. 강희의 말이 다시 이어졌다.

"자네도 한번 생각해 보게. 반포이선은 황친이야. 아무리 오배와 죽이 맞아 돌아간다고 해도 자신의 기반을 뒤흔들어 놓을 것이 뻔한데, 오배의 탈궁奪宮을 그냥 눈감아 줄 수 있겠어?"

"그것은······."

위동정은 전혀 뜻밖의 질문에 말문이 막혀 머뭇거렸다.

"당장 대답하라는 뜻은 아니네. 짐이 볼 때는 두 사람은 절대 한통속이 아니야. 반포이선은 오배 진영으로 잠입한 간첩이라고 볼 수 있어. 절호의 기회를 엿보고 있다가 때가 오면 오배의 세력을 자신의 휘하에 거머쥐려고 하는 속셈이야. 또 오배의 뒤통수뿐만 아니라 앞이마까지 칠 위인이지. 믿어지지 않으면 조금만 기다려 보게."

"예, 폐하!"

"추석이 한 달밖에 남지 않았군."

강희가 혼잣말하듯 덧붙였다.

"자네 언제 한번 재주껏 반포이선을 밖으로 불러내게. 같이 사냥이나 하면서 무슨 꿍꿍이속인지 알아보게 말일세."

"그건 아니 되옵니다!"

갑자기 밖에서 단호한 목소리가 들려왔다. 동시에 소마라고가 들어섰다. 그녀는 순간적으로 당황한 나머지 너무 큰 소리로 무례를 범했다는 사실을 이내 깨달았다. 하지만 아예 내친 김에 잘못을 무마해보려는 듯 덧붙였다.

"부잣집 아들들도 함부로 밖에는 나가지 않사옵니다. 그런데 폐하께서 그런 위험을 무릅쓸 이유가 무엇이 있겠사옵니까?"

"그건 쓸데없는 걱정입니다. 녹봉을 받아먹고 있는 우리를 어떻게 보고 그럽니까?"

소마라고의 말에 위동정이 노골적으로 반박했다.

"그건 녹봉을 받고 안 받고의 문제가 아니죠."

소마라고도 쉽사리 자신의 생각을 꺾으려 하지 않았다.

"무사하시면 천만다행이에요. 그러나 만일의 경우 무슨 불상사라도 일어나는 날에는 어떡하시려고요! 폐하께는 사소한 일이라는 것은 존재하지 않는 법이에요. 태황태후마마께 먼저 아뢰어야 해요."

"물론!"

그제야 강희가 둘의 말을 가로막고 나섰다.

"무슨 말인지는 알겠어. 하지만 매일 갇혀 있으니 갑갑해서 도저히 참을 수가 있어야지. 위 군문이 날을 잡는 대로 미복차림을 하고 한번 휙 돌고 오는 것도 나쁠 것은 없지."

"그렇다면 그때는 소인도 따라 나서겠사옵니다!"

소마라고가 토라진 듯 내뱉었다.

"그러면 그렇게 하는 걸로 하지."

강희가 마무리를 했다.

"짐은 태황태후마마께 잠깐 들러봐야겠어. 자네는 그만 가보게."

위동정은 궁궐 밖으로 나와 집으로 돌아가기 위해 말에 올라탔다. 해는 뉘엿뉘엿 산 너머로 넘어가고 있었다. 그러나 한낮의 땡볕에 달궈진 대지는 찌는 듯이 더웠다. 연신 혀를 내두르면서 침을 질질 흘리고 있는 말도 나른한 것이 무척이나 기운이 없어 보였다. 퀭한 눈으로 자신을 쳐다보는 말을 보면서 위동정이 중얼거렸다.

"너도 더위 먹기 일보직전이구나. 가만 있자, 나는 시원한 술이나 마시고 너는 냉수에 달걀을 풀어 훌훌 들이마신 다음 집으로 돌아갈까?"

위동정은 곧장 말머리를 돌려 가흥루로 향했다. 명주가 취고와 눈이 맞아 뻔질나게 드나드는 덕에 그도 가끔 들렀던 곳이었다.

얼마 후 위동정은 경풍재慶豊齋를 지나다 우연히 오배 집에서 일하는 유화劉華와 맞닥뜨렸다. 둘은 함께 내무부에서 일할 당시 둘도 없이 친하게 지냈다. 그러나 위동정이 어전시위가 된 이후에는 자연스럽게 소원해졌다. 유화가 비밀에 붙여야 할 업무들이 많은 위동정과의 신분 차이를 한탄하면서 일부러 발길을 끊은 탓이었다.

유화는 언뜻 보기에도 위풍당당해 보이는 제복을 차려 입고 허리춤에 보검을 꽂은 채 말 위에 앉아있는 위동정을 발견하고 처음에는 못 본 척 외면해 버렸다. 그러나 위동정은 달랐다. 말에서 뛰어내리면서 넉살 좋게 유화의 팔목을 잡아끌었다.

"가기는 어딜 가? 오배 대인의 밥을 얻어먹더니, 콧대가 높아져서 친구도 못 본 척할 거야?"

유화는 그제야 주춤거리며 어눌한 웃음을 지었다.

"적반하장도 유분수지! 누가 할 말을 누가 하고 있는 건지 원! 자네는 당당한 어전시위야. 그런데 나는 뭐야! 옛말에 이르기를, 부자가 되면 조강지처를 버리고, 부귀를 얻으면 친구를 버린다고 했어. 그러니 내가 이 주제를 해가지고 어떻게 자네를 아는 척이나 할 수 있겠나?"

"말이 되는 소리를 해라, 좀!"

위동정이 면박을 줬다.

"그건 그렇고 오늘은 모처럼 만났는데, 우리 가흥루로 가서 술이나 마시자!"

위동정은 유화가 술이라면 오금을 못 편다는 사실을 누구보다 잘 알고 있었다. 술자리에 앉으면 제일 늦게까지 죽치고 남아 있으면서 동이째로 퍼마시는, 자타가 공인하는 술꾼이 바로 유화였다. 하지만 웬일인지 유화가 그답지 않게 진지한 표정으로 거절했다.

"오늘은 하늘이 두 쪽이 나도 안 돼. 급한 일이 있어서 말이야. 다음에 하자, 응?"

유화의 말에 위동정이 비아냥거렸다.

"오배 대인이 대단하기는 대단한 모양이네? 이 불한당을 사람으로 만들었으니! 그 집안이 무섭기는 한가 보네, 알아서 설설 기는 걸 보니!"

"그까짓 인간이 무섭기는!"

유화가 위동정이 파 놓은 함정에 덜컥 걸려들었다. 욱하는 성미에다 자신이 못났다는 소리를 들으면 절대로 참지 못하는 그의 약점을 노린 것이다.

"더러워서 못해 먹겠어. 솔직히 말하면 돈이 궁해 울며 겨자 먹기로 붙어있는 거야. 그 인간…… 생각만 해도 지긋지긋해!"

유화가 걸음을 멈춘 채 침을 튕기면서 울분을 토했다.

"설마 나하고 술 한잔 한다고 쫓겨나기야 하겠어?"

위동정은 새장 속에 갇힌 새처럼 꼼짝달싹 못하는 유화의 처지를 간파하고는 보다 적극적으로 유혹했다.

"괜찮아, 진짜 잘리면 내가 책임질게!"

위동정이 동요하는 유화를 막무가내로 끌어당겼다.

두 사람은 가흥루로 가서 자리를 잡고 앉았다. 그러자 유화는 언제 튕겼냐는 듯 위동정에게 권하는 것도 잊은 채 큰 대접에 술을 따라 연거푸 세 잔을 들이켰다. 이어 시뻘겋게 달아오른 얼굴을 일그러뜨리면

서 닭다리를 거칠게 물어뜯고는 질겅질겅 씹었다. 그런 다음에야 감개
무량한 듯 입을 열었다.

"우리와 같이 내무부에서 일하던 친구들은 지금 다 잘 나가. 나만 빼
놓고! 물론 자네가 최고로 잘 됐지만 말이야. 후유! 이놈의 팔자는 왜
이리 기구하기만 한지!"

유화가 다시 술 한 대접을 꿀꺽꿀꺽 냉수 마시듯 들이부었다.

"그거야 누구를 탓할 게 못되잖아? 자기도 원했으면서!"

위동정이 술을 따라주면서 덧붙였다.

"내가 절대로 염장을 지르는 게 아니야. 나하고 같이 있었더라면 지금
쯤은 적어도 오품시위 정도는 됐을 걸?"

"후유! 그게 다 우리 집이 찢어지게 가난한 탓이 아니겠어? 말은 마
르면 털만 길어지고, 사람은 궁핍하면 기가 죽는다는 말이 있잖아. 하
도 없이 살다 보니까 돈만 밝히게 되는 거 있지? 나는 운도 지지리도 없
는 놈이야! 에이!"

유화는 씹던 해바라기씨를 내뱉듯 씩씩대면서 땅이 꺼져라 한숨을
내쉬었다.

"돈은 내무부에서 일할 때보다 확실히 많이 줘. 그러나 자유라고는
손톱만큼도 없어. 완전히 생지옥이나 다름없어. 평일에 술을 한번 마셨
다가 진짜 황천객이 되는 줄 알았어. 아주 복날 개 패듯 하더라니까!"

위동정은 유화에게 술을 따라주면서 위로 아닌 위로를 했다.

"그 정도는 감수해야 하지 않겠어? 잘 나가는 보정대신에다 뼈대 있
는 가문에 그런 규범도 없겠냐?"

유화는 몇 날 며칠 술이 고팠던 차였다. 연신 벌컥벌컥 술을 들이마셨
다. 나중에는 위동정의 말에 대뜸 시뻘겋게 충혈이 된 황소 눈을 무섭
게 부라리면서 냉소를 터트렸다.

"하하, 삶은 돼지 대가리가 웃겠다! 그 놈의 콩가루 집구석에 규범은 무슨 규범! 그 인간은 마누라한테 꽉 잡혀서 숨도 제대로 못 쉬는 등신이야. 하기는 내가 보기에도 마누라가 백배 낫더라. 마누라만 아니었다면 평생 똥차나 끌 인간이야!"

유화는 자신이 모시는 오배를 거칠게 욕했다. 취한 듯했다. 그러나 사실 그는 취한 게 아니었다. 평소의 주량으로 볼 때는 아직 여유가 있었다. 그가 혼자서만 떠들어대는 자신을 의식했는지 그제야 위동정에게도 술을 권했다.

"너도 마셔, 마시라고! 내가 술만 보면 사족을 못 쓰는 놈이라고 술독에 콱 대가리 처박고 죽으라는 거야, 뭐야!"

위동정이 마구 취한 척하는 유화를 밉지 않게 흘겨봤다. 그리고는 술잔을 들어 보란 듯 마셔버리고는 얼굴을 찡그렸다. 그가 다시 술 항아리를 들어 잔을 채우면서 말했다.

"에라, 모르겠다. 마시고 죽자! 그런데 오배는 도학道學(유교의 일종)을 공부한 사람이잖아. 그런 그가 마누라한테 잡혀 살아? 믿어지지가 않는군."

"하하하하!"

유화가 술상이 뒤집어질 정도로 배꼽을 잡고 웃어댔다.

"도학 좋아하네. 도학의 도道자도 붙여주기 아까운 인간이야. 첩이 다섯이나 되면서도 마누라 등쌀에 일 년 내내 독수공방만 시키는 바보천치라고. 그래도 마누라 복은 있어. 얼마나 착하다고. 몇 년 전에 목리마가 지방에서 상경한 어떤 계집애를 붙잡아온 적이 있어. 집도 절도 없는 애였지. 그런데 그 마누라가 얼마나 잘해준다고! 하기는 말을 들어보니까 그 계집애도 보통은 넘겠더라."

위동정은 사감매가 오배의 집 하녀로 잡혀 들어갔다는 사실은 이미 알고 있었다. 그랬으니 가슴이 찡하게 아려올 수밖에 없었다. 하지만 위동정은 일부러 모른 척하고 호기심에 가득찬 어조로 물었다.

"보통이 아니라고?"

"처음 잡혀 들어왔을 때 어떻게 했는지 알아? 수레에서 내리자마자……."

유화는 술대접을 들어 질질 흘리면서 입으로 술을 쏟아 부었다. 이어 소매로 쓰윽 닦더니 닭다리를 집어 들고 말을 이었다.

"내리자마자 쏜살같이 오배의 집 후문 쪽으로 뛰어가더래. 너무 뜻밖의 행동이었지. 그랬으니 그 많은 사람들 중에 누가 그 애를 말릴 수 있었겠어."

유화가 중요한 대목이라고 생각했는지 잠깐 숨을 골랐다. 잠시 후 그가 계속 말을 이어나갔다.

"그 계집애가 후문에 들어가서 어떻게 했는지 알아? 그 수도 없이 많은 방들을 일일이 기웃거리면서 오배 마누라를 한눈에 찾아냈다는 거 아니야! 오배 마누라라고 확신을 하고는 털썩 꿇어앉더래. 그리고는 이마가 깨지도록 조아린 채 울고불고 하면서 자신의 불쌍한 신세를 털어놓았다고 해. 오배 마누라는 처음에는 대경실색했지. 그러다 차차 무슨 영문인지를 알게 됐어. 당연히 오배 마누라가 가여운 시선을 보냈을 거 아냐. 그러자 그 계집애가 자기는 좋아하는 남자가 있다고 하더래. 그러니 뼈 빠지게 일하는 것은 괜찮아도 첩 노릇만은 죽어도 못하겠다고 하더라는 거야."

유화는 점점 신이 나는지 장단을 맞춰가며 얘기를 이어갔다.

"오배 마누라는 그 얘기를 듣고는 얼굴이 붉으락푸르락한 채 분을 삭이지 못했어. 그렇게 안절부절 못하고 있을 때 양반이 되기에는 애초부터 틀린 오배가 들어왔나 봐. 그녀는 오배가 막 집으로 들어서는 순간 얼굴에 침을 뱉으면서 악을 썼대. '이 미치고 환장한 놈아! 빨리 죽어서 지옥에나 떨어져라. 그런 다음에는 뜨거운 물에 얼굴가죽이 홀라당 벗겨져 버리고! 그렇게 많은 애들을 짓밟아 놓고서도 아직도 정신 못 차렸어?'라면서 말이야. 거의 발광할 정도로 입에 거품을 물었지. 악도 바락바락 써댔고. 오배 마누라는 그 다음에는 그 여자애를 보면서 말하더래. '납치당해서 왔지만 내가 있는 한 어느 누구한테 있는 것보다 너에게 더 잘해주겠다. 그러니 걱정 말고 나를 따르거라. 네 털끝 하나라도 건드리는 놈은 그 누구든 그날이 제삿날일 거야!'라고. 속사포를 쏘아대듯 심한 욕설을 퍼붓는 바람에 오배는 아무 말도 못한 채 얼굴이 벌개져서 넋이 나갔다고 해. 그 자리에 있었던 사람들은 쉬쉬하면서도 재미있어 죽을 뻔했지. 목리마도 당연히 눈알이 쏙 빠지게 욕을 얻어먹었고."

위동정은 별일 다 본다는 듯 유화를 다그쳤다.

"그 다음에는?"

"그야 나도 모르지. 그 뒤로 그 계집애는 오배 마누라의 시중을 들게 됐겠지. 오배 자식은 마른침을 질질 흘리는 수밖에 없었을 테고. 그러니 아무리 생각해도 오배를 두고 체통이니 규범이니 하는 말들을 운운하는 것은 어불성설이 아닌가 싶어. 황제 보기를 동네 코흘리개 취급하면서 손에 든 사탕이나 빼앗아 먹으려는 위인이 무슨 규범이라는 것을 알겠어!"

유화가 혀가 꼬여 횡설수설하기 시작했다. 하기야 배 속에 유람선을 띄워도 될 만큼 술이 철렁대는 소리가 들렸으니 그럴 만도 했다. 위동정은 그만 자리를 뜨려다가 유화의 마지막 말에 귀가 솔깃해져 다시 주저앉았다. 그가 유화에게 다시 술을 따라줬다.

"에이, 설마! 명색이 일품 조정 중신인데, 설마 그럴 리가!"

위동정이 유화의 반응을 떠보기 위해 넌지시 오배를 칭찬했다.

유화는 술에 취한 것이 분명했다. 무거울 '중'重을 충성의 '충'忠자로 잘못 알아듣고는 시뻘겋게 충혈된 두 눈을 게슴츠레 치켜뜨면서 어이가 없다는 듯 웃음을 터뜨린 것이다.

"지금 충신이라고 했어? 하하, 충신의 발톱에 낀 때보다도 못한 놈이 충신이라고? 솔직히 호구지책이 아니라면 나는 벌써 그 인간한테서 떠났을 거야."

유화의 두 눈은 서서히 풀렸다. 깊은 한숨을 내쉬더니 순식간에 의자에 폭 꼬꾸라졌다. 어느새 코를 드르렁드르렁 골기 시작했다.

위동정은 인사불성이 된 유화를 흔들어 깨웠다. 그러나 그를 깨워서 데리고 간다는 것은 불가능했다. 그는 물 먹은 솜 같은 유화를 일으켜 세워 겨드랑이에 낀 채 가흥루를 나왔다.

위동정은 젖 먹던 힘까지 다해 오배의 집이 있는 골목 앞까지 당도했다. 행여나 하는 심정으로 그가 다시 한 번 유화를 흔들어봤다. 그러나 아무리 꼬집고 비틀고 머리를 쥐어박고 해도 유화는 정신을 차리지 못했다. 유화는 한참 실랑이를 벌인 후에야 겨우 머리를 반쯤 쳐들더니 허허 하고 웃으면서 혼잣말처럼 중얼거렸다.

"나…… 좀 괴롭히지 마. 친구 맞아? 다음에 만나면…… 내가 한 잔…… 화끈하게…… 살게!"

위동정은 유화가 정신이 약간 돌아오자 반색하면서 황급히 물었다.

"다 왔어. 정신 차려. 집 안에 누구 친한 친구라도 있냐?"

"당연하지. 인간성 좋겠다, 끄윽! 잘 생겼겠다, 왜 친구가 없겠냐? 나는 친구가 많아도 너무 많아! 소제小齊, 소증자小曾子…… 많다고!"

그러나 유화의 몸은 완전히 따로 놀고 있었다. 이내 다시 정신이 혼미해진 듯 헛소리를 하기 시작했다.

"다 덤비라고 해! 흥, 자식들! 나하고 감히 주량을 견주겠다고? 호적에 먹물도 안 마른 놈들이 누구 앞에서 주름을 잡아?"

위동정은 유화를 깨워 맑은 정신으로 들여보내기에는 역부족이라는 사실을 다시 깨달았다. 혼자 오배의 저택 대문 앞까지 와서 물을 수밖에 없었다.

"소제, 소증자 두 분 계시오?"

그러자 대문 앞에 있던 한 젊은 친구가 위동정을 아래위로 훑어보면서 물었다.

"어르신, 그 두 사람을 왜 찾으십니까?"

"내가 아는 사람은 아니오. 그러나 그 사람들의 친구가 대신 전해달라고 해서 그러오."

"소인이 소증자라고 합니다. 말씀해 보세요."

그제야 위동정은 자신을 소증자라고 밝힌 젊은이의 귓가에 대고 뭐라고 소곤거렸다. 그러자 그가 발을 동동 굴렀다.

"제 버릇 남 못 준다고 하더니, 기어코 사고를 치고 마는군!"

젊은이는 말은 그렇게 하면서도 금방 위동정을 따라 나왔다. 이어 유화를 등에 들쳐 업고는 감사를 표했다.

"대단히 감사합니다, 어르신. 다른 사람에게 잘못 걸려들었다면 경을 쳤을 겁니다. 옆문으로 살그머니 들어가 빈 방을 찾아 재우는 수밖에……"

말을 마친 젊은이가 위동정에게 공손히 인사를 건네고는 자리를 떴다.

위동정은 유화를 만나면서 많은 생각을 했다. 특히 사감매에 대한 생각으로 머리가 복잡해졌다. 그녀는 어릴 적부터 유난히 총기가 있고 영리했다. 그러나 위기대처 능력이 그토록 강할 줄은 그도 예상치 못했다.

호랑이한테 잡혀가도 정신만 차리면 살아남는다는 옛말을 떠올리게 만드는 그녀였다. 그랬으니 사용표도 유화가 말한 내용 중에 모르는 것이 있을 게 분명했다. 그는 그러나저러나 몇 해 동안 편지 한 통 없는 사감매에 대한 서운함을 떨칠 수가 없었다. 이내 어떻게 사는지도 못내 궁금했다. 혹시 사용표가 처음 북경으로 올 때 품었다는 반청복명反淸復明의 신념을 사감매도 여태껏 간직하고 있으면 어떡하나? 위동정은 또다시 엄습해오는 불안감에 가슴을 졸였다.

세월은 흐르는 강물처럼 빠르게 흘렀다. 어느덧 낙엽이 휘날리는 가을이 성큼 눈앞으로 다가온 것이다. 강희는 여전히 정기적으로 색액도의 집을 비밀리에 방문해 오차우의 《자치통감》資治通鑑 강의를 경청하고 있었다. 그러면서도 위동정 등과 함께 활쏘기를 비롯한 여러 가지 무예를 익히면서 하루하루를 바쁘게 보냈다. 심지어는 메뚜기와 잠자리를 잡으러 다니기도 했다. 완전히 정무에는 전혀 관심이 없는 것처럼 행동했다. 강희가 보내는 나날은 영락없는 철부지 소년의 그것을 방불케 했다. 대신들은 갈피를 잡을 수가 없었다. 그럼에도 강희는 가끔씩 고매한 대학자들의 수준 높은 어록이 무색한 말들을 툭툭 내뱉고는 했기 때문이었다. 스승을 모시고 특별수업을 받지 않았는데도 그랬다. 대신들이 이상하게 생각한 것은 너무나도 당연했다.

오배는 겉으로는 여전히 강희에게 천자 대접을 깍듯이 해주는 척했다. 더불어 뒤통수를 칠 준비에도 여념이 없었다. 뿐만이 아니었다. 가끔씩 별로 중요하지도 않은 일들을 산더미처럼 모아뒀다가 기회를 봐서 들고 들어와 강희의 정신을 쏙 빼놓는 비열한 짓도 서슴지 않았다. 강희는 그럴 때마다 시국에는 전혀 관심이 없다는 듯 심드렁한 태도로 일관했다. 오배는 치밀하기 이를 데 없는 이런 강희의 속셈을 전혀 간파하지 못했다. 그저 음흉한 미소를 지으면서 강희의 뒤통수를 칠 기회만 노릴 뿐이었다.

오배에게는 수년 동안 하루도 거르지 않은 습관이 있었다. 계절을 불문하고 오전 정무만 끝나면 점심때를 이용해 꼭 조금씩 낮잠을 자는 것이었다. 그 다음에는 뒤뜰에 나가 땀이 흥건할 정도로 한바탕 몸을 풀고 서재에 들어갔다.

그날도 막 서재로 들어와 책을 집어 들었을 때였다. 반포이선이 희색이 만면한 얼굴을 하고 들어와 인사를 올렸다.

"축하드립니다, 중당!"

오배는 자리를 권하면서 의아한 표정으로 물었다.

"무슨 축하요?"

오배의 말에 반포이선이 껄껄 웃었다. 그런 다음 안주머니에서 누런 종이로 겹겹이 싼 종이 꾸러미를 꺼내더니 한 겹 한 겹 벗겼다.

"큰일을 무사히 치르려면 아무래도 이게 필요하지 않을까 싶어서요……."

"뭔가요? 가슴이 확 트이고 힘을 무진장 솟구치게 만드는 보약이라도 지어 왔소?"

오배는 무척이나 궁금한 모양이었다.

"그게 뭐 대단한 거라고요! 그런 약이 필요하면 진작 나한테 말하지 그랬어요. 없는 거 빼고는 다 구해다 줄 수 있어요!"

오배는 별것 있겠느냐는 투로 말하면서도 호기심에 종이 꾸러미를 만지작거렸다. 그러자 반포이선이 뜨거운 물에 데기라도 한 듯 화들짝 놀라면서 말렸다.

"절대로 만지면 안 됩니다!"

놀라기는 오배도 마찬가지였다. 그가 눈을 치켜 뜨면서 물었다.

"왜요? 뭔데 만지지도 못하게 하는 거요?"

반포이선이 대답은 하지 않고 조심스럽게 약을 다시 보자기에 싸서 탁자 위에 올려놓았다. 이어 경계하는 눈빛으로 좌우를 훑어봤다. 그러고도 성에 차지 않는지 목을 쭉 빼들고는 창밖을 내다봤다. 아무도 없는 것을 확인하고 나서야 그가 두 눈을 껌벅이는가 싶더니 오배의 귓가에 대고 말했다.

"힘이 무진장 솟구치다 못해 정신이 혼미해져 죽을 수도 있는 탈명단奪命丹이라는 겁니다! 장점은 복용 후 이틀이 지나야 서서히 약효가 난다고 합니다. 여드레째 되는 날에는 발작을 일으키는 것과 동시에 죽습니다. 어떻습니까? 게다가 술에 타면 무색무취입니다. 완전 제격인 것 같지 않습니까? 제 생각에는 보약이 따로 필요 없을 것입니다!"

그제야 오배는 정신이 번쩍 들었다. 반포이선의 말귀를 알아들은 것이다. 둘은 사실 오래 전에 한 번 비슷한 방법을 두고 상의한 적이 있었다. 그러나 별 진척이 없었다. 반포이선 역시 이렇다 할 구체적인 방안을 내놓지 않았다. 오배로서는 사실상 별다른 기대를 하지 않고 있었다. 그런데 약을 구해와 그 방안을 제시하다니! 그는 뒤로 넘어갈 듯 다시 한 번 놀라지 않을 수 없었다. 한 가지 일을 맡기면 끈질기게 물고 늘어지는 반포이선이 무서울 정도였다. 오배가 한참 후에 느릿느릿 입을 열었다.

"어디에서 구하셨소?"

"옛날 책에 나와 있는 처방대로 만들었습니다."

반포이선은 두 눈을 가늘게 뜬 채 오배를 쳐다보면서 덧붙였다.

"이 약의 진짜 이름은 백조상百鳥霜입니다. 극약입니다. 원래 도가道家에서 단약丹藥(도교에서 불로장생하게 된다고 믿는 약)을 만들 때 쓰던 것으로 알고 있습니다. 산에 올라가서 백 종류의 새똥을 긁어모아 흐르는 물에 헹군 다음 아홉 번 찌고 아홉 번 햇볕에 말려 만든 아주 치명

적인 독약입니다. 그러니 한 알이면 천하의 그 누구라도 한방에 갈 수
밖에 없습니다!"

반포이선의 얼굴에서는 득의양양한 기색이 흘러 넘쳤다. 오배 역시 주
체할 수 없이 뛰는 가슴을 진정시키기에 여념이 없었다. 그러나 당황한
기색을 보여서는 안 될 일이었다. 오배가 쿵쿵 소리가 날 정도로 벌렁벌
렁 뛰는 가슴을 겨우 움켜잡으면서 담담한 척했다.

"이 약은 우선 여기에 놓고 가세요. 나에게 더 절묘한 방법이 있어요.
혹시 이 약이 필요할 수도 있을지는 모르지만."

반포이선은 못내 풀이 죽은 눈치였다. 와락 달려들면서 흥분에 떨 줄
알았던 오배가 지나치게 담담한 표정을 지으니 실망스러웠다. 그가 굳
어진 얼굴로 약봉지를 여미면서 물었다.

"무슨 묘안인지 들려주실 수는 없습니까?"

"셋째가 매일 색액도의 집에서 공부하는 게 틀림없어요. 내가 알아냈
죠. 어때요? 절호의 기회라고 생각하지 않나요?"

"그야 물론입니다. 하지만 아무런 대책도 없이 다닐 리가 있겠어요?
더구나 위동정인가 하는 녀석은 무예가 하루가 다르게 느는 것 같더라
고요. 게다가 잠시도 셋째의 곁을 떠나지 않으니 몰래 뒤통수를 친다는
것은 불가능하다고 봅니다. 그렇다고 대놓고 대신의 집을 마구 수색하
는 것도 충분한 명분이 없고서는 안 되는 일입니다!"

두 사람은 의견일치를 보지 못했다. 마침 그때 사감매가 쟁반에 찻잔
을 받쳐들고 들어왔다.

사감매는 바닥이 넓고 등받이가 높은 고풍스런 태사의太師椅에 앉아
담배를 피우고 있는 두 사람 앞에 찻잔을 내려놓았다. 내친 김에 탁자
위에 놓여 있는 정체불명의 종이봉지도 쟁반에 담았다. 그러자 오배가
황급히 제지했다.

"그건 잠깐 여기에다 둬."

사감매는 곧 "예!" 하고 대답하고는 자리를 떴다.

반포이선은 잠자리 날개같이 하늘거리면서 멀어져가는 사감매의 뒷모습을 오래도록 바라봤다. 그러면서 혼잣말처럼 중얼거렸다.

"무예 실력이 보통이 아닌 것 같아. 걷는 것도 사뿐사뿐 소리조차 나지 않네그려."

반포이선의 말에 오배가 갑자기 뭔가 생각난 듯 입을 열었다.

"결코 호락호락한 애는 아니에요. 단순한 호신술 이상의 무예실력을 지니고 있어요!"

오배는 사감매를 여러 번 집적댔다가 보기 좋게 거절당했던 기억을 잠시 떠올렸다. 반포이선이 멍하니 앉아 있는 오배를 툭 치면서 물었다.

"무슨 생각을 하십니까?"

오배가 화들짝 놀라 대답했다.

"미끄러지는 듯한 발걸음이 왠지 부담스럽군요!"

역시 두 사람은 뭔가 통하는 데가 있었다. 반포이선도 오배와 비슷한 생각을 하고 있었던 것이다. 하기야 늘 거리낌 없이 드나드는 사감매가 마음에 걸리지 않는다면 오히려 그게 이상할 일이었다. 그가 좌우를 흘깃거리면서 오배에게 귓속말로 소곤거렸다.

"이 집안은 보통 집안이 아닙니다. 아랫것들 단속을 철저히 하셨을 거라고 확신은 합니다만……."

반포이선이 말끝을 흐렸다. 뭔가 할 말이 있는 모양이었다. 오배가 자세히 들어볼 용의가 있다는 듯 의미심장하게 반포이선을 쳐다봤다.

"말해보세요."

반포이선이 자리를 고쳐 앉으면서 잠깐 뜸을 들이더니 바로 입을 열었다.

"심증은 있지만 물증이 없는 일이라 조심스럽습니다. 지난번 우리가 뒤채에서 몰래 모의를 한 것 말입니다. 우리는 쥐도 새도 모른다고 장담했습니다. 그런데 어떻게 그 말이 밖에까지 새어 나갔을까요?"

반포이선이 거두절미하고 내뱉는 말에 오배가 대경실색하면서 되물었다.

"그게 무슨 말이오?"

반포이선은 지난번 오배의 집에서 두 하녀가 주고받던 얘기를 줄거리만 대충 들려줬다. 오배는 얼굴을 무섭게 일그러뜨리며 입술을 잘근잘근 씹었다.

"이 일은 내가 알아서 처리할 테니 걱정하지 말아요. 별일 없을 겁니다."

두 사람은 곧 화제를 돌려 진짜 중요한 일을 논의하기 시작했다. 강희를 제거하기 위한 본격적인 거사를 언제, 어떻게, 어떤 방법으로 하느냐 하는 것이었다.

반포이선은 다소 억지스럽더라도 분명한 명분을 만들어 빠른 시일 안에 색액도의 집을 습격해 깔끔하게 처치해 버리자는 입장이었다. 이 경우 모든 죄는 색액도에게 덮어씌우면 그만이었다. 오배는 반포이선의 제의를 받아들였다. 만약 일이 성사되면 꿩 먹고 알 먹고, 도랑 치고 가재 잡는 일이었다. 두 사람은 진짜 기대에 차서 어깨를 들썩이면서 흥분에 떨었다.

"끝내주는 작품이 나올 게 틀림없어요!"

오배가 껄껄 너털웃음을 터트렸다. 그는 애초부터 반포이선을 자신의 휘하에 끌어들이고 갖은 방법으로 자기 배에 태운 것이 천만다행이라고 생각했다. 그럼에도 그는 다시 한 번 반포이선의 출중한 계략에 혀를 내둘렀다. 물론 대사를 앞두고 너무 반포이선에게 끌려다니지 않나 하는 생각도 없지는 않았다. 때문에 드러내놓고 반포이선을 치하할 수는 없었다. 일부러 한술 더 뜬 것도 그런 이유에서였다.

"만일의 경우를 대비해서라도 신중해야 해요. 날을 잘 잡아 한 방에 날려야지 우물쭈물하다가 헛물만 켜게 되는 날에는 꼴이 우스워진다고요. 우리 둘의 생사도 장담할 수 없을 테고요. 내 생각에는 안전을 우선적으로 고려한다면 위동정 그 자식을 먼저 없애버리는 게 최선인데 말입니다!"

반포이선은 갈수록 치밀해지는 계략에 만족한 표정이었다.

19장
강희의 백운관 행차

강희는 위동정과 반포이선을 대동하고 서편문을 빠져 나와 곧장 말을 달렸다. 저 멀리 백운관이 보였다. 반포이선이 먼저 침묵을 깼다.

"폐하, 오늘은 휴일도 아닌 평일이옵니다. 게다가 새벽이옵니다. 그런데도 늑대가 출몰할 것 같은 이런 황야에서 말을 달리고 있사옵니다. 모르는 사람들이 보면 마적으로 오해할 수도 있겠사옵니다!"

반포이선의 말에 강희가 말고삐를 잡아당기면서 황급히 말을 세웠다. 그런 다음 스산하고 으스스한 황야를 두리번거리고는 웃음을 머금은 채 말했다.

"사실 마적馬賊과 천자天子의 차이는 종이 한 장 차이라고 할 수도 있지. 왕도王道(군주로서 지켜야 할 올바른 길)를 지키면 천자가 되는 것이고, 사도邪道(왕도의 반대)로 들어가면 간웅奸雄이 되는 것이지. 그러니 도둑 소굴에 들어가면 마적이 되는 것이 아닌가!"

반포이선은 제법 어른스러운 강희의 말에 깜짝 놀랐다. 잠깐 당황한 표정을 짓다가 급기야는 감탄사를 터트렸다.

"폐하께서는 정말 두뇌가 영민하시옵니다. 또 학문은 하루가 다르게 깊어지셔서 한림원 학사들마저 혀를 내두른다고 들었사옵니다. 과연 듣던 대로이옵니다. 소신은 도저히 따라갈 수가 없사옵니다."

위동정은 분위기가 좋을수록 긴장을 늦추지 말아야 한다는 사실을 모르지 않았다. 실제로도 더욱 긴장한 채 어깨에 힘을 주고 있었다. 또 수시로 주위를 경계하면서 강희의 뒤를 바짝 따랐다. 두 사람의 은근한 신경전에는 전혀 관심이 없는 듯한 표정이었다. 마침 저 멀리에서 삿갓을 푹 눌러쓴 노새와 넷째 등의 모습이 보였다. 뭔가를 열심히 줍고 있었다. 미리 짜놓은 각본대로 장작개비를 줍고 있을 터였다. 위동정은 다소 안심이 되는 듯 숨을 고르고 나서 강희에게 아뢰었다.

"폐하, 저기가 바로 백운관이옵니다."

강희는 위동정이 가리키는 방향을 향해 눈길을 돌렸다. 과연 바로 앞에 울창한 나무숲 사이로 산문山門이 보였다. 그는 순간적으로 말 위에서 미끄러지듯 내리면서 제안을 했다.

"우리가 말을 탄 채로 들어가면 진짜 마적처럼 보일 수도 있어. 그러면 불필요한 오해를 불러일으킬 수도 있지. 그러니 우리 말에서 내려 걸어 들어가자고."

바로 그때였다. 백운관의 일꾼 차림으로 변장해 미리 가 있던 시위들이 마중을 나왔다. 세 사람은 그 중 한 사람에게 말고삐를 넘겨주고는 성큼성큼 산문 안으로 들어갔다.

백운관白雲觀은 서편문에서 3~4리쯤 떨어진 곳에 자리하고 있었다. 원래는 도교道敎 전진종파全眞宗派의 교조敎祖인 김원金元을 추모하는 사당이었다. 그러나 오랜 세월을 거치면서 지금의 백운관으로 이름이 붙여졌다. 도교에서 흔히 말하는, 황학黃鶴을 타고 흰 구름 속으로 승천한다는 뜻을 내포하고 있었다.

서편문 지역에는 청나라 대군이 북경에 막 입성했을 때 한 차례 큰 화재가 발생한 적이 있었다. 수천 가구가 넘는 민가가 불길에 휩싸일 정도로 큰 화재였다. 당시 그 불길은 백운관에도 번졌다. 수백 칸이나 되는 전당殿堂과 묘사廟舍들이 잿더미가 돼버렸다. 백운관은 그 바람에 그 옛날의 운치는 찾아볼 수도 없을 정도로 황량하고 적막한 곳으로 변했다. 강산이 몇 번이나 바뀌었는데도 아직 매캐한 연기가 피어오르는 것만 같았다. 시커먼 기왓장들과 가재도구들의 잔재도 여기저기 을씨년스레 널려 있었다. 그런가 하면 주위에는 키를 넘는 갈대가 숲을 이루고 있었다. 적막강산이 따로 없을 정도라고 해도 과언이 아닐 만큼 너무나도 스산했다. 대부분의 건물들이 완전히 타버리다시피 했지만 달랑 하나 남아 있는 참배전參拜殿 동랑東廊 아래에 우뚝 서 있는, 흙으로 만들어진 불상은 그래서 더욱 신비로운 빛을 발했다. 사람들은 당시 다른 것은 다 타버렸는데도 유독 불상과 참배전만이 건재하다는 사실에 신에 대한 경외심을 느꼈다. 따라서 이곳 역시 자연스럽게 신성한 곳으로 굳어졌다.

반포이선이 제대로 앉을 곳조차 변변치 않은 백운관 경내를 두리번거리면서 속으로 궁시렁거렸다.

'북경 안에 유명한 사원이나 절이 좀 많아? 그런데도 하필이면 이렇게 인적조차 드문 백운관을 찾을 게 뭐야? 아무튼 괴짜야.'

반포이선은 하루 전날 위동정이 성지를 전하러 왔을 때 강희의 속내를 어렴풋이 읽을 수 있었다. 그러나 완전히 꿰뚫을 수는 없었다. 그래서 이 소년 천자가 자신에 대해 어떻게 생각하고 있는지 엿볼 수 있는 절호의 기회를 놓칠세라 흔쾌히 따라나선 것이다.

두 사람은 한마디로 절을 찾은 것이 아니었다. 서로의 마음은 각기 콩밭에 가 있었다. 조금 떨어진 곳에서 강희가 금칠이 입혀진 가마솥 앞에 숙연한 자세로 서 있는 것을 본 반포이선이 황급히 다가갔다.

"백운관에서 단연 백미라면 이 가마솥에 쓰여 있는 글이 아닌가 하옵니다. '하늘을 공경하고 백성을 사랑함으로써 나라를 다스리라. 자비롭고 검소하고 맑고 깨끗함으로 심신을 다스리라'敬天愛民以治國, 慈儉淸淨以修身 이는 명나라 정덕正德(무종武宗을 일컬음)황제가 남긴 글이옵니다. 기품이 철철 흐르는 것 같지 않사옵니까?"

반포이선이 부지런히 강희의 눈치를 살피면서 물었다. 그러나 강희는 반포이선의 말에는 애초부터 신경쓰지 않는다는 듯 대답은커녕 쳐다보지도 않았다. 여전히 높이가 육척은 넘어 보이는 가마솥을 매만지면서 흥미진진하게 바라볼 뿐이었다.

강희는 몇 개 왕조를 거쳐 흥망성쇠를 거듭하면서 다사다난한 인간사의 증인이 됐을 가마솥을 오래도록 매만졌다. 남다른 감회를 느꼈다. 그는 곧 자신의 마음을 들켜버리기라도 한 듯 가라앉은 마음을 황급히 추슬렀다.

"오배 중당이 같이 왔더라면 좋았을 텐데! 다른 사람은 몰라도 그러면 이 가마솥을 거뜬히 어깨에 둘러맬 수 있을 거야. 그대 생각은 어떤가? 짐의 말대로 오배 중당이 이 가마솥을 들어 옮길 수 있다고 생각하는가?"

강희가 넌지시 반포이선을 쳐다봤다. 그의 말은 단 한 마디였으나 너무나도 노골적이었다. 사실 그의 말 속에는 숨은 뜻이 있었다. 하夏나라의 우왕禹王은 천하를 9개의 주州로 나눴다. 그리고는 금金을 거둬들여 아홉 개의 가마솥을 만들었다. 그 각각의 가마솥에는 9개 주의 이름과 글귀를 새겨 놓았다. 9개의 가마솥을 가지는 자가 곧 천하의 주인이 된다는 의미였다. 그러므로 "오배가 가마솥을 들어 옮길 수 있겠느냐?"라고 묻는 말은 바로 반란을 의미했다.

박식하기로 유명한 반포이선이 강희의 말에 담긴 숨은 뜻을 모를 리가 없었다. 당황하지 않는다면 그게 이상할 일이었다. 아니나 다를까, 그는 어물거리다가 겨우 어색한 웃음을 지어내면서 대답했다.

"이천 근은 충분히 될 것 같사옵니다. 아무리 오 중당이라고 해도 이 정도 무게의 솥을 들어 올린다는 것은 불가능하다고 생각하옵니다."

"무량수불無量壽佛!"

그때 50세 가량은 돼 보이는 늙은 도사가 태극전太極殿 동쪽에서 느릿느릿 팔자걸음을 하고 나오면서 합장을 했다.

"멋진 거사居士님들 같습니다. 부디 복 많이 받으십시오! 이렇게 이른 시간에 불공을 드리러 나오신 것을 보니 신심이 깊으신 모양이군요. 뒷방은 그나마 깔끔하게 정리돼 있으니, 들어가서 차라도 한잔 하시죠!"

두 사람이 늙은 도사의 자상함에 답례를 하려던 바로 그 순간 위동정이 나섰다.

"도사님, 감사합니다. 그러나 저희들은 여기 좀 더 있다가 나중에 그쪽을 둘러보려고 합니다!"

그 말에 도사는 머쓱한 표정이 돼 헛기침을 하더니 돌아섰다.

"우리에게 보시布施를 청하는 것이옵니다."

위동정이 도사의 뒷모습을 바라보면서 덧붙였다.

"인적이 드문 이런 피폐한 사원에서는 큰 명절 때나 보시를 조금 받을까 평소에는 거의 유람객을 찾아볼 수가 없사옵니다. 그러니 사원의 살림이 궁핍할 게 뻔하죠. 그런데 마침 시주깨나 할 것 같은 사람들이 우르르 몰려드니 쉽게 떠나보내려고 하겠사옵니까?"

강희가 옷을 툭툭 털면서 너스레를 떨었다.

"오늘따라 하필 돈을 안 가져왔네그려!"

반포이선이 황급히 소맷자락에서 은전 50냥을 꺼냈다.

"소인은 폐하와 감히 비할 바도 못 되니 스스로 돈을 챙겨 다닐 수밖에 없사옵니다."

위동정이 반포이선이 꺼낸 돈의 액수를 보고는 다시 가로막고 나섰다.

"하지만 액수가 너무 커서 안 되겠군요. 은전 한 냥이면 쌀을 일등품으로 일백삼십 근이나 살 수 있습니다. 그러니 너무 많이 주면 오히려 의심을 받기 딱 좋습니다."

위동정이 반포이선이 꺼낸 50냥짜리 은전을 건네 받아 손바닥에 놓더니 힘껏 박수치듯 툭 쳤다. 그러자 은전은 순식간에 두 조각으로 쪼개져 버렸다. 위동정은 은전의 큰 부분을 던지듯 반포이선에게 넘겨주고는 작은 것을 손에 들고 무게를 가늠해 봤다.

"그래도 스무 냥은 더 될 것 같네요. 이 정도라도 충분히 부자 행세를 할 수 있을 것 같습니다."

반포이선은 가슴이 덜컥 내려앉을 정도로 경악했다. 그러나 이내 마음을 다잡았다. 그가 의미심장하게 웃어보였다.

"척 봐도 대단한 실력이군. 그런데 한집 식구끼리 혈투를 벌일 것도 아니고, 이 자리에서 누구 기 죽일 일 있나?"

강희가 반포이선을 불러낸 것은 다 이유가 있었다. 굳이 따지자면 자신의 집안 형뻘 되는 이 사람이 도대체 어떤 위인인지를 시험해보고 싶었다. 그가 오배와 의기투합해 집안도둑 행세를 일삼는다는 사실을 모르는 바는 아니지만 그래도 어느 정도 돌이킬 여지가 있었으면 하고 내심 바랐던 것이다. 다시 말해 과거는 거친 황야의 바람에 훌훌 털어 날려 보내고 지금부터라도 조금만 회개의 뜻을 비친다면 손을 잡으려는 생각이었다.

하지만 반포이선의 말과 행동은 여전히 동아줄처럼 꼬여 있었다. 강희의 지극히 인간적인 배려를 전혀 깨닫지 못하는 듯했다. 일부러 엉뚱한 대답이나 하고, 툭하면 빈정대기나 하는 것은 화해의 손짓을 받아들이려는 자세가 아니었다. 강희는 은근히 화가 나고 불쾌해져 얼굴이 굳어졌다.

"여기는 이제 별로 볼 게 없는 것 같네. 우리 저 밑에 내려가 소설《서유기》西遊記에 나오는, 당나라 승려가 인도에 불경을 얻으러 갔을 때의 모습을 재현해 놓은 불상이나 보러 가세. 대부분 파괴됐다고 하지만 그래도 눈으로 한번 보자고."

반포이선이 앞장서 걸어가는 강희의 뒤통수를 노려보면서 콧방귀를 뀌었다. 마치 진작부터 그의 속내를 꿰뚫고 있다는 태도였다. 이어 그가 뭐라고 입을 열려는 순간이었다. 바로 앞에서 어린 도사가 쟁반에 김이 모락모락 나는 차 석 잔을 따라 조심스레 받쳐든 채 걸어오고 있었다. 반포이선이 말했다.

"호신, 자네 정말 귀신이군. 과연 자네 말대로야. 어서 은전이나 줘서 보내도록 하게!"

반포이선이 명령조로 말하고서 이내 다시 강희를 따라붙었다. 위동정은 미리 준비해 뒀던 은전을 쟁반에 올려놓았다.

"됐어요. 차는 마신 걸로 할 테니 약소하지만 시줏돈이나 가지고 가요!"

위동정은 곧바로 강희에게로 달려가려고 뒤를 돌아봤다. 순간 저 멀리에서 오차우가 두루마기 자락을 잡고 조심스레 돌계단을 올라오고 있는 모습이 눈에 들어왔다. 또 소마라고가 불안한 듯 주위를 두리번거리면서 뒤따르고 있는 것도 보였다.

위동정은 순간적으로 눈앞이 캄캄해졌다. 그러나 수수방관할 수는 없었다. 그는 강희와 반포이선이 불상에 대해 이런저런 의견을 주고받는 사이 살그머니 자리를 피해 오차우 일행을 향해 발길을 재촉했다.

소마라고 역시 거의 동시에 위동정을 발견했다. 그녀는 오차우 몰래 위동정 쪽으로 다가왔다.

"간 떨어질 뻔했네. 여기에는 어떻게 오셨어요?"

위동정이 인적이 없는 으슥한 곳으로 간 다음 소마라고에게 볼멘소리를 했다.

"무슨 이런 경우가 다 있어요! 두 사람이 만나는 날에는 그야말로 상상조차 할 수 없는 일이 일어날 거라는 사실을 몰라요? 오배 그자가 지금 혈안이 돼 오 선생님을 찾고 있는 줄 모르세요?"

"나도 속수무책인 것은 마찬가지예요!"

소마라고가 억울하다는 듯 입을 쫑긋거렸다.

"색액도 대인 댁의 사람들이 전부 이쪽으로 경비를 서러 나왔단 말이에요. 집안이 텅텅 비어 심심하다면서 따라 나오는 것을 내가 어떻게 막을 수가 있겠어요? 나무라지만 말고 어서 대책을 세워 봐요!"

위동정이 이맛살을 찌푸린 채 고민하다 마침내 입을 열었다.

"이미 쏟아진 물이에요. 그냥 밀고 나가는 수밖에 없어요. 쭈뼛쭈뼛하면 오히려 더 의심하게 될 테니까 차라리 맞닥뜨리는 게 더 나아요."

그러자 소마라고가 다른 걱정을 했다.

"문제는 이 바보 선비께서 반가운 나머지 '동생!' 하고 큰 소리로 부르는 거예요. 그러면 모든 것이 들통나고 말아요!"

"까짓것 들통나면 어때요! 다른 걱정은 하지 말고 침착하게 내가 하는 대로만 따라주면 돼요."

말을 마친 위동정이 다시 강희를 향해 발걸음을 재촉했다. 무슨 얘기를 나눴는지 강희와 반포이선이 환하게 웃고 있었다. 강희는 위동정과는 서로 한 발자국만 떨어져 있어도 눈길만은 놓치지 않는 버릇이 있었다. 때문에 위동정이 걸어오는 방향을 곁눈질하다 먼발치에서 아무것도 모른 채 걸어오는 오차우와 소마라고를 발견했다. 그는 순간 당황하면서 위동정에게 빨리 사태를 해결하라는 뜻의 의미심장한 눈짓을 보냈다.

그러나 위동정은 아무렇지도 않은 듯 알 듯 말 듯한 미소로 화답하면서 아예 몸을 돌려버렸다. 오차우와 소마라고가 가까워지기를 기다리겠다는 태도였다. 아니나 다를까, 그가 일부러 큰 소리로 말했다.

"이게 누군가! 세상이 진짜 넓고도 좁군. 여기에서 주朱형을 다 만나다니요!"

오차우는 갑자기 어안이 벙벙해졌다. 당연히 눈을 휘둥그렇게 뜬 채 위동정에게 뭔가 말하려고 했다. 순간 위동정이 잽싸게 오차우의 옷자락을 잡아당겨 강희에게 가까이 이끌었다.

"주 형, 내가 소개하겠소. 이 두 분은 모두 오배 대인 댁에서 일하십니다. 이 분은 견용명甄龍鳴, 저 분은 가자재賈子才라고 합니다. 우리 셋은 절친한 사이로 오늘 오래간만에 짬을 내 서로 만나 얘기를 나누고 있던 중이었소. 마침 잘 됐소. 그리고 보니 오늘 진짜 좋은 사람은 다 만났네, 하하하."

위동정은 진짜 임기응변에 능했다. 소마라고는 진작부터 그 사실을 모르지는 않았다. 그러나 그가 발음조차 어려운 엉뚱한 이름을 지어내자 터져 나오는 웃음을 참을 길이 없었다. 때문에 발끝으로 애꿎은 땅바닥만 후벼팠다.

오차우는 평소 어눌하고 눈치가 무딘 것으로 유명했다. 하지만 위동정의 눈빛과 여러 가지 느낌으로 미뤄 어느 정도 상황 파악은 할 수 있었다. 아니 오히려 한 술 더 떴다. 소마라고의 등을 살짝 밀면서 나무랐다.

"완낭, 어서 인사 올리지 않고 뭐해요?"

그러자 소마라고가 사뿐사뿐 다가가 미소를 머금은 채 가볍게 허리를 굽혀 인사를 했다.

다행히 반포이선은 특별히 이상한 느낌을 받지는 않은 눈치였다. 위동정이 엉겁결에 지어낸 이름이 약간 동네 건달 같은 느낌이 들기는 했으나 그런대로 괜찮다고 생각했다. 그보다는 완낭으로 불린 시녀가 왠지 눈에 익었다. 고개를 갸웃하면서 유심히 살펴보았다. 하지만 그는 강희를 직접 만난 횟수가 열 손가락으로 꼽을 수 있을 만큼 적었다. 완낭이 소마라고일 것이라는 생각은 전혀 하지 못했다. 그가 아무렇지도 않은 듯 히죽 웃으면서 말했다.

"아무튼 반갑습니다. 괜찮다면 우리 같이 산책이나 하는 게 어떻겠습니까?"

"이렇게 만난 것도 인연입니다. 그렇게 합시다."

오차우도 흔쾌히 대답했다. 그러나 가슴속의 의문투성이는 사라지지 않았다. 오히려 가슴이 더 답답해졌다. 강희 역시 그랬다. 애써 의연한 척했으나 속으로는 긴장을 감추지 못했다. 하지만 분위기로 볼 때 한 차례 광풍은 비켜갔다고 해도 좋았다. 그는 그제야 서서히 안도를 하면서 웃는 얼굴로 오차우를 바라봤다.

위동정은 오차우가 실수로라도 "용공자!"나 "아우!" 하면서 아는 척이라도 할까 봐 전전긍긍했다. 어떻게든 술자리를 만들어 반포이선을 만취시키는 게 상책이었다. 그는 그런 생각이 들자 슬며시 오차우의 옷자락을 잡아끌었다.

"우리 모처럼 만난 김에 이러고 있을 게 아니라 어디 가서 쉬면서 회포나 풀어봅시다. 오랜만에 목도 축일 겸 술도 한잔 곁들이면서 말이오."

그러자 강희가 화답했다.

"좋아. 우리 오늘은 위동정의 명령에 따릅시다!"

강희의 말이 끝나기 바쁘게 시위들이 눈치 빠르게 즉석에서 술상을 차렸다.

어느새 해는 중천에 떠올랐다. 따가운 햇살이 일행들의 정수리를 따갑게 비추고 있었다. 곧이어 추풍이 서서히 흙먼지를 일으켰다. 동시에 한 무리의 먹장구름이 떼를 지어 길을 재촉했다. 그런 가운데 낡은 정자 안에서는 평소 품은 생각이 다를 뿐 아니라 의지와 취미가 제각각인 사람들이 우연히 만나 필연적인 운명을 엮어가고 있었다. 그들은 술 한 잔씩을 마신 다음 어색한 분위기를 모면하려는 듯이 하나같이 연못 안에서 노니는 물고기들을 바라보면서 각자 생각에 잠겨 있었다.

때마침 오동통하게 살이 오른 커다란 잉어 한 마리가 힘차게 수면 위로 솟구쳐 올랐다. 이어 원을 그리더니 다시 풍덩! 소리를 내면서 물속으로 사라져버렸다. 강희가 잉어가 튕긴 물이 묻었는지 얼굴을 옷소매로 닦으면서 시흥詩興이 북받쳐 조용하게 읊조렸다.

구름 위로 치솟아 오를 듯한 잉어의 힘찬 저 몸짓,

그러자 오차우가 박수를 치면서 뒤를 이었다.

마치 가을 하늘을 가를 듯 날카롭구나.

위동정도 "실례합니다"라는 말과 함께 끼어들었다.

하늘의 조화를 대변하는 저 기상,

이번에는 반포이선이 기다렸다는 듯 뒤를 이었다.

　오직 금룡金龍을 향한 줄기찬 움직임이 아닌가!

　강희는 다른 사람이 시를 읊을 때는 가만히 듣고만 있었다. 하지만 반포이선의 마지막 한 구절에서는 손바닥이 얼얼할 정도로 박수를 보냈다. 동시에 연신 엄지를 치켜세웠다. 그런데 오차우가 그런 두 사람에게 바로 찬물을 끼얹어버리고 말았다.
　"그저 단순한 시라고 듣고 넘기기에는 어쩐지 너무 천박한 느낌이 드는군요. 툭하면 천자를 금룡에 비교해 군주에게 아첨하거나 비굴하게 빌붙어 사는 기생충들이 자주 우려먹는 수법인 것 같으니 말입니다. 여기가 뭐 황제가 지켜보는 과거 시험장인가요? 금룡을 운운하게!"
　소마라고는 거침없는 오차우의 말에 애를 태웠다. 급기야 걱정스런 눈매로 강희를 힐끔 쳐다봤다. 그러나 강희의 표정은 평온하기 이를 데 없었다.
　오히려 그 덕분에 반포이선의 의심이 깔끔히 해소됐다. 그는 은근히 오차우의 내력에 신경을 쓰고 뭔가 모르게 석연치 않은 느낌을 받고 있었다. 하지만 이내 모든 의심을 풀어버렸다.
　'아무튼 너무 민감한 것도 병이야. 만약 이 주 아무개라는 자가 상대가 황제인 줄을 알고 있다면 이런 무례를 범할 수는 없지 않은가?'
　한참 주판알을 튕기던 반포이선이 다시 입을 열었다.
　"주 선생 말씀도 지당하다고 생각됩니다. 하지만 명색이 선비라면 말 끝마다 군주를 찬미하는 말을 아끼지 않아야 합니다. 그것도 미덕이라면 미덕입니다."
　"꼭 틀린 말은 아니기는 합니다. 그러나 세상의 문인들이 전부 드러내

놓고 금룡이니 뭐니 하는 것만 써낸다면 어디 식상해서 책 읽는 재미가 나겠습니까? 중요한 것은 마음에서 우러나오는 글입니다. 산천의 아름다움을 읊고 꽃과 달을 노래해도 됩니다. 천자를 찬미하기 위해 굳이 꼭 금룡을 고집할 필요가 있겠습니까?"

반포이선은 말할 때나 입을 다물고 있을 때나 어딘가 모르게 기품이 철철 넘치는 오차우에게 어지간히 기가 죽었다. 또 결코 입싸움으로 승부를 걸 상대가 아니라는 사실도 직감했다. 그가 머리를 가볍게 끄덕여 보였다. 그러나 오차우는 그의 기분 따위는 전혀 개의치 않는 듯 술 한 모금을 쭉 들이키더니 난간에 기대 즉흥시를 읊기 시작했다.

산 중턱에 올라 멀어져 가는 당신을 배웅하면서도 슬픈 줄 몰랐네.
나라 위해 청춘을 불사르러 떠나는 당신이기에 자랑스럽기만 했다오.
늘 여기 백운관 낡은 정자에 앉아 있노라니 낙엽 떨어지는 소리가 마냥 쓸쓸하네.
두견새 우는 봄날은 몇 번이나 찾아왔건만 나는 당신을 그리면서 찬비를 맞으며 낚싯대를 드리운다오.

강희가 숨죽인 채 귀를 기울여 듣고 있다 먼저 반응을 보였다.
"오늘 백운관에 오기를 정말 잘했습니다. 이렇게 좋은 시를 어디 가서 들어볼 수 있겠습니까!"

강희의 말에 다들 공감을 표했다. 그러나 유독 소마라고만은 달랐다. 눈물이 글썽한 얼굴로 말없이 먼 산만 바라보고 있었다.

위동정은 오차우를 뚫어져라 쳐다보는 반포이선의 표정이 예사롭지가 않다고 느꼈다. 잽싸게 화제를 돌려버렸다.

"주 형은 술 한잔 주기가 겁난다니까요! 때와 장소를 가리지 않고 나

같은 무식한 사람은 알아듣지도 못할 시나 읊어서 분위기를 망치고는 하니 말입니다."

그러자 강희가 껄껄 웃으면서 말을 받았다.

"오늘 보니 우리 호신도 농담을 곧잘 하네요. 내 꽁무니만 쫓아다니는 줄 알았는데 말입니다. 그러면 그대 생각에는 남은 시간을 어떻게 보내는 게 좋을 것 같소이까?"

"기분을 띄우는 데는 우스갯소리만한 것이 없을 것 같습니다. 웃기지 못하는 사람에게는 벌주를 마시게 하면 됩니다."

위동정이 제안했다.

"그게 좋겠네요!"

반포이선도 덩달아 흥이 난 듯 엉덩이를 들썩이면서 화답했다.

"내가 먼저 우스운 얘기를 하나 해보겠소이다. 어떤 수재秀才가 죽어서 염라대왕을 만나러 갔습니다. 그런데 염라대왕이 방귀를 뀌더래요. 그래서 그 수재가 즉석에서 〈방귀부〉賦를 지어냈다고 합니다. '대왕님의 볼기짝은 수천 리 밖에 향기를 풍기는 세상에 둘도 없는 뛰어난 악기, 그 독특한 향은 두고두고 취하고 싶은 여인의 향기로다!'라고 말입니다. 순간 염라대왕이 너무나 기쁜 나머지 그에게 십이 년 동안 인간세상에서 더 살도록 특혜를 베풀어 줬다고 합니다. 수재는 십이 년 후에 다시 염라대왕을 만났습니다. 이번에는 아예 안하무인격으로 삼라전森羅殿(염라대왕의 재판을 받는 곳)으로 들어가 떡 자리를 잡고 앉았더래요. 그러자 그 수재를 알아볼 턱이 없는 염라대왕이 물었죠. 너는 누구냐 하고요. 그러자 수재가 말했답니다. '십이 년 전 〈방귀부〉를 불러 환생했다가 돌아온 그 선비이옵니다!'라고요"

오차우가 반포이선의 얘기가 끝나자 바로 말을 받았다.

"잘 모르기는 하나 가자재 선생은 대단한 실력자인 것 같습니다. 이 얘기 하나로 세상의 아첨꾼들을 싸잡아 힐난하는 효과를 거뒀으니 말입니다!"

강희도 처음에는 웃음을 참을 수가 없었다. 그러나 곰곰이 생각해 보니 반포이선이 자신을 의식하고 일부러 얘기를 꾸며낸 것 같아 은근히 불쾌해졌다.

'이런 건방진 자식 같으니라고!'

강희는 속으로 반포이선에게 욕설을 퍼부었다. 그러나 겉으로는 아무렇지도 않은 척했다.

"이번에는 호신 차례입니다."

위동정은 강희의 말에 한참동안 머리를 싸매고 골똘히 생각했다. 그가 이윽고 입을 열었다.

"다들 방귀에 약한 것 같네요. 저도 그걸로 하겠습니다. 명나라 때 풍류를 아주 즐기는 진전陳全이라는 먹물깨나 먹은 선비가 있었습니다. 하루는 그가 밖에 나가 놀다 얼떨결에 황제의 사냥터로 잘못 들어가게 됐는데, 당연히 태감한테 잡히고 말았습니다. 워낙 유명한 사람이라 태감은 그를 바로 알아보고는 이렇게 말했답니다. '그대는 말 잘하고 놀기 좋아하는 수재로 유명하오. 어디 한번 나를 웃겨 보시오. 그러면 즉각 풀어주리다'라고요. 그러자 진전이 '피!'屁(방귀)라고 말했대요. 어안이 벙벙한 태감이 무슨 뜻이냐고 물었습니다. 그러자 진전이 '내보내든 말든 알아서 하세요!'라고 그랬대요."

사람들은 또다시 배꼽을 잡고 웃었다. 그러자 이번에는 오차우도 질세라 끼어들었다.

"몸 파는 창기 출신인 어떤 부잣집 여자가 있었습니다. 그녀가 모친상을 당하자 사람을 불러 위패를 써달라고 부탁을 했답니다. 그런데 부탁이 까다로웠습니다. 부잣집 체통에 어울리게 쓰되 거짓말을 해서는 안 된다고 쐐기를 박았다는 거예요. 그녀의 요구는 아무래도 무리한 것 같았어요. 천 냥을 준다고 해도 선뜻 나서는 사람이 없었으니까요. 그런데 하루는 어떤 생계가 막막한 선비가 와서는 다짜고짜 붓을 휘날리더랍니다. 뭐라고 썼는지 궁금하지 않으세요? '흠봉내각대학사, 양광총독, 가이부상서함, 영시위내대신태자소보왕보상가복격지유마마영위'欽奉內閣大學士 兩廣總督 加吏部尙書銜 領侍衛內大臣太子小保王輔相家僕隔之劉媽媽靈位라고 썼다는군요!"

오차우가 말한 위패의 내용은 길기는 했으나 간단했다. 조정의 고급 관리인 왕보상이라는 사람의 노비와 이웃인 유씨 어멈의 영정이라는 뜻이었다. 겨우 웃음을 그쳤던 사람들이 또다시 드러눕다시피 하며 웃음보를 터트렸다. 이번에는 소마라고마저 끝내 웃음을 참지 못하고 소리내어 웃고 말았다.

네 사람은 지칠 줄도 모르고 계속 얘기를 이어갔다. 하지만 눈물을 뺄 만큼 빼고 아랫배가 아플 정도로 웃고 난 다음부터인지라 그 다음 얘기부터는 별로 웃기지가 않았다. 덕분에 별로 재미없는 얘기를 한 반포이선과 강희가 벌주를 한 잔씩 마셔야 했다.

분위기가 슬슬 무르익어가자 반포이선이 위동정을 쳐다봤다. 이제는 '별 거지 같은 놈을 만나 나만 피곤해지는구나'라고 생각하면서 오차우를 흘겨 보던 반포이선이 아니었다. 그가 급기야 간청하듯 물었다.

"호신, 또 재미나는 것 없는가?"

"저는 비록 배운 것은 많지 않으나 웃음보따리는 두둑합니다. 들어보시죠. 어느 고을에 장님을 겨우 면한 시력이 아주 나쁜 사람이 살고 있었습니다. 그가 설날에 길을 가다가 누군가가 터뜨리다 만 폭죽을 주워 들었습니다. 처음에는 그게 뭔지 잘 몰랐습니다. 머리를 갸우뚱했으니까요. 그러다 집에 돌아가서는 그걸 촛불에 비춰봤답니다. 그러자 갑자기 '펑!' 하는 요란한 소리와 함께 폭죽이 손에서 터지고 말았어요. 그 소리를 들을 수 없었던 어떤 귀머거리가 물었답니다. '당신이 방금 들고 있던 게 뭐길래 갑자기 산산조각이 나는 거요?'라고 말이죠."

이번에는 웃기기보다는 많은 것을 생각하게 만드는 얘기였다. 오차우가 위동정의 말이 끝나자 마치 기다렸다는 듯 자리에서 일어났다.

"호신은 역시 재주꾼입니다! 그런데 어쩌죠? 오늘은 다른 일도 있고 해서 그만 가봐야겠습니다. 장님이 폭죽을 터뜨리고 귀머거리가 구경하듯 우리도 오늘 남은 시간은 따로 놀아봅시다!"

말을 마친 오차우가 곧바로 "완낭!" 하고 소마라고를 부르더니 이내 떠나버렸다.

20장
점괘占卦

소마라고는 오차우를 앞세우고 백운관을 빠져나와서야 겨우 안도의 숨을 내쉴 수 있었다. 반포이선에게 들통이 날까 가슴 졸인 시간이 그녀에게는 그야말로 고문이나 다름없었다. 그러나 아직 고비는 남아 있었다. 어리숙하기 짝이 없는 선비 오차우의 질문에 적당히 둘러댈 말을 찾아야 했으니까.

그러나 오차우는 즉각 의문을 제기하지 않았다. 뭔가를 골똘히 생각하면서 말없이 걷기만 했다. 소마라고가 화제를 다른 쪽으로 몰고 갈 요량으로 조용하게 물었다.

"시장하시죠? 급한 일도 없는데 우리 어디 쉬어갈 만한 곳을 찾아 허기나 채우고 가요. 내 팔다리도 주인을 잘못 만나 톡톡히 고생을 하고 있으니 말이에요."

"그러죠!"

오차우가 흔쾌히 대답했다. 하지만 그는 본론을 꺼내는 것은 잊지 않았다.

"그런데 아무리 생각해 봐도 오늘 일이 우연 같지는 않다는 말이에요. 용공자와 위동정하고 같이 나온 사람은 어딘가 모르게 행동이 어색했어요. 친구가 아니라 마치 용공자의 시중을 드는 아랫것 같은 느낌이 들었다고요. 또 완낭이 용공자하고 서로 아는 척을 하지 않는 것도 이상하고 말이에요."

소마라고는 오차우의 물음에 이미 대비하고 있던 차였다. 그랬기에 손으로 입을 막고 웃었다.

"그는 오배의 오랜 식객이에요. 타고 나기를 그렇게 타고 났어요. 아무리 의젓해지려고 해도 천성적으로 그럴 수가 없죠. 비굴한 아랫것의 전형이라고나 할까요. 서로 모르는 척할 수밖에 없었던 것은 위동정의 친척 형인 그 사람을 믿을 수 없어서죠. 사람을 어떻게 알아요. 괜히 오배 집에 들락거리면서 입을 잘못 놀리는 날에는 큰일이 나거든요. 모르는 척하는 것이 낫죠."

오차우는 역시 누가 뭐라고 하면 곧이곧대로 믿는 선비였다.

"그래도 너무했던 것 같네요. 밖에서 우연히 만나 얼마나 반가웠다고요. 애써 참느라 죽을 뻔했어요."

두 사람은 얼굴에 웃음을 머금은 채 도란도란 얘기를 나누면서 걸었다. 얼마 후 주변의 황폐함과는 약간 어울리지 않는 멋스러운 토담으로 둘러싸인 술집이 나타났다. 깨진 기왓장더미를 에둘러간 곳이었다. 술집의 돌담에는 덩굴이 사방으로 뻗어 있었다. 또 세월의 무상함을 느끼게 하는 주위의 굵고 커다란 고목들은 곳곳에 시원한 그늘을 만들고 있었다. 작지만 아담한 술집이었다.

"책 읽고 술 마시기에는 이런 장소가 제격이죠."

오차우는 기분이 좋은 듯했다.

"두 분, 식사 하시려면 어서 들어오십시오. 맛이 기가 막힌 양고기 전
골이 있습니다. 둘이 먹다 한 명이 죽어도 모를 북경 원조 칼국수도 있
고요."

오차우는 소마라고와의 대화에 몰두해 있느라 가게 주인에게 신경
을 쓰지 않았다. 그런데 갑자기 들려오는 목소리가 귀에 익었다. 그가
흠칫 놀라면서 뒤를 돌아봤다. 많이 본 듯한 얼굴이었다. 그는 다시 한
번 시선을 보내다 깜짝 놀랐다. 열붕점 주인 하계주가 틀림없었다. 반갑
고 놀라웠다. 그는 오랫동안 못 본 사이에 배가 나오고 얼굴에는 윤기
가 좔좔 흘렀다.

"계주, 자네 맞지? 여기는 어떻게 왔어?"

"어? 둘째 도련님!"

하계주 역시 오차우를 미처 알아보지 못했다. 당연히 깜짝 놀랐다. 그
는 곧 오차우와 소마라고를 번갈아 바라보면서 히죽 웃어 보였다.

"갈수록 태산입니다. 소인은 보시다시피 요 모양 요 꼴로 사는 재주
밖에는 없나 봐요. 도련님께서 이런 옷을 입고 계시니 관청의 일품 관리
인 줄 알았지 뭡니까. 어서 인사 받으세요!"

하계주가 바로 무릎을 꿇으며 인사를 올렸다.

소마라고는 일찍이 위동정으로부터 하계주라는 사람에 대해 어느 정
도 들은 바가 있었다. 때문에 '산고'山沽라는 간판을 유심히 살펴보면서
오차우를 따라 안으로 들어갔다.

"도련님이 떠나시고 얼마 지나지 않아서 저의 열붕점도 문을 닫을 수
밖에 없었어요. 쥐구멍에도 볕들 날이 있다고, 위동정 어른이 여기에다
이렇게 살 곳을 마련해 주지 않았겠어요! 다 도련님 덕분입니다. 고맙
기도 하고……."

하계주는 오차우와 소마라고의 뒤를 따라 종종걸음으로 들어오면서 쉴 새 없이 입을 놀렸다.

"소인은 정말 도련님을 만나 새로운 인생을 산다고 해도 과언이 아니에요. 도련님 친구분들이 아니었다면 이번에도 하마터면……."

하계주는 막 뭔가를 더 말하려고 했다. 그러나 다른 손님이 들어오자 입을 꾹 다물고 말았다. 이어 오차우와 소마라고를 자리에 안내하고는 주방으로 사라졌다.

소마라고는 내실로 들어와서 연신 고개를 갸웃거렸다. 바깥채에 앉아 있는 손님이 어디선가 본 듯했던 것이다. 하지만 누구인지 쉽사리 생각나지 않았다. 그녀는 하계주가 음식을 만들어오는 그다지 짧지 않은 시간 동안 내내 기억을 떠올리려 노력했다. 그제야 그녀의 뇌리에 갑자기 무언가가 스치고 지나갔다.

"항간에 무지무지 못 생긴 자객이 있다는 소문이 자자하던데, 그 사람이 맞는 것 같아. 그런데 여기에는 뭘 하러 왔지?"

소마라고는 혼잣말처럼 중얼거리면서 떨리는 가슴을 부여잡았다. 강희 일행이 이미 떠난 것은 그나마 다행이었다. 안심이 되었다. 그녀는 자신도 모르게 한숨을 가볍게 내쉬었다.

오차우는 소마라고가 겪고 있는 심경의 변화를 전혀 눈치채지 못했다. 아무래도 마음이 콩밭에 가 있는 것이 분명했다. 그의 시선을 보면 확실히 그랬다. 건너 쪽 벽면에 지저분하게 적혀 있는 글귀나 인사말 따위를 향하고 있었던 것이다. 손님들이 남기고 간 낙서들이었다. 어디를 가나 선비 티를 물씬 풍기는 오차우다웠다. 더구나 두 눈을 반짝이면서 여기저기 부지런히 뭔가를 찾아 헤매는 모양새가 예사롭지가 않았다. 낙서들은 대부분 백운관을 둘러보고 즉흥적으로 남긴 찬사였다. 가끔 인과응보와 같은 교훈적인 내용들도 보였다. 세상사에 찌든 사람들이 버릇처럼 우려먹는 식상한 말들이었다. 그래서 재미는 별로 없었다. 하지만 유독 한 줄의 글귀는 달라 보였다. 눈에 톡 쏘듯 안겨왔다. 오차우는 그걸 먼저 읽어본 모양이었다. 시무룩한 표정을 한 채 탁자 위에 손가락으로 뭔가를 두서없이 휘갈긴 다음 생각에 잠겨 있는 것은 아마 그 때문일 터였다. 소마라고는 궁금증을 이기지 못하고 다가가서 그 글을 읽어 보았다.

임인壬寅년 삼월, 미모의 여인과의 낭만적인 해후에 감격하다.

소마라고는 순간 얼굴이 화끈 달아올랐다. 자신도 모르게 입도 삐죽거렸다.

"정말 문인의 탈을 쓴 사람들은 이해할 수 없는 짓을 많이도 하는군요. 아무 거리낌도 없이 이런 추잡스런 글을 떡하니 남겨 놓다니."

오차우가 빙긋 미소를 지었다.

"《삼국연의》를 거꾸로 외울 정도로 많이 읽었다면서요? 이게 뭐가 어때서 그러시오? 조금 있다가 내가 몇 마디 더 이어보겠소."

바로 그때 하계주가 김이 모락모락 나는 닭 한 마리를 쟁반에 받쳐들고 들어왔다. 이어 푹 삶은 닭다리를 잡고 숙련된 동작으로 가볍게 흔들었다. 닭고기가 쟁반 위로 무너지듯 순식간에 해체됐다. 하계주는 닭고기 냄새가 코를 자극하는데도 여전히 낙서에만 관심을 두고 있는 두 사람을 보면서 혀를 찼다.

"이 가게의 옛 주인이 그러더군요. 삼월에 어마어마한 귀인이 여기를 다녀갔다고 하더라고요."

"만주족이었대요?"

소마라고가 물었다.

"아니요. 한족이었다고 하더군요."

하계주가 덧붙였다.

"어떤 여자와 같이 왔었다고 하는데, 양귀비 뺨치는 미인이었대요!"

오차우는 머릿속으로 글귀를 다듬는지 하계주의 말은 듣는 둥 마는 둥 했다. 하계주가 눈치 빠르게 바로 주렴을 제치고 붓과 벼루 및 먹을 가져오기 위해 밖으로 나갔다. 소마라고는 순간 그 자객 같은 사람도 자리에서 일어나 밖으로 나가는 것을 봤다.

오차우는 멍하니 앉아 뭔가 심각하게 생각하는 그녀의 모습을 미소 띤 얼굴로 지켜보면서 물었다.

"완낭, 무슨 생각을 합니까?"

소마라고가 아무것도 아니라는 듯 어색한 웃음을 지었다.

"그 정도 미인이라면 진원원陳圓圓이 아닐까요? 그렇다면 그 남자는 오삼계일 것이 분명하고요."

소마라고의 말에 오차우도 그제야 이마를 툭 치면서 벽보의 필체를 유심히 살폈다. 그러더니 자신 있는 어조로 말했다.

"맞아요. 틀림없는 오삼계의 필체예요. 전에 그 사람이 아버지에게 편지를 보낸 적이 있어요. 그때 필체가 하도 멋져서 내가 눈여겨 봐 뒀었죠. 이 필체의 주인공은 오삼계가 틀림없어요! 완낭, 정말 대단한 눈썰미입니다. 어떻게 거기에까지 생각이 미칠 수 있었습니까?"

"도련님!"

그때 하계주가 환한 얼굴을 하고 돌아왔다. 손에는 종이와 붓, 먹과 벼루 등이 들려 있었다. 오차우가 기다렸다는 듯 붓을 잡더니 하계주에게 말했다.

"괜히 자네의 가게만 엉망으로 만드는 것은 아닌지 모르겠네."

하계주가 문제될 것 없다는 듯 사람 좋게 웃었다.

"무슨 그런 서운한 말씀을 하세요. 제 가게면 도련님 가게나 마찬가지입니다. 소인은 모든 걸 다 팔아서라도 도련님의 필체를 소장하고 싶습니다. 낯설고 물 선 타향이라 사람들이 몰라서 그렇지 양자강揚子江만 넘어서면 도련님을 모르는 사람이 어디 있나요!"

오차우가 소마라고에게 말했다.

"이 사람이 춘추필법春秋筆法을 사용했으니 나도 그렇게 이어가야 되겠네요."

오차우가 소맷자락을 걷어붙이더니 바로 글을 써내려가기 시작했다.

여름 가뭄이 장구하고 가을 서리는 지속되는데,
겨울 눈비가 예사롭지 않으니 세상을 떠나는 여인네를 어이하리!

오차우는 글을 다 쓰고 자리에 앉자마자 손바닥을 비비면서 말했다.

"도덕과 인간성이 땅바닥에 떨어진 인간이 주제 파악조차 못한다면 제 명에 못 갈 것이 뻔하지 않겠습니까?"

그러자 소마라고가 화답했다.

"일리가 있는 말씀이네요. 그런데 이 글을 남긴 사람들은 어느 방향으로 갔을까요?"

오차우가 소마라고의 말에 잠깐 머뭇거렸다. 하계주는 그동안 소마라고를 호기심에 가득찬 눈매로 일별하면서 조심스럽게 대답했다.

"전에 이곳을 경영하던 주인한테서 다른 얘기는 못 들었습니다."

소마라고는 자신이 못 미더워 하계주가 입을 열지 않는다고 생각했다. 순간적으로 기분이 언짢아졌다. 결국 그녀가 찬바람 쌩쌩 도는 어투로 쏘아붙였다.

"저한테 이러시면 안 되죠! 이 분은 당신의 옛 주인이고, 위동정……

아니 위 어른도 안면이 있는 사람이잖아요. 도대체 누구를 믿지 못해 이러는 건데요?"

순간 당황한 하계주가 평생 숨죽여 살아온 아랫것답게 허리를 굽실거렸다.

"그건 정말 오해입니다. 소인이 간덩이가 부어도 유분수지, 어떻게 도련님을 속일 수가 있겠습니까? 아가씨가 자리에 없고 도련님만 계셨더라도 제 대답은 똑같았을 겁니다. 소인은 정말 모릅니다."

오차우가 쩔쩔 매는 하계주가 안쓰러운지 거들고 나섰다.

"완낭, 오삼계니 뭐니 하는 것들은 우리하고는 아무 상관이 없습니다. 얼른 먹고 갑시다."

오차우의 말에 소마라고도 그제야 자신이 지나치게 흥분했다고 생각했는지 민망스러운 표정으로 하계주에게 사과했다.

"농담이었어요. 제 말은 마음에 두지 말고 일 보세요."

위동정과 반포이선은 강희를 무사히 궁 안으로 들여보낸 다음 대기 중이던 장만강과 낭심에게 뒷일을 단단히 부탁하고는 밖으로 나왔다.

천안문天安門을 나서자마자 반포이선이 먼저 입을 열었다.

"아직 해가 지려면 멀었소. 우리 어디 조용한 곳으로 가서 술이나 한잔 하는 것이 어떻겠소? 내가 한잔 사겠소!"

위동정 역시 기다렸다는 듯 흔쾌히 동의했다. 두 사람은 곧 제복을 벗어 수행원들에게 넘겨줬다. 이어 말도 타지 않고 걸어서 서고루西鼓樓 쪽으로 향했다.

차와 음식을 파는 서고루는 선무문宣武門 밖 번화가에 자리 잡고 있었다. 정문에 들어설 때 첫눈에 안겨오는 '청풍고루'清風鼓樓라는 도금 편액이 내력이 범상치 않은 가게라는 사실을 말해주었다. 양쪽 대문에는 명나라 정덕황제가 친필로 써 줬다는 글도 걸려 있었다.

　　산등성이 적설 위의 우아한 매화꽃 향기,
　　바람 타고 솔솔 식객의 코를 간지럽히는구나.

　과연 정덕황제다운 어필이었다. 가게는 다른 것은 제쳐두고 바로 이 정덕황제의 글로 인해 음식맛과는 무관하게 백여 년 동안 문전성시를 이뤄왔다. 금릉金陵, 소주蘇州, 항주杭州 등지에도 분점이 있을 정도였다. 한마디로 유서 깊은 가게였다.

　"이 정덕황제는 지나치게 자유분방한 게 흠이었소. 그 덕분인지 필체는 힘 있고 멋이 있는 것 같소."

　위동정이 말을 받았다.

　"사실 정덕황제도 알고 보면 우매하고 무능하기만 했던 것은 아니었습니다. 사람을 잘못 써서 소인배와 간신들에게 휘둘리지만 않았더라도 그나마 괜찮게 정치를 했을 사람인데 말입니다."

　"맞는 말이오."

　반포이선도 공감을 표했다. 가게는 차와 음식을 함께 파는 곳이라는 사실이 믿기지 않을 정도였다. 진열대에 전시된 수많은 요리들이 눈을 풍요롭게 하고 있었다. 그 앞으로는 종업원들이 땀을 뻘뻘 흘리면서 바쁘게 뛰어다니다시피 하고 있었다. 심지어 아래층은 상대방의 말소리도 들리지 않을 정도로 시끌벅적했다. 정상적인 대화는 불가능했다. 그래서 두 사람은 조용한 위층으로 올라갔다.

　위층에는 아나나 다를까, 이 집 단골인 호궁산이 창가에 자리를 잡고 앉아 있었다. 혼자서 차를 마시는 모양이었다. 그의 행색은 진짜 우스꽝스러웠다. 싯누렇게 뜬 얼굴에 묘하게 세모꼴로 찢어진 두 눈, 제멋대로 뻗은 눈썹은 그야말로 목불인견目不忍見이라고 해도 좋았다.

위동정은 창밖에 시선을 고정시키고 있는 호궁산을 향해 먼저 다가 갔다.

"호 선생님, 좋은 풍경입니다. 혼자서만 그렇게 즐기고 계시면 안 되 죠!"

그제야 위동정을 알아본 호궁산이 황급히 자리에서 반쯤 일어나면 서 반겼다.

"위 대인, 오래간만입니다. 건강하시죠?"

호궁산이 바로 절을 올리려는 자세를 취했다. 위동정이 황급하게 그 를 제지했다.

"제가 어찌 이런 예우를 감당할 수 있겠습니까? 그냥 편하게 대하시 면 됩니다!"

호궁산이 이번에는 반포이선을 바라보았다.

"외람되지만 이 대인도 어디서 뵈었던 분 같습니다."

반포이선도 머리를 갸웃거렸다.

"내무부 황 총관의 집에서 한 번 만났던 것 같습니다."

"그렇군요. 맞습니다, 맞아요! 반 대인이시죠? 용서하십시오. 대인을 못 알아 뵌 소인을 말입니다. 그때 황 총관께서 중풍 증세가 있었습니 다. 제가 왕진을 갔었죠."

세 사람은 부산하게 인사를 주고받았다. 그러는 사이에 더운 물에 적 신 수건을 받쳐들고 서 있던 종업원이 잽싸게 끼어들었다.

"이걸로 얼굴을 닦으시고 이쪽으로 앉으세요, 대인들."

반포이선이 기분 좋게 위동정과 호궁산을 양쪽에 앉히고는 말했다.

"오늘 호신과 취하도록 마셔보려고 했었습니다. 잘 됐네요! 우리 같이 한번 진창 마시고 뻗어봅시다."

그러자 호궁산이 입을 열었다.

"소인은 이미 얼큰하게 한잔 했습니다. 잘못하면 먼저 널브러질 것 같습니다."

위동정이 사람 좋게 웃으면서 말을 받았다.

"반 대인은 가진 게 돈밖에 없습니다. 취하면 여관도 잡아주고 다 알아서 해주실 겁니다. 어쩌다 한 번인데, 설마 모른 척이야 하겠습니까?"

위동정은 슬쩍 농담을 하면서 넌지시 모든 것을 다 받아들이겠다는 듯 웃고 있는 반포이선을 쳐다봤다. 사실 그는 뒤에서 몰래 호박씨를 까고 앉아 있는 반포이선의 속내를 훤히 꿰뚫고 있었다. 자신이 만취한 틈을 타 뭔가 꼬투리를 잡으려고 하는 속셈도 다 알고 있었다. 반포이선 역시 마찬가지였다. 위동정이 호궁산을 불러 강희의 병을 치료했다는 사실을 이미 알고 있었다. 그래서 호궁산의 내력이 더욱 궁금하던 차였다. 한마디로 두 사람은 호궁산을 사이에 두고 줄다리기를 하고 있었다.

호궁산은 자신에게 더없이 호의적인 태도를 보이는 두 사람을 세모눈으로 흘겨봤다. 속으로는 비웃고 있었다.

'눈에 쌍심지를 켜고 으르렁대던 두 호랑이가 오늘은 웬일일까? 약을 잘못 먹고 돌아버리기라도 한 것일까? 아무튼 나는 굿이나 보고 떡이나 먹자!'

세 사람의 생각은 서로가 동상이몽이었다. 종업원은 그러거나 말거나 보이차普洱茶를 한 잔씩 따라 올리고는 조용히 한 발 물러서서 분부를 기다리고 있었다. 눈치 빠르게도 이들이 보통 사람들은 아니라는 것을 알아차린 듯했다.

반포이선이 차 한 모금을 홀짝 마시더니 주문을 했다.

"이 집에서 제일 비싸고 맛있는 걸로 가져오게."

종업원은 "예, 대인!" 하고 대답하고는 재빨리 물러갔다.

얼마 지나지 않아 종업원 몇 명이 저마다 쟁반에 요리를 산더미처럼 쌓아가지고 줄지어 올라왔다. 만주족과 한족들이 자랑하는 최고급 요리들이었다. 위동정이 순식간에 가득 차려진 음식들을 보면서 함박웃음을 지었다.

"우리 세 사람더러 배 터진 부처라도 되라는 거야? 뭐가 이렇게 많아?"

그러자 한 종업원이 지나치다 싶을 정도로 아부를 했다.

"아직도 구색을 갖추려면 멀었습니다. 귀하신 어르신들의 대길大吉을 기원하는 의미에서 저희 가게에서 제일 좋은 음식들로만 마련했습니다."

그러자 호궁산이 허허 웃으면서 말했다.

"위 대인, 걱정일랑 붙들어 매십시오. 뭐가 뭔지 이름도 모르겠으나 아깝게 내다버리는 일은 없을 테니까요."

"대인께 아룁니다."

종업원은 끈질기게 좌중의 대화에 끼어들었다. 동시에 어색한 표정으로 기상천외한 요리의 이름을 일일이 입에 올렸다.

"이 앞의 요리는 '웅계보희'雄鷄報喜라는 것입니다. 또 이것은 '불수생향'佛手生香이고요. 이것은 '만수무강'萬壽無疆이라고 부르죠. 특히 저 큰 접시의 요리는 '공작새가 깃을 펴다'라는 이름의 요리인데, 북경에서는 저희 집만 만들어낼 수 있습니다. 또 저기 저것은요……."

종업원은 하루 종일 요리 이름을 외우는 것이 주업무라도 되는 듯 숨도 쉬지 않은 채 단숨에 줄줄 외워나갔다. 호궁산이 신기하다는 듯 입을 벌리면서 볼을 긁적였다.

"종업원도 이 정도면 돈 주고 쓸 만하겠군요! 오늘 입 안 청소 한번 끝내주게 하게 생겼네요!"

반포이선이 호궁산을 가리키면서 위동정에게 말했다.

"호신, 뛰는 사람 위에 나는 사람 있다더니, 오늘 제대로 임자를 만났소 그려! 어서 술부터 한잔 드시오!"

반포이선의 권유에 세 사람은 일제히 술잔을 들어 쭉 한 모금 들이켰다. 반포이선이 젓가락으로 큼직하게 썰어놓은 돼지고기를 집다 말고 뭔가 걱정스러운 듯 미간을 살짝 찌푸렸다.

"비계가 너무 많네."

그러자 위동정이 시범이라도 보이려는 듯 젓가락이 휘어지게 돼지고기를 집어 입안에 쑤셔 넣고는 보란 듯 씹어댔다. 이어 입가에 흘러나온 비계 기름을 손등으로 쓰윽 닦으면서 엄지를 쭉 치켜세웠다.

"맛이 기가 막히는군! 자, 호 선생도 드셔 보세요!"

호궁산은 위동정의 권유를 마다하지 않았다. 요리를 아예 접시째 들더니 자기 앞으로 끌어다 놓고는 눈 깜짝할 새에 깡그리 먹어치워 버렸다. 그 표정과 행동이 너무나 태연했다. 반포이선이 눈을 휘둥그렇게 치켜뜬 채 속으로 혀를 내둘렀다.

'저게 사람이야? 괴물이지!'

위동정은 무예에 일가견이 있는 사람치고 식욕이 대단하지 않은 사람이 없다는 사실을 너무나 잘 알고 있었다. 그래서 호궁산의 먹성에 별로 놀라지 않았다. 일부러 호궁산이 먹도록 고기 요리는 남겨둔 채 자신은 반포이선처럼 야채만 골라 먹었다. 호궁산의 놀라운 식욕을 한번 눈으로 직접 확인해보고 싶었던 것이다. 그러자 호궁산이 위동정의 의도를 알아챘는지 머쓱하게 웃었다.

"위 대인, 지금 나를 보고 사람도 아니라고 비웃고 있을 겁니다. 하지만 몰골은 시원찮아도 앞으로 차차 진정한 영웅다운 기질을 조금씩 엿보게 될 겁니다!"

반포이선이 동의하고 나섰다.

"호 선생은 전혀 의원 같지가 않습니다. 오히려 기인奇人이 아닌가 싶소이다!"

호궁산은 그 사이 이미 '용장호구'龍藏虎扣라는 요리를 게 눈 감추듯 해치웠다. 그리고는 기름 번지르르한 입을 손등으로 쓱 닦으면서 웃었다.

"소인은 졸장부처럼 술기운을 빌어 망언을 일삼는 사람이 아닙니다. 어릴 적부터 깊고 깊은 산속에서 스승을 모시고 풍각風角과 육임六壬, 기문둔갑奇門遁甲 등의 방술과 무예를 갈고 닦았습니다. 실력이 가히 천하무적이라고 할 수 있습니다! 누구한테 당하거나 하지 않았죠. 그러나 소인의 팔자가 워낙 사나워서 제대로 써먹지를 못했습니다. 굶어죽을 것 같았죠. 때문에 이거 하나에만 매달릴 수 없어서 팔자에 없는 의원 노릇을 하게 된 것입니다. 또 가끔 관상觀相도 봅니다. 게다가 점괘도 곧잘 들어맞는 덕분에 굶어죽지는 않습니다."

반포이선이 연신 머리를 끄덕였다. 그러다 관상을 볼 줄 안다는 말에 혹했는지 갑자기 진지해졌다.

"호 선생, 관상도 볼 줄 압니까? 그러면 내친김에 우리 두 사람도 좀 봐 주시오."

호궁산이 끊임없이 뭔가를 질겅질겅 씹으면서 게슴츠레한 눈을 간신히 떠보였다. 술기운이 오르는 모양이었다.

"오늘은 취하는 바람에 눈이 제대로 보이지 않습니다. 그러니 관상은 접어두고 개인의 운명을 점치는 글자풀이나 해봅시다. 두 분 아무 글자나 한번 말해보세요."

반포이선이 머리를 들어 위를 올려다봤다. 진지하게 뭔가를 생각하는 모습이었다.

"어려운 글자를 찾아내야 하는데……."

한참 후에야 반포이선이 고심 끝에 입을 열었다.

"나는 '내'乃자를 내겠습니다!"

"알았습니다."

호궁산이 입에 음식을 잔뜩 넣고 씹다가 대충 넘기고 풀이를 했다.

"이 글자는 한 획이 부족한 '급'及자입니다. '과유불급'過猶不及의 '급'자이죠. 이 말이 무슨 일이든 넘치면 모자라는 것보다 못하다는 얘기라는 것은 다 아실 겁니다. 반 대인께서는 이 도리를 잘 아시는 분이라고 저는 생각합니다. 이 점은 높이 평가해야 할 것 같네요. 또 '내'라는 글자를 잘 살펴보면 오른쪽은 마치 경사가 급한 계단 같습니다. 반대로 위는 평탄한 탄탄대로 같습니다. 왼쪽은 어떤가요? 천 길 낭떠러지 같은 느낌이 들죠? 그러므로 저는 다른 것은 몰라도 출세와 명예를 놓고 볼 때는 현 상태에 만족하는 게 좋겠다고 생각합니다. 자칫 과욕과 만용을 부리면 씁쓸한 고배를 마실지도 모른다는 쪽으로 풀이가 되는군요!"

호궁산이 느릿느릿한 말투로 글자풀이를 했다. 이어 닭다리를 거의 통째로 입에 집어넣었다.

반포이선은 점괘나 관상 같은 것을 병적으로 믿는 사람이었다. 하지만 기대와는 전혀 다른 점괘가 나오자 자신도 모르게 안색이 조금씩 변하기 시작했다. 그렇다고 해서 화를 낼 수는 없는 일이었다. 억지로라도 웃음을 지어보여야 했다.

"말씀대로라면 먼저 급경사가 있고, 그 고비를 잘 넘으면 탄탄대로가 펼쳐진다는 뜻입니까?"

반포이선의 태도에서는 뭔가 간절함이 묻어 있었다. 호궁산은 그런 눈으로 마치 자신을 구세주 대하듯 하는 자세가 싫지 않았다. 그는 비둘기 탕을 두어 번 떠먹고 술 한 모금까지 들이마시고는 대답했다.

"물론입니다. 성현들의 말은 세인들에게 경종을 울려주는 뜻으로 받아들이면 됩니다. 하지만 그 한마디 가지고 일희일비할 것은 절대로 없습니다. 반 대인께서는 앞으로 깎아지른 듯한 낭떠러지까지 내몰리게 될지도 모릅니다. 그러나 지금부터 그런 극한 상황에까지 가지 않도록 각별히 조심하면 되는 겁니다. 무기 사용을 자제하면 10년 후에는 운수가 대통할 것입니다. 그러니 두 눈을 깨끗이 닦고 길을 잘 보고 가면 걱정할 것이 없겠습니다!"

호궁산의 말에 반포이선은 더 이상 말을 하지 못했다. 위동정이 잠깐 동안의 무거운 침묵을 깨고 나섰다.

"나도 아무 글자나 하나 내봐야겠습니다."

그러자 반포이선이 호궁산을 힐끔 쳐다보더니 위동정에게 말했다.

"어서 말해보시오."

위동정이 신중한 표정을 지으며 손가락으로 탁자 위에 떨어진 술을 찍었다. 그런 다음 '의'意자를 써 보였다.

호궁산은 반포이선과 위동정이 얘기를 주고받는 사이에 이미 접시 몇 개를 깡그리 핥고 있었다. 누구 속이 상하든 말든 상관이 없다는 자세였다. 호궁산이 드디어 위동정이 써 낸 글자를 술잔 너머로 힐끔 쳐다보다 별것 아니라는 듯 대답했다.

"이 글자는 글자체가 단정하고 자질구레한 곁가지들이 없습니다. 곧고 깔끔한 느낌이 드는군요. 군자의 강직한 심성을 엿볼 수 있습니다. '의'를 놓고 보면 아래로 마음 '심'心자가 받쳐주고 있습니다. 또 위에는 설 '립'立자가 있고요. 가운데는 해를 뜻하는 '일'日을 품고 있으니 큰 뜻을 가진 사람임이 틀림없습니다. 일취월장을 지향하는 사내 중의 사내라는 평가를 내리고 싶습니다. 더구나 옆에 사람 '인'人자를 붙여주면 '억'億이 됩니다. 나중에 운이 대통해 갑부가 될 수도 있겠습니다!"

"재물을 오물처럼 본다는 말은 아닙니다. 그러나 나는 돈에 목숨을 거는 사람이 아닙니다. 그러니 다시 한 번 봐주시죠."

위동정이 정색을 하면서 미간을 찌푸렸다. 호궁산 역시 웃음을 거두고 다시금 고개를 저었다.

"소인의 방식대로라면 이렇게 볼 수밖에 없습니다. 구체적으로 더 말할 것 같으면 마음 '심'자 위의 '음'音이라고 볼 수 있습니다. '입일지심'立日之心, 즉 천자를 뜻하는 해를 세울 마음을 가진 사람이라고도 할 수 있습니다. 위 대인은 평생 천자의 은총을 듬뿍 받으면서 믿음을 먹고 살 사람이라는 해석이 가능합니다."

호궁산이 갑자기 이빨 사이에 낀 고기 찌꺼기가 튕겨 나올 정도로 크게 웃으면서 덧붙였다.

"인간사는 돗자리를 깔고 장사를 하는 진짜 도사들도 예측하기 어렵습니다. 그런데 한낱 평범한 사람에 지나지 않는 소인이 무슨 수로 정확히 맞추겠습니까. 그러니 두 분 너무 심각하게 받아들이지 마십시오. 그저 소인이 술에 취해 심심풀이로 내뱉은 헛소리쯤으로 생각하세요. 모든 것은 다 자기 하기에 달려 있습니다."

호궁산의 달변은 끝이 없었다. 위동정은 그가 높게 쌓인 빈 접시만큼이나 대단한 능력을 가진 인물이라고 흔쾌히 인정하지 않을 수 없었다. 또 외모와는 달리 박식하고 유능할 뿐만 아니라 유머가 넘치는 사람이라는 사실도 알 것 같았다. 지난번 강희 앞에서는 거의 말이 없었기 때문에 그의 진면목을 알아보지 못했던 것이다.

반포이선 역시 같은 생각을 하고 있었다. 하지만 왠지 호궁산이 점괘를 빌미로 자신을 교묘하게 힐난하고 조소하는 것 같아 기분이 좋지는 않았다. 그렇다고 대놓고 따지고 들 만한 핑계거리도 마땅치 않았다. 그저 벙어리 냉가슴 앓듯 하면서 어색한 웃음을 지었다.

"이런 점괘라면 나도 충분히 볼 수 있을 것 같소. 호 선생도 글자를 하나 말해보세요."

호궁산이 말했다.

"그러죠. 소인은 아무거나 좋습니다. 성이 호씨니까 '호'胡자도 괜찮을 것 같네요."

"'호'라……."

반포이선이 두 눈을 껌벅였다.

"'호'자를 분해하면 바로 '고'古와 '월'月이 나오죠? '고'는 음陰에 속하오. 반면 '월'은 태음太陰에 속하오. 그러니 그대는 분명 포부가 대단한 인물이오. 겉만 보고 섣불리 판단하는 사람은 큰코다칠 거라고 생각하오. 또 '월'만 있고 '일'日이 없으면 '명'明이 될 수 없는 만큼 그대는 자나깨나 '일'을 얻고자 노심초사해야 할 것이오. 언제가 될지는 모르겠으나큰물에서 놀 사람이 분명하오. 옛 성현들이 이르기를, '큰 은자隱者는 조정에서 놀고, 적당한 은자는 시장에서 논다'고 했소. 또 '가장 수준 낮은 은자는 세상을 등지고 산속으로 숨는다'고 했소. 내가 보기에 그대는 큰 은자가 될 재주를 분명히 가지고 있소이다!"

반포이선의 말은 욕인지 칭찬인지 도무지 모를 정도로 아리송했다. 그래서일까, 호궁산은 술이 확 깨버릴 만큼 긴장하기 시작했다. 방금 전의당당함은 어디로 사라졌는지 전혀 보이지 않았다. 사실 그럴 수밖에 없었다. 그는 늘 명나라에 대해 미련을 버리지 못했다. 북경에 올라올 때는 누구처럼 '복명'復明의 꿈도 간직하고 있었다. 반포이선은 바로 그런사실을 알기라도 하듯 '명'明자를 운운했다. 호궁산은 반포이선에게 속내를 깡그리 들킨 듯한 두려움에 사로잡혔다.

위동정 역시 놀라기는 마찬가지였다. 그러나 이내 마음을 다잡고 안절부절못하는 호궁산을 대신해 한마디를 던졌다.

"옛것에 익숙해서 과거와 쉽게 이별하지 못하는 것이 인간의 한계 아니겠습니까? 게다가 우리 청나라 군대도 왕년에 오랑캐들을 몰아낼 때

명나라를 위해 복수하자는 구호를 내걸었잖습니까?"

위동정의 말은 반포이선을 향해 쏜 보이지 않는 화살과 다름이 없었다. 그러나 반포이선은 억지로 불만을 삼키면서 표정관리를 했다. 호궁산으로서는 그런 위동정이 고맙기만 했다.

세 사람은 갑자기 할 말을 찾지 못해 어색하게 서로를 번갈아 봤다. 세상에서 가장 이상한 웃음이 동시에 셋의 얼굴에 떠올랐다. 그러자 위동정이 위를 쳐다보면서 말했다.

"날이 저물어 갑니다. 너무 오래 자리를 비워두는 것도 좋지 않아요. 우리 그만 제 갈 길로 갑시다."

반포이선 역시 머리를 끄덕였다. 그는 곧 주인을 불러 술값을 치르고는 위동정을 따라나섰다. 저 멀리 가흥루 쪽에서 명주가 걸어오는 모습이 보였다. 위동정은 취고가 눈에 삼삼하게 아른거려 달려갔을 명주를 생각하면서 쓴웃음을 지었다.

21장

제보자

강희는 낮잠에서 막 깨어났다. 그의 시야에 소마라고가 양심전으로 걸어오는 모습이 들어왔다. 그가 두 눈을 비비면서 물었다.

"오늘 오 선생과는 어떻게 거기까지 갔어?"

소마라고가 얼굴을 붉혔다.

"오 선생이 색액도 대인 댁에서는 거의 반은 주인이라고 해도 과언이 아니지 않사옵니까. 하녀가 돼 가지고 어찌 가라, 가지 마라 할 수 있겠사옵니까? 굳이 백운관에 가보고 싶다고 하시는데, 달리 막을 방법이 없었사옵니다."

소마라고가 억울한 심정을 굳이 감추지 않았다. 강희가 그 말에 너털웃음을 터트렸다.

"아무튼 수고 많았어. 하마터면 다 된 밥에 코 빠뜨릴 뻔했지 뭐야!"

소마라고가 바로 말을 받았다.

"오 선생 같은 책벌레가 눈치를 못 챈 것은 어찌 보면 당연하옵니다. 하지만 다른 이유도 있는 것 같사옵니다. 아마 폐하께서 남다른 복을 타고 나신 덕분이 아닌가 하옵니다!"

말을 마친 소마라고는 곧바로 강희가 세수할 물을 준비하러 나갔다.

소마라고가 세숫물을 들고 다시 들어왔을 때 강희는 탁자 앞에서 뭔가를 열심히 쓰고 있었다. 소마라고가 나무라는 척하면서 눈을 살짝 흘겼다.

"폐하, 어서 세수를 하시옵소서. 최소한 눈곱은 떼고 글을 써야 하지 않겠사옵니까!"

강희는 소마라고의 말처럼 마치 자연인으로 돌아간 어린애처럼 하던 일을 즉각 멈췄다. 이어 소마라고 앞으로 다가오더니 눈을 감고 얼굴을 내밀면서 물었다.

"오늘 백운관에서 본 반포이선 그 사람 어땠어?"

"어딘가 모르게 좀 불안해 보였사옵니다."

소마라고가 즉각 자신의 생각을 밝혔다.

"그걸 묻는 것이 아니라……."

강희가 눈을 꼭 감은 채 수건을 든 소마라고에게 얼굴을 들이대면서 덧붙였다.

"그 사람의 인간성이 어떻게 보였느냐 하고 묻는 거야!"

소마라고는 능숙하게 강희의 얼굴을 깨끗이 닦아줬다. 이어 궁녀를 불러 뒷마무리를 시킨 다음 천천히 대답했다.

"노비가 뭘 알겠사옵니까? 사람 보는 안목이 탁월하신 폐하께서 보시는 대로일 것이옵니다!"

소마라고는 최근 들어 강희가 부쩍 커버렸다는 사실을 심심찮게 절감했다. 소년의 사고방식이라고는 전혀 믿기지 않을 정도의 노련함과 자제력이 하루가 다르게 돋보였던 것이다. 때문에 그녀는 어릴 때처럼 천자의 기질을 키워주느라 일부러 비위를 맞춰가면서 무조건 엄지를 치켜세워줘서는 안 된다고 생각했다. 동시에 중대한 일일수록 그 스스로 결단을 내리고 가닥을 잡을 수 있도록 뒷받침을 해줘야 한다는 생각도 다시금 굳혔다.

"짐이 보기에 반포이선은 오배와 같은 배에 함께 올라 탈 사람이 절대 아니야."

강희가 약간 미심쩍어 하는 소마라고의 얼굴을 살피고는 자신 있는 얼굴로 덧붙였다.

"그렇다고 충성스럽고 의리 있는 사람도 아니지. 그 사람은 얼굴이 도무지 맑지가 않아. 조금 더 지켜봐야 할 것 같아."

소마라고 역시 강희의 말에 전적으로 동의했다.

"역시 예리한 통찰력이시옵니다. 그가 만약 충신이라면 오늘 같은 사적인 자리에서 폐하께 마음을 활짝 열어보였을 것이옵니다. 폐하께서는 알아들을 수 있게끔 그에게 여러 번 기회를 주셨사옵니다. 그러는데도 그는 눈 딱 감고 바보 행세로 일관했사옵니다. 그런 걸 보니 완전 싹수가 노랬사옵니다, 폐하."

"이리로 와 봐!"

강희가 흡족한 얼굴로 소마라고를 탁자 앞으로 불렀다. 자신이 방금 쓴 글의 내용을 보여주려는 모양이었다.

"짐이 쓴 글씨야. 어때?"

소마라고가 탁자 앞으로 가까이 다가섰다. 예서체隸書體의 여섯 글자가 눈에 들어왔다.

정번靖藩(삼번을 비롯한 번藩의 평정)

하무河務(강이나 운하의 관리)

조운漕運(운하로 식량 등을 운반하는 것)

순간 소마라고는 은근히 걱정이 됐다.

'얼마 전에 산동山東, 안휘安徽 등지에서 황하黃河의 제방이 무너져 내리면서 흙이 운하를 막아버려 통행이 어려워졌다는 상주문이 두 번씩이나 올라왔었지. 그렇다면 어떡하지? 해마다 북경 지역에서만 해도 사백만 섬의 그쪽 쌀이 필요한데. 그건 그렇고 '정번'이라는 말을 스스럼없이 꺼내는 것도 위험해. 더군다나 글자로 만들어 기둥에 붙여둔다는 것은 더 말이 안 되지. 쉴 새 없이 드나드는 대신들이 보게 되면 득 될 것이 없어.'

한참 동안 생각을 하던 소마라고가 드디어 입을 열었다.

"폐하의 서예 실력이 몰라보게 늘었사옵니다!"

"짐의 말은 속을 보라는 거야. 수박 겉핥기를 하라는 것이 절대 아니야!"

강희가 다시 물었다.

"짐의 생각을 고스란히 담았어, 어때?"

"좋사옵니다!"

소마라고가 눈썹을 약간 치켜 올리면서 환한 미소를 지었다. 찬사도 아끼지 않았다.

"백성들 입장에서 보면 이 세 가지 중 어느 것 하나 실질적인 삶과 연관되지 않는 것은 없사옵니다. 폐하께서 제대로 풀기만 한다면 자손 대대로 칭송받는 또 하나의 요순堯舜 같은 성군이 되는 셈이죠!"

강희는 의기양양했다. 소마라고의 칭찬에는 유독 약한 모습을 보이는 그다웠다.

"근래에 올라온 상주문 중에서 가장 많은 비중을 차지하는 부분이 바로 이 세 분야더군. 민생을 최우선적으로 돌보자는 뜻에서 일부러 이걸 저 기둥에다 붙여두려고 해. 그러면 시시각각 잊어버리지 않을 수 있지!"

그렇지 않아도 적당한 기회를 찾아 아뢰려던 소마라고가 황급히 입을 열었다.

"여기에다 붙였다가는 공연히 좋지 않은 여론을 불러오지 않을까 우려되옵니다!"

"어? 그래?"

소마라고의 조심스런 한마디는 무척이나 일리가 있었다. 강희 역시 그렇게 생각했다. 급기야 그가 다시 화선지를 펼치더니 글씨를 휘갈겼다.

"이번에는 어때?"

소마라고가 다시 한 번 강희가 쓴 글을 읽어봤다. 기분이 섬뜩하던 '정번'이라는 글이 '삼번'三藩으로 바뀌어 있었다. 다소 온건했다. 그제야 소마라고는 별 이의가 없다는 듯 머리를 가볍게 끄덕여 보였다. 그러자 강희가 한참 뭔가를 골똘히 생각하는가 싶더니 정겨운 눈빛으로 소마라고에게 말했다.

"소마라고, 나중에라도 짐에게 무슨 충고 같은 것이 필요할 것 같으면 머뭇거리거나 주저하지 마. 과감하게 꼬집어 줘. 그게 짐을 살리는 길이야."

그해 가을에는 유난스럽게도 추적추적 가을비가 많이 내렸다. 이날도 어둑어둑 땅거미가 내려앉는가 싶더니 이내 먹장구름이 몰려왔다. 주위는 순식간에 캄캄해졌다. 별로 반갑지 않은 가을비는 위동정이 집에 막 들어섰을 때부터 주룩주룩 내리기 시작했다.

명주를 비롯해 사용표와 목자후는 가흥루에 술을 마시러 갔다가 아직 돌아오지 않고 있었다. 말 상대가 없는 위동정은 너무나도 무료했다.

그는 한참이나 서성였다. 그러다 아예 서재에 들어가 책 한 권을 뽑아 들었다.

시각은 해시亥時(밤 9시~11시)를 바라보고 있었다. 그래도 명주 등은 돌아오지 않았다. 위동정은 갑갑한 듯 일어서서 길게 기지개를 켜면서 책을 덮었다. 방에 들어가 잘 채비를 했다. 바로 그때 하인이 들어와 아뢰었다.

"어르신, 밖에서 어떤 젊은 귀공자가 어르신을 만나 뵙기를 청합니다."

"이렇게 늦은 시각에 누굴까?"

위동정은 어리둥절해졌다. 고개를 갸웃거리면서 물었다.

"내가 잘 아는 사람인가?"

"한 번도 뵌 적이 없는 젊은 사람입니다."

위동정이 건성으로 다시 말했다.

"명주의 글친구일지도 모르겠군. 그렇다면 나하고는 할 말이 별로 없을 거야. 또 지금은 명주도 없어. 내일 다시 오라고 하게."

"내가 왜 명주를 찾아요?"

위동정의 말이 끝나기 무섭게 멋진 차림새의 젊은이가 문을 열고 보무도 당당하게 들어섰다. 동시에 해맑게 웃어 보이면서 두 손을 맞잡고 공손히 인사를 했다.

"심야에 불청객이 찾아왔다면 반드시 긴급한 일이 있을 것 아닙니까. 그런데 왜 따돌리려고만 해요? 아우가 형을 찾아왔는데, 야박하게 그러면 됩니까?"

위동정은 그제야 "요놈 봐라" 하는 생각으로 젊은이를 아래위로 자세히 훑어봤다. 옷차림새부터 예사롭지가 않아 보였다. 그로서는 큰절을 하려고 하는 젊은이를 황급히 말리고 나설 수밖에 없었다.

"이러면 내가 오히려 송구스럽소. 이러지 말고 말해보시오. 어느 귀인 댁의 자제분이신지! 그런데 얼굴이 눈에 많이 익네. 누구시죠?"

소년은 위동정의 거듭되는 물음에도 말없이 빙그레 웃기만 할 뿐이었다. 그러다 위동정의 눈짓을 받은 하인이 물러가자 그제야 천천히 입을 열었다.

"떡 줄 사람은 생각도 않는데 국물부터 죽어라 마셔대는 바보네요. 어릴 적 헤어진 이후 서산 인근의 서하 시장에서 만나지 않았습니까. 어쩌면 이렇게 깡그리 잊어버릴 수가 있어요?"

소년이 투덜거리면서 모자를 벗어던졌다. 곧 치렁치렁한 머리채가 드러났다. 호수 같은 두 눈의 주인공은 바로 위동정이 자나 깨나 그리던 사감매였다.

"감매야! 너 감매 맞지?"

위동정은 자신의 두 눈을 의심하지 않을 수 없었다. 사감매인 줄 알면서도 어깨를 잡은 채 몇 번이고 흔들고 확인한 것은 바로 그 때문이었다.

그는 다시금 자신도 모르게 두 눈을 비비고 사감매를 뚫어져라 쳐다봤다. 그제야 아닌 밤중에 홍두깨처럼 소식도 없이 불쑥 나타난 젊은이가 바로 사감매라는 사실을 받아들일 수 있었다. 그는 흥분을 감추지 못한 얼굴로 그녀의 두 손을 덥석 잡았다.

사감매는 위동정이 너무 감격에 겨워하자 오히려 쑥스러워지는 모양이었다. 얼굴을 붉히면서 위동정에게 잡힌 손을 애써 빼내려고 했다. 그러나 아무리 몸부림쳐 봐도 작심하고 잡고 있는 위동정의 손아귀에서 벗어나는 것은 쉬운 일이 아니었다. 그녀는 포기한 듯 머리를 숙이고 있다가 한참 후에야 간신히 물었다.

"그동안…… 잘 지냈어요?"

위동정은 사감매의 인사를 받고서야 제정신이 돌아왔다. 천천히 그녀의 손을 풀어주면서 자리를 권했다.

"나야 뭐 그럭저럭 살았지……. 그런데, 너는?"

사감매가 찻잔을 들어 홀짝거렸다.

"오빠도 구사일생으로 여기까지 왔다고 전해 들었어요. 그렇지 않아요?"

"그 얘기는 어떻게 들었어? 하기야 최고의 소식통인 오배의 집에서 아쉬울 게 없이 살아온 네 눈을 속인다는 것은 쉽지가 않겠지!"

위동정이 의미심장한 웃음을 머금었다.

위동정의 말은 사실 그녀를 의심한다는 의미를 내포하고 있었다. 말하자면 결례라고 할 수 있었다. 솔직히 두 사람이 소중하게 키워온 소꿉동무의 옛정을 생각한다면 그는 그녀를 믿어야 했다.

하지만 현실은 그럴 수가 없었다. 그로서는 주위 모든 사람들의 일거수일투족에 각별한 신경을 쓰지 않으면 안 됐다. 그에게는 사감매가 첫사랑이기 이전에 숙적인 오배의 시녀였던 것이다. 그는 그 점을 간과할 수가 없었다.

사감매는 그 순간 위동정의 속마음을 눈치챘다. 금세 안색이 굳어졌다. 촛불 앞에 멍하니 앉아 있더니 그예 소리 없이 주르르 눈물을 흘렸다.

위동정은 꼭 이래야만 하나 하는 생각에 마음이 아팠다. 그러나 약해지려는 마음을 애써 다잡으면서 일부러 모른 척했다.

순간 사감매가 얼굴을 감싸 쥐고 밖으로 뛰쳐나가려고 했다. 하지만 그보다 먼저 그가 재빨리 그녀의 팔을 붙잡았다.

"삐치고 토라지는 성격은 여전하네. 농담이야. 농담도 못하나?"

사감매가 눈물로 얼룩진 얼굴을 들어 흐느끼면서 띄엄띄엄 말을 이었다.

"나…… 그 소굴에서…… 눈 딱 감고 육 년이나 살았단 말이에요. 복수를 위해서. 그런데 오빠가 나한테 어떻게 흑흑…… 이럴 수 있어요? 중요한 사실을 알려주려고 위험을 무릅쓰고 온 나한테 말이에요!"

위동정이 사감매의 말에 정색을 하면서 다그쳐 물었다.

"도대체 무슨 일이야?"

사감매가 눈물을 닦고 자세를 고쳐 앉으면서 되물었다.

"내일도 색액도 대인 댁에 갈 거예요?"

위동정은 사감매의 말에 깜짝 놀랐다. 특히 자신이 색액도의 집에 드나드는 것을 안다는 사실이 예사롭게 들리지 않았다. 특히 '내일도' 라는 표현에는 바싹 긴장하지 않을 수 없었다. 그러나 그는 애써 표정을 관리했다.

"나는 선비 출신들과는 잘 어울리지 않아. 그런데 내가 무슨 일로 그 집에 드나들겠어?"

"이거 왜 이래요? 다 알고 있는데!"

사감매가 발을 동동 구르더니 위동정을 밉지 않게 흘겨봤다. 이어 아예 터놓고 말했다.

"오빠는 절대 가서는 안 돼요. 폐하께서 부르시면 아프다고 핑계를 대고 빠져요!"

"내가 왜 아파! 도대체 뭣 때문에 그러지?"

"아무튼 가서는 안 되는 이유가 있어요. 이유는 묻지 마세요. 절대 가지 마세요!"

"내가 색액도 대인 댁에 가는 줄은 어떻게 알았어? 그리고 왜 가서는 안 되는지 말해 봐. 내 사전에 무모함과 불분명한 것은 없어."

위동정은 한 치의 양보도 하지 않았다.

또다시 둘 사이에 납덩이 같은 침묵이 흘렀다. 한참 후 사감매가 먼저 한숨을 내쉬면서 입을 열었다.

"영원히 돌아오지 못할지도 몰라요."

"확실하게 말해주지 않을 거면 그만 돌아가!"

더욱 답답해진 위동정이 급기야 갑자기 화를 버럭 내면서 소리쳤다.

"나는 여전히 십 년 전의 그 위동정이야. 그러나 감매는 많이 변한 것 같아! 나는 내일도 꼭 갈 거야. 누가 내 발목을 영원히 잡아두려고 하는지 궁금해서라도 말이야!"

사감매도 위동정의 싸늘한 말에 기분이 몹시 상한 모양이었다. 그대로 자리에서 벌떡 일어서더니 밖으로 나가려고 했다. 그녀는 방문 쪽으로 몇 발자국을 옮기다 말고 뒤도 돌아보지 않은 채 마지막으로 한마디 더 내뱉었다

"오배가 내일 색액도 대인 댁을 기습해서 폐하와 오빠를 덮칠 거예요. 그래도 가야겠다면 마음대로 해요!"

사감매는 그 말을 던지고는 뒤도 돌아보지 않고 내달렸다.

위동정은 마치 쇠망치로 얻어맞은 것 같은 충격을 받았다. 그러나 얼떨떨하게 앉아만 있을 상황이 아니었다. 일단 사감매를 불러들여 자초지종을 물어야 했다. 그는 잽싸게 뛰쳐나가 그녀의 어깨를 잡아 끌어당겼다.

"감매야, 오빠가 잘못했어. 그러나 나는 죽는 한이 있더라도 폐하를 지켜야 하는 막중한 임무를 지닌 사람이야!"

위동정은 여전히 자신의 생각을 굽히지 않았다. 외골수가 따로 없었다. 사감매는 그런 위동정을 바라보면서 포기한 듯 길게 한숨을 내쉬었다.

"내 진심은 본분을 망각하라는 것이 아니라는 걸 잘 알면서 왜 그래요? 나는 그저 오빠가 다칠까 봐 그러는 거예요. 오빠만 무사하다면 나야 무슨 걱정이 있겠어요."

사감매의 말에 위동정이 씁쓸하게 웃었다.

"바보 같은 소리 하고 있군! 폐하가 만약 잘못되기라도 한다면 어전시위인 내가 무사할 수 있을 것 같아? 또 설령 살아남는다고 해도 무슨 낯으로 하루하루를 살아가겠어?"

"그래도 오빠, 제발 부탁이에요! 눈 딱 감고 독하게 마음먹고 우리 여기를 떠나요! 예?"

사감매는 애원을 하면서 위동정의 발밑에 풀썩 주저앉았다.

"오빠는 절대 그 사람들의 상대가 못 돼요! 틈만 나면 머리를 맞대고 역모를 일삼는 자들이에요. 그들이 얼마나 철저하게 준비하는지 알기나 하냐고요!"

"너무나도 잘 알아."

위동정이 사감매를 일으켰다. 그런 다음 여전히 티 없이 맑은 두 눈동자를 응시하면서 덧붙였다.

"나는 이길 수 있어! 너는 어릴 적부터 나를 잘 믿고 따랐잖아. 또 나의 이런 성격을 좋아했었고. 물론 지금은 아니겠지만 말이야!"

사감매는 위동정의 단호함에 힘이 빠져버린 듯했다. 떨리는 손으로 품속에서 종이에 싼 뭔가를 꺼냈다.

"이것 좀 봐요."

위동정은 등불 밑에서 종이봉지를 풀어봤다. 눈부시게 흰 납작한 네모 모양의 물건이었다.

"처음 보는 건데, 이게 뭐지?"

위동정이 물었다.

"목숨을 걸고 빼내온 거예요. 오배 그자들이 폐하와 오빠를 해치려고 마련한 독약이에요."

위동정의 눈이 휘둥그레졌다. 그는 곧 강제로 사감매를 눌러 앉힌 다음 자초지종을 말해보라고 다그쳤다.

사감매가 천천히 입을 열었다. 그녀는 오배와 반포이선의 밀담을 들었던 당시부터 상황이 여의치 않다는 사실을 직감적으로 느꼈다. 어떻게든 오배의 서재에 있는 독약을 훔쳐내 위동정에게 보여줘야겠다는 생각을 굳혔다. 그러나 방법이 마땅치 않았다. 그녀는 궁리에 궁리를 거듭했다. '궁즉통'窮卽通이라고, 얼마 후 그녀는 한밤중에 귀신의 탈을 만들어 쓰는 엉뚱한 방법을 생각해냈다. 어둠을 틈 탄 그 방법은 효과가 있었다. 같은 방을 쓰는 시녀들이 혼비백산해 한바탕 소란이 일었던 것이다. 그녀는 그 틈을 이용해 재빨리 학수당으로 잠입해 독약을 훔쳐낼 수 있었다.

위동정은 사감매의 설명에 가슴이 뭉클해졌다. 깊은 감동을 받았다.

"정말 고마워. 나보다 백배, 천배는 섬세한 면이 있네, 감매는. 나는 그런 줄도 모르고……."

"고맙기는!"

사감매가 눈물이 그렁그렁한 두 눈을 들어 위동정을 애틋하게 바라봤다. 기대와 공포에 질린 표정이었다.

"여기에서 이럴 게 아니에요. 어서 들어가 봐요. 나를 만났다는 사실을 들키면 큰일날 테니까요."

"걱정 마. 우리 인연이 이승에서 이어지지 못한다면 저 세상에서라도 꼭 만날 거야! 나한테는 은인이나 다름없는 사람이니 저버려서는 안 돼."

"누구 말이에요?"

"지금의 황제 말이야!"

"질렸다, 질렸어! 툭 하면 황제네!"

사감매가 갑자기 발끈했다.

"오빠는 황제밖에 몰라요? 그래 봤자 황제가 우리 백성들을 위해 해준 게 뭐가 있어요? 오빠가 떠나간 뒤 어머니가 갑자기 돌아가셨어요. 그후 다행히도 아버지가 황제 소유인 곳의 땅을 얻었기 때문에 농사를 지어 먹고 살 수는 있게 됐어요. 그래도 하루하루 겨우 연명하는 것이었지만 말이에요. 그런데 그 땅마저도 권지에 의해 하루아침에 영문도 모른 채 빼앗겨버렸죠!"

사감매가 흐르는 눈물을 닦으면서 말을 이었다.

"그렇게 땅을 빼앗아가고도 때가 되면 어김없이 땅주인이라는 자는 찾아왔어요. 그리고는 토지세를 내라고 온갖 협박을 다하지 뭐겠어요. 뭐라더라? 누가 땅을 빼앗아 갔든 간에 원래 주인은 자기니까 토지세는 내야 한다나 뭐라나. 완전히 억지도 그런 억지가 없었죠. 아버지는 어쩔 수 없이 나를 맡겨두고 동냥을 떠났다가 다시는 돌아오지 못하셨죠. 그날은 눈보라가 휘몰아치는 몹시 추운 날이었거든요……."

사감매가 연이어 눈물을 훔쳤다. 위동정 역시 흐르는 눈물을 주체하지 못했다. 어린 시절 사감매의 집 마당에서 소꿉장난할 때 항상 옆에서 흐뭇하게 웃으시던 그 자상하던 사감매의 아버지를 떠올리자 더욱 슬픔이 밀려 왔다.

"그러니 나 혼자서 어떻게 살았겠어요?"

사감매가 말을 이었다.

"어쩔 수 없이 남장男裝을 하고 북경으로 오빠를 찾아 나섰죠. 그러다 하마터면 길에서 얼어 죽을 뻔했어요. 다행히 사용표 어른을 만나 온갖 고생 끝에 여기까지 오긴 했지만요!"

위동정이 끊임없이 머리를 끄덕였다. 모든 것을 다 이해하고도 남았다. 그가 사감매의 어깨를 부여잡으면서 간곡하게 부탁했다.

"감매야, 한 맺힌 너의 마음을 빨리 풀어줄 수 없는 내 처지가 한스럽구나. 너와 네 가족을 지켜주지 못해서 미안하다. 솔직히 일반 백성들의 눈에는 황제가 하늘나라에 있는 것처럼 멀어 보일 거야. 그래서 피부에와 닿지도 않을 거야. 그러나 뭐니 뭐니 해도 우리 백성들은 군주를 제대로 잘 만나야 편안히 살 수 있는 거야. 명나라 황제는 한족이었어. 그러나 같은 한족들에게 해준 것이 뭐 있어? 오죽 못났으면 자기를 믿고 따르는 자식이나 다름없는 백성들을 거리로 내몰리게 했겠어? 모두들 싸늘한 시체가 돼버렸잖아. 그건 너도 인정할 거야. 지금은 비록 만주족 황제이기는 해. 그러나 정말 현명하고 유능한 군주야. 두고 봐라, 그분이 백성들의 삶을 어떻게 윤택하게 만들어줄 건지. 또 너희 집 땅을 빼앗은 인간은 바로 오배 그자라는 걸 알아 둬."

사감매는 말이 없었다. 위동정의 말은 계속 이어졌다.

"나이는 어려도 대단히 지혜롭고 현명한 군주야. 나뿐만 아니라 사용표 어른조차도 충성을 맹세한 상태야!"

"남자들의 심리는 알다가도 모를 일이네요!"

사감매는 속으로는 탄복하면서도 일부러 그렇게 쏘아붙였다.

"의리도 좋고 충성도 좋아요. 그러나 조심하는 것은 잊지 말아요. 옛말에 천자 곁에 있는 것은 마치 호랑이하고 이웃해 사는 것처럼 위험하다고 했어요!"

"틀린 말은 아니야."

위동정이 조용히 맞장구를 쳤다. 사감매를 웃겨주기 위한 얼토당토않은 익살스러운 말이었다.

"정 상황이 위태롭게 되면 범려范蠡가 미녀 서시西施를 데리고 오호五

湖로 도망갔듯 나도 너하고……."

위동정의 말에 사감매가 눈물이 그렁그렁한 채로 피식 웃었다. 동시에 손가락으로 위동정의 이마를 밀어내면서 한마디를 툭 던졌다.

"내가 전생에 무슨 죄를 지었기에 오빠 같은 사람을 만나 이 고생을 하는지 모르겠네요!"

오배는 커다란 수레를 타고 영흥사永興寺 밖의 국도로 가고 있었다. 세상의 모든 것을 다 가진 것 같았으나 그 역시 마음이 불안했다. 목숨을 걸어야 하는 거사를 잘못 추진했다가 불나방 신세로 인생을 마감하는 것이 아닌가 하는 걱정에 마음이 편치 못했던 것이다.

어제 저녁에도 그는 이번 일로 반포이선과 거의 날을 새다시피 했다. 둘이 머리를 맞댄 채 몇 날 며칠이나 궁리한 뒤에 시작한 뒷조사의 결과는 확실했다. 강희가 자금성을 나와 색액도의 집에서 공부하고 있었던 것이다.

둘은 동시에 쾌재를 불렀다. 미궁迷宮 같은 황궁에서 손을 쓰기보다는 색액도의 집에 있을 때 강희를 해치우는 것이 훨씬 쉬울 거라는 판단을 했기 때문이었다. 더구나 그렇게 하면 색액도가 꼼짝없이 모든 죄를 덮어쓰게끔 돼 있다는 사실이었다. 두 사람은 그런 생각이 들자 더욱 흥분을 가누지 못했다.

둘은 일찌감치 손을 써놓고 있었다. 신무문에서 색액도의 집으로 가는 길에 사복 차림의 첩자들을 풀어놓은 것이다. 조금 전에는 확실한 정보도 들려왔다. "오늘도 두 대의 수레가 색액도의 집 뒷문으로 들어갔다"는 소식이었다.

얼마 후 오배는 색액도의 집에 도착했다. 대기 중이던 조봉춘이 큰절을 올리면서 인사를 했다.

"황제의 성지를 가지고 왔다. 색 대인을 만나러 왔다고 아뢰거라."

조봉춘은 황급히 머리를 조아리는가 싶더니 곧바로 색액도의 거처로 날아갈 듯 뛰어갔다.

22장
사라진 황제

난데없이 고막이 터질 듯한 예포禮砲 소리가 연이어 세 번 울렸다. 그러더니 북소리, 징소리가 요란한 가운데 중문이 서서히 열리기 시작했다. 동시에 색액도가 현란한 맹수 무늬가 수놓인 두루마기를 입고 대문까지 나와 마중을 했다.

사실 오배는 성지聖旨를 받들고 방문했다면서 조용히 일을 끝내려고 했다. 그러나 오늘따라 색액도는 평소와 달리 예포를 올리는 등 유난스럽게 굴었다. 그 바람에 구경꾼들이 하나둘씩 몰려들기 시작했다.

오배는 평소 안 하던 짓을 하는 색액도가 꼴사나웠다. 그러나 어쩔 도리가 없었다. 그저 껄껄 큰 소리로 웃으면서 입에 발린 소리를 해야만 했다.

"색 대인, 내가 남인가요? 새삼스럽게 이런 격식까지 차릴 거야 없지 않습니까!"

색액도가 공손하게 허리를 굽혔다.

"성지를 받들고 행차하시지 않으셨습니까? 이 정도 예의는 기본이죠. 어서 들어오십시오!"

색액도는 곧바로 오배를 안으로 안내했다.

두 사람이 안으로 들어가자 눌모가 바로 행동을 개시했다. 수행한 어림군御林軍(황궁을 지키는 군대)을 풀어 색액도의 집을 물샐틈없이 포위한 것이다. 영문을 모르는 사람들은 무슨 일인가 하고 여기저기에서 꾸역꾸역 더 많이 모여 들었다.

오배는 미묘한 웃음을 흘리면서 색액도를 따라 들어가 자리에 앉았다. 그러나 한참이 지나도록 이렇다 할 말이 없었다. 그러자 색액도가 몸을 앞으로 약간 굽히면서 물었다.

"오 대인, 폐하께서 무슨 명령을 내리셨는지 어서 말씀해보십시오."

오배는 약간 당황하는 눈치였다. 평소 얼굴에 철판을 깐 그답지 않았다. 하기야 있지도 않은 성지에 대해 색액도가 다그치듯 물었으니 그럴 만도 했다. 오배가 애써 웃어 보이면서 입을 열었다.

"형부刑部에서 어제 저녁에 흠범欽犯(황제가 직접 심문하는 중죄인) 두 명을 놓쳤다고 하오. 간수가 황금 일천 냥을 받고 내보냈다고 하는군요. 다행히 간수는 잡아서 엄벌에 처했으나 도망간 흠범은 아직 잡히지 않고 있는 모양이에요. 그래서 폐하께서 혹시 여러 대신들 집에 은거하고 있지 않을까 하고 적극 수색하라는 성지를 내렸어요. 나야 색 대인을 백 번 믿어마지 않으나 성지가 성지인지라……. 게다가 색 대인은 내가 특별히 아끼는 후배가 아닙니까. 직접 다녀가지 않고서는 영 마음이 놓일 것 같지가 않아서 이렇게 직접 찾아왔어요."

"성은이 망극하옵니다. 오 대인의 마음 씀씀이도 고맙기 그지없습니다."

색액도가 황급히 덧붙였다.

"그렇다면 어서 사람을 풀어 마음대로 수색해보십시오."

색액도는 전혀 불안한 기색이 없었다. 오배는 그의 그런 태도를 보자 오히려 더 불안해지기 시작했다. 혹시 비밀이 누설되기라도 한 것은 아닐까? 그도 아니라면 셋째가 미리 냄새를 맡고 다른 곳으로 샌 것일까? 오배는 이리저리 머리를 굴렸다.

그러나 자세히 살펴보니 색액도가 억지로 태연한 척하는 것도 같았다. 그렇다면 색액도가 셋째의 신임을 등에 업고 나를 우습게 생각하고 있는 것일까? 오배는 다시 한 번 생각에 잠겼다. 그러다 순간적으로 교활한 웃음을 흘렸다.

"그러면 실례하겠소이다!"

오배가 색액도의 얼굴 표정을 일부러 외면한 채 이번에는 밖을 향해 소리를 질렀다.

"이리 오너라!"

오배가 소리치자 밖에서 이제나저제나 하고 대기 중이던 눌모와 왜호歪虎가 부하들을 데리고 줄줄이 들어섰다. 오배가 자신만만하게 명령했다.

"눌모는 집안 구석구석을 빼놓지 말고 뒤져봐. 왜호는 정원을 살펴봐. 최대한 예의를 갖춰 조심스레 움직여야 한다는 것을 잊지 말고. 괜히 이 댁의 다른 식구들에게 피해를 줬다가는 뼈도 못 추릴 줄 알아!"

두 사람은 연신 머리를 끄덕이면서 물러갔다.

오배와 색액도는 계속 아무 일도 없는 듯 여유를 부리면서 차를 마셨다. 얼마 후 뒤뜰과 정원에서 여자들의 아우성 소리가 들려왔다. 동시에 한바탕 아수라장으로 변해가는 듯 시끌벅적한 소리가 들려왔다.

오배는 못 들은 척했다. 그러나 머리를 살짝 돌려 색액도의 표정을 살피는 것은 잊지 않았다. 예상 외로 색액도는 여전히 여유로운 표정이었다. 처음부터 일관되게 흐트러짐 없는 표정을 고수하고 있었다. 오배는 색액도의 침착함에 속으로 탄복하지 않을 수 없었다. 바로 그때였다. 병사 한 명이 헐레벌떡 뛰어왔다.

"치…… 치고 박고 싸우고 있사옵니다!"

"누가?"

오배가 놀란 기색을 감추지 못한 채 색액도와 함께 정원 쪽으로 나갔다. 둘의 시야에 위동정과 왜호가 한바탕 주먹질과 발길질에 열을 올리고 있는 광경이 들어왔다. 오배가 화가 난 듯 앞으로 성큼 다가서면서 버럭 소리를 질렀다.

"왜호, 이 머리에 피도 안 마른 놈이 감히 누구한테 대들어? 건방지게!"

오배의 말에 왜호가 씩씩거리면서 동작을 멈췄다. 위동정도 오배가 그렇게 나오자 빼들었던 칼을 도로 칼집에 집어넣었다. 그가 오배에게 깍듯하게 인사를 건넸다.

"무례함을 저질러 대인을 화나게 한 죗값을 기꺼이 치르겠습니다!"

"역시 호신은 사내답소. 저 놈은 정말 무식한 놈이오. 그러니 적당히 멀리 하는 게 현명하오."

말을 마친 오배가 이번에는 머리를 돌려 여전히 씩씩거리는 왜호에게 눈짓을 보냈다.

"돼먹지 못한 녀석! 어서 가서 네 할 일이나 하지 않고 뭘 꾸물거려?"

왜호가 툴툴거리면서 자리를 떴다. 그러자 오배가 위동정에게 말을 건넸다.

"그렇지 않아도 위 군문을 한번 보고 싶었소. 그런데 여기에서 만나다니 오히려 잘 됐군!"

오배는 바늘 가는 곳에 실 가듯 강희가 있는 곳에는 분명히 위동정이 있다고 판단했다. 위동정 역시 그런 오배의 속을 훤히 꿰뚫고 있었다. 그가 담담하게 대답했다.

"그러게요. 이렇게도 만나네요. 다름이 아니라 색 대인 정원의 가산에 있는 돌이 너무 멋지다는 소문을 전해들은 폐하께서 한번 가보라고 하셔서요."

"그렇소?"

오배가 일부러 놀란 척하면서 색액도에게 다가갔다.

"심심한데 우리 정원이나 둘러보는 것이 어떻겠습니까. 대인 집의 정원 조경이 끝내준다는 소문이 자자하던데 말이오."

색액도가 흔쾌히 응했다.

"그러죠. 호신, 그대도 같이 가는 게 어떻겠소?"

"대인의 명에 따르겠습니다."

세 사람은 정원 입구까지 도착했다. 그곳에서 그들은 여기저기 기웃거리면서 정원 곳곳을 쥐 잡듯 하고 다니는 왜호와 부딪쳤다.

"이상한 사람을 발견하지는 못했나?"

오배가 다가서면서 물었다.

"아직 발견하지 못했습니다. 부하들을 더 투입해서 다시 한 번 샅샅이 훑어볼까요?"

왜호가 이상하다는 표정으로 고개를 갸웃하면서 대답했다. 그러면서 그는 독기 어린 눈으로 위동정을 무섭게 노려보았다.

"그럴 것 없어. 나하고 색 대인, 위 대인이 둘러보면 되니까."

오배가 왜호에게 면박을 주었다.

정원 입구에는 아니나 다를까, 진짜 같은 가산이 커다란 연못 한가운데에 떡하니 자리를 잡고 있었다. 백옥白玉으로 만든 커다랗고 구불구

불한 난간은 연못 저쪽의 정자와 이쪽의 가산을 이어주고 있었다. 첫눈에도 깔끔하고 정교해 보였다. 오배는 정자를 마주하고 있는 초가집 세 칸에 신경이 쓰였다. 그러나 일부러 금붕어 몇 마리를 빼고는 별다른 것이 없는 연못으로 시선을 돌렸다. 그럼에도 그는 자꾸만 참외밭으로 줄기차게 치닫는 자신의 마음을 어쩔 수 없다는 듯 몰래 초가집 쪽을 힐끔힐끔 쳐다보았다.

오배가 가산의 돌들을 매만지기도 하고 톡톡 건드려 보기도 하면서 마음에도 없는 찬사를 한바탕 쏟아냈다. 그런 다음 이제는 화제를 돌려도 되겠다고 생각했는지 손가락으로 초가집을 가리켰다.

"저기 저쪽은 조용히 책 읽기에는 더할 나위 없는 장소일 것 같습니다!"

세 사람은 곧 무지개 모양의 돌다리를 건너 초가집 앞으로 다가갔다. 아늑하고 조용한 분위기를 자아내는 곳이었다. 안에서는 도란도란 말소리와 함께 딱! 딱! 하는 소리가 일정한 간격을 두고 들려왔다.

오배는 방안에 있는 사람이 강희일 것이라고 확신했다. 순간 가슴이 심하게 방망이질을 쳤다. 숨이 멈춰버릴 것만 같은 긴장이 그를 사로잡았다. 하지만 그는 일부러 마른기침을 해대면서 가슴을 진정시켰다. 그러고는 나름 멋있는 말을 하려고 안간힘을 썼다.

"배산임수背山臨水에 초가삼간이라! 세속을 등진 무릉도원武陵桃源이 따로 없네그려. 대단한 인물들이 자리를 잡고 있을 것 같은데, 어디 한번 눈동냥이나 해볼까?"

오배가 일부러 의미심장한 말을 흘렸다. 이어 색액도의 안내도 없이 직접 문을 열고 들어갔다. 그러나 그는 곧 멈칫하면서 크게 놀라는 기색을 드러냈다. 방안에는 강희의 그림자도 보이지 않았던 것이다. 대신 눈에 들어온 것은 서른 살 남짓한 숯검정 같은 얼굴의 사나이와 열댓

살 남짓한 소년이었다. 둘은 장기판에 머리를 박은 채 수를 짜내기 위해 골몰하고 있었다.

색액도는 처음부터 오배의 미세한 표정 변화 하나라도 놓칠세라 두 눈을 크게 뜨고 있었다. 시간이 갈수록 적나라하게 드러나는 오배의 흑심을 확인하는 것은 별로 어려운 일이 아니었다.

그는 속으로 연신 코웃음을 쳤다. 오배는 눈앞에 드러난 결과를 전혀 예측조차 못했던 듯했다. 표정관리를 하지 못하고 그저 둘을 바라보면서 잠시 넋을 놓고 있었다. 그 모습을 지켜보던 색액도가 천천히 입을 열었다.

"민태敏泰야, 장기는 그만 두고 어서 오배 큰아버지께 인사를 올려라!"

색액도가 오배에게 소개를 했다.

"이 아이는 제 조카인 민태라는 아이입니다. 저 분은 태의원에서 일하고 있는 호 선생이고요. 심심풀이 삼아 자주 여기 와서 저 애하고 장기를 두고는 하죠. 호 선생의 장기 실력은 북경에서 맞수가 없을 정도입니다. 듣자하니 오 대인께서도 만만치가 않으시다는 소문이 파다하던데, 이렇게 만난 김에 한번 실력을 겨뤄보는 게 어떨까요?"

호궁산이 색액도의 말을 받아 공손하게 무릎을 꿇으면서 인사를 올렸다.

"한 수 가르쳐 주시면 영광이겠습니다!"

호궁산의 말에 오배가 팔을 뻗어 호궁산을 부축해 일으켜 세우려고 했다. 당연히 평소 다른 사람들한테 하듯 했다. 그러나 호궁산은 마치 땅에 박히기라도 한 듯 꿈쩍도 하지 않았다. 오배는 무예에 일가견이 있는 사람답게 호궁산에게서 뿜어져 나오는 강한 기운을 단박에 알아챘다. 호궁산의 팔을 잡은 손 역시 자신도 모르게 자석에 빨려 들어가듯 끌려갔다. 오배는 심상치 않은 느낌을 받았다. 황급히 숨을 고른 다음

다시 한 번 기를 넣어 땅에 꿇어앉은 호궁산과 대결을 해본 것은 그 때문이었다. 그러나 호궁산을 일으켜 세우는 데는 성공하지 못했다.

오배는 직감적으로 호궁산이 대단한 실력가라는 사실을 깨달았다. 갑자기 등골이 오싹해졌다. 색액도의 집에 이처럼 대단한 인물이 떡하니 들어앉아 있다는 사실이 무척이나 놀랍고 신경이 쓰였다.

오배는 모든 계획이 수포로 돌아가고 말았다는 생각이 들자 착잡한 마음을 금할 수 없었다. 세모눈을 가느다랗게 치켜뜨고 자신을 쳐다보는 호궁산의 존재로 인해 더더욱 기가 빠지고 말았다. 오배는 당황했다. 호궁산이 자신을 장기판 들여다보듯이 훤히 꿰뚫고 있을지도 모른다는 생각은 이제 단순한 가정이 아니었다. 그래서인지 자신을 향해 뭐라고 말하는 색액도의 입만 아주 크게 눈에 들어왔을 뿐 말소리는 거의 들리지가 않았다.

사람들의 시선이 일제히 그에게 쏠렸다. 오배는 그제야 얼떨떨한 표정으로 억지웃음을 지어 보였다.

"그래…… 그래……. 아, 아니야. 그건 다 헛소문이니 믿을 게 못 되오. 사실 나는 장기에는 문외한이오. 여기 호신이 나보다 훨씬 낫지!"

눌모와 왜호는 좌중에 어색한 대화가 이어질 무렵 들어왔다. 오배는 콧김을 내뿜는 그들의 표정에서 일이 순조롭게 풀리지 않았다는 사실을 확신했다. 그가 둘을 향해 먼저 입을 열었다.

"다 알아. 말할 필요 없어. 색 대인, 오늘 이거 참 본의 아니게 크게 결례를 범해서 황송합니다. 내일 정식으로 찾아뵙고 사과할 테니 그리 아세요!"

이어 곧바로 눌모에게 지시했다.

"여기에서는 이만 철수한다. 또 다른 집들을 수색해 봐."

색액도는 일부러 오배를 극구 만류하는 척했다. 그러나 오배는 일초라도 빨리 색액도의 집에서 벗어나고 싶었다. 그는 소맷자락을 잡아채면서 돌아섰다.

"다음에 뵙죠!"

색액도는 흔쾌히 머리를 끄덕여 보였다. 이어 또다시 요란하게 예포를 울려 낙심한 채 돌아가는 오배 일행을 전송했다.

명주는 황궁의 특명에 따라 오차우를 데리고 풍씨원風氏園으로 몸을 피했다. 만약 오배가 오지 않으면 다시 색액도의 집으로 들어가기로 약속을 해 두었다. 하지만 오배가 오면 색액도의 집으로 돌아가지 않고 풍씨원에서 다른 지시를 기다려야 했다.

명주는 너무나도 무료했다. 풍씨원은 전쟁으로 인해 폐허로 변해버린 곳이었다. 그러나 오차우는 명주와는 완전히 달랐다. 마치 보물찾기라도 하듯 키를 넘는 잡초들을 이리저리 헤집고 다니면서 시간가는 줄을 몰랐다. 궁금해진 명주가 물었다.

"형님, 풍씨 집안에서 나온 이십 년 전의 보물함이라도 찾으세요? 내 눈에는 왜 아무것도 안 보이죠?"

"아우는 뭘 몰라서 그래."

오차우가 어깨를 으쓱하면서 덧붙였다.

"이렇게 겉으로는 볼품없는 곳일수록 뭔가 얘기해주는 바가 크다고. 들춰보고 싶은 욕구가 분출하도록 만들지. 이리로 와 보게!"

오차우가 비석처럼 세워진 돌 위의 먼지를 손으로 닦아 입김으로 훅 불어내고는 명주를 불렀다. 명주가 다가갔다. 돌 위에는 희미한 글자가 새겨져 있었다. 명주가 신발을 벗어 오차우가 털다 남은 먼지를 쓱쓱 문질렀다. 그러자 시 두 수가 형체를 드러냈다.

사람들은 겨울밤이 춥고 길어 싫다고 하지만

나는 겨울밤이 좋아.

포근한 비단이불 봄볕처럼 따뜻하니

잠을 자는 것이 아깝구나.

순간 오차우가 실망스러운 듯 머리를 흔들었다.

"이건 형편없군. 수준 이하야."

두 번째 시 역시 비슷했다.

달빛 어두운 저녁

이슬 머금은 반딧불이 누각 위를 나는구나.

스산한 바람을 따라 흐느끼는 이는

어느 집안의 딸인가.

시를 읽은 명주가 말했다.

"무슨 시가 이래요? 으스스하게."

오차우는 그 말에 정색을 했다.

"이상할 것 없어. 시에도 생명이 있으니 으스스할 때도 있어야지."

명주는 바로 입을 다물어 버렸다. 오차우의 입에서 다시 공자 왈, 맹자 왈 이어질 것 같아서 부담스러웠던 것이다.

시각은 정오를 이미 한참 지나 있었다. 위동정은 그러나 아직 이렇다할 소식을 전해오지 않고 있었다.

명주는 궁금하고 조급해서 안절부절못했다. 그렇다고 돌아갈 수도 없는 일이었다. 명주는 궁상맞게 혼자 앉아 있으니 아예 오차우를 따라나서는 게 낫다고 생각했다. 곧 오차우와 함께 본격적으로 시의 흔적을 찾아 나섰다. 한참 후 비석이라는 비석은 다 헤집고 다니던 명주가 소리를 질렀다.

"형님, 저도 하나 찾았어요!"

오차우가 두 눈을 반짝이면서 달려갔다. 과연 괜찮은 글귀가 적혀 있었다.

> 청명이라 황새들은 찾아와 지저귀는데,
> 버들가지는 춘풍에도 무심하구나.
> 비석은 여전히 그 자리에 있고 변한 것은 없는데,
> 옛날의 영화는 어디로 갔는가.

오차우는 손바닥에 묻은 먼지를 툭툭 털면서 숙연한 표정으로 계속 말없이 거닐었다. 그러자 명주가 먼저 침묵을 깼다.

"형님, 아무리 봐도 여자가 지은 시 같지 않아요?"

"그렇지 않아. 음울하고 처량한 감정을 내비치고 있지만 글씨체를 보면 힘이 솟구치잖아. 여자의 섬섬옥수가 써낼 수 있는 필체가 아니야. 내 생각에는 명나라의 유신遺臣이 고향 생각에 찾아왔다 우수에 잠겨서 이런 글을 남긴 것 같아. 옛 군주와 흘러간 모든 것이 그리웠겠지. 만약 내 아버지께서 여기를 다녀가셨다면 정말 좋아하셨을 텐데."

"다 하늘의 뜻입니다. 그래봤자 무슨 뾰족한 수가 있겠어요? 현실에 적응하지 못하고 과거에만 집착하는 것도 웃기는 일 아닌가요?"

명주의 말에 오차우가 점잖게 나무랐다.

"웃기다니 이 사람아? 이런 불변의 충성심과 불굴의 의지를 가진 사람들은 존경을 받아야 마땅하다고! 그런데 웃기다니? 그들의 행동에 우리 자신을 비춰보면 창피하기 그지없다고."

명주는 원래 오차우를 위로하기 위해 말을 꺼냈다. 하지만 본의 아니게 오히려 화만 돋우고 말았다. 그가 자책감을 이기지 못하고 자신의 머리를 주먹으로 쥐어박으면서 화제를 돌렸다.

"점심때도 지났으니 우리 밥이나 먹으러 가요!"

오차우도 조금 전 명주에게 너무 심했다고 생각했다. 어조에서 미안해하는 느낌이 물씬 풍겼다.

"좋아, 자네 말대로 하지! 그런데 어디로 가나?"

"나올 때 동정 형하고 약속했어요."

명주가 덧붙였다.

"하계주가 백운관 밖에 새로 주막을 열었다고 해요. 거기에서 점심이나 얻어먹기로 했죠!"

"거기 산고점山沽店이라는 곳이 아닌가?"

이어 머리를 저었다.

"며칠 전에 완낭하고 둘이서 한 끼 잘 얻어먹고 왔어. 벼룩도 낯짝이 있지 또 가면 되겠나. 게다가 멀기도 하고……."

그러나 명주는 오차우의 말은 무시한 채 무작정 팔을 잡아끌었다.

"하계주가 어디 남인가요? 그런 걸 가지고 좀스럽게 구는 사람도 아니고요. 사실은 저도 어제 만났어요. 둘째 도련님이 안 오신다고 볼멘소리를 하던 걸요!"

"그러면 그렇게 하든가. 하지만 수레는 두고 걸어가지."

명주는 걸어가자는 오차우의 제안에 흔쾌히 동의했다.

두 사람이 주거니 받거니 얘기를 나누면서 백운관 밖 산고점에 도착했을 때는 미시未時(오후 1시~3시)가 넘은 시간이었다. 하계주는 미리 연락을 받고 대기하고 있었다. 허리께까지 오는 짧은 적삼에 어깨에 흰 수건을 걸친 차림이었다. 그가 땀이 번지르르한 얼굴로 사람 좋게 웃으면서 입구까지 마중을 나오자 명주가 먼저 아는 체를 했다.

"주인장, 형님이 안 오겠다는 걸 억지로 모셔 왔네!"

명주의 말에 하계주가 웃으면서 오차우 앞으로 다가갔다. 이어 여느 때와 다름없이 공손하게 인사를 올렸다.

"도련님도 이제는 제 성격을 알 때도 됐으면서 왜 그러십니까? 한번 아랫것은 영원한 아랫것이에요. 그러니 저에게도 은혜 갚고 살 기회를 주십시오. 할 말은 아니지만 도련님이 만에 하나 거지가 되는 한이 있더라도 제 마음은 변하지 않을 거예요. 허락만 해주신다면 저는 도련님 시중을 드는 상거지가 될 각오도 하고 있습니다!"

하계주가 서슴지 않고 말했다. 그 정도로 오차우에 대한 그의 믿음과 존경심은 절대적이었다. 그가 두 사람을 가게 안으로 안내했다.

"지난번에 도련님이 오셨을 때는 마침 좋은 재료가 다 떨어졌었어요. 그래서 제대로 대접을 못해서 마음이 여간 불편하지 않았죠. 그러나 오늘은 없는 것 빼고는 다 있습니다. 우리 도련님께서 아무래도 먹을 복이 있는 것 같습니다. 바닷가재, 해삼, 송이버섯, 굴, 거북 알……. 말씀만 하세요. 무엇이든 만들어 드리겠습니다!"

하계주의 말에 오차우의 얼굴이 환해졌다. 너털웃음도 터져 나왔다.

"그렇군. 진짜 기가 막히네. 오늘 안 왔더라면 평생을 두고 땅을 치면서 후회했을 거야!"

방으로 들어가던 오차우의 웃음소리가 갑자기 뚝 멈췄다. 안에서 완낭, 즉 소마라고가 두 명의 시녀들과 함께 기다리고 있었기 때문이었다. 그녀들은 오차우를 발견하자마자 약속이나 한 듯 자리에서 일어섰다. 소마라고가 먼저 인사를 건넸다.

"오 선생님, 누구 기린 만들 일 있어요? 이것보세요, 기다리다 목이 얼마나 길어졌는지."

오차우는 언제나 누구 앞에서나 항상 자신감 넘치고 당당했다. 하지만 소마라고 앞에서는 달랐다. 늘 부끄러워하면서 쥐구멍을 찾는 모습을 보이고는 했다. 반면 소마라고는 적극적이었다. 지난번 강희의 말을 통해 자신이 언젠가는 그의 여자가 될 수 있다는 것을 직감한 다음부터는 더욱 그랬다. 그래서 만나면 농담도 하고 가까이 다가가려고 무지하게 노력했다. 그러나 오차우의 소극적인 자세로 인해 관계가 더 이상 발전하지는 못했다. 그가 항상 몸을 움츠리기만 했으니 말이다. 아무튼 두 사람은 속마음과는 달리 겉으로는 항상 일정한 거리를 유지했다.

명주는 두 사람의 속내를 잘 알고 있었다. 위동정으로부터 들은 바도 있었다. 은근히 두 사람을 떠보려고 기회를 엿보고는 했다. 그가 곁눈질로 부지런히 둘을 번갈아보면서 말했다.

"넓고도 좁은 것이 세상이에요. 여기서 완낭 누님을 만나다니요! 우리는 아무래도 자석같이 서로 끌어당기는 뭔가가 있나 봐요. 오늘 이렇게 상다리 부러지게 진수성찬을 마련한 것도 꼭 저와 우리 형님만을 위한 것은 아닐 겁니다. 그러나 뱃속에서 아우성을 쳐대니 미안하지만 먼저 먹어야겠네요!"

명주는 아무것도 모르는 척하면서 먼저 올라온 궁중요리를 한입 가득 삼켰다. 그리고는 맛이 그만이라는 다소 과장된 표정을 지었다.

"주인장, 해물은 불쌍해서 다시 바다에 놓아 주었소? 왜 안 나와! 빨리 여기에다 가져다 놓으라고."

하계주는 평소에도 주제넘게 늘 자신을 하인 취급하는 명주가 주는 것 없이 미웠다. 그런데 오늘따라 더욱 눈꼴시었다. 하지만 좋은 분위기를 망쳐서는 안 될 일이었다. 그는 성질을 꾹꾹 눌러 참느라 평소보다 더 많이 노력해야 했다.

오차우는 한쪽에 물러앉은 채 악의는 전혀 없는 명주의 말에 빙그레 미소를 지었다. 그도 배가 고프지 않은 것은 아니었다. 그러나 시장기보다는 의문이 앞섰다.

'오늘따라 하계주의 이 비좁은 가게에 여러 사람들이 다 같이 모인 것은 무엇 때문일까? 우연의 일치라고 봐야 하나?'

그러나 오차우는 이내 웃으면서 소마라고에게 시선을 돌렸다.

"여기 올 줄 알았으면 아침에 같이 나올 걸 그랬네요. 벌써 세 시가 넘었으니 말이에요. 더 늦어지면 색 대인께서 걱정하실 텐데."

소마라고는 솔직히 말해 애써 태연한 척하고 앉아 있었다. 그러나 속마음은 불안하고 초조하기 이를 데 없었다. 위동정이 아직 오지 않고 있다는 것은 무슨 일이 있는 게 분명하다는 증거였으니까. 만약 위동정이 오지 않으면 다음 행동에 나서는 것은 거의 불가능했다. 그럼에도 소마라고로서는 신경을 곤두세우고 위동정의 말발굽 소리가 들려오기를 학수고대하는 것 외에는 다른 방법이 없었다.

위동정을 비롯한 강희의 측근들은 밤을 새운 끝에 하계주의 산고점으로 피신하자는 계획을 세웠다. 바로 그 때문에 오차우와 소마라고의 우연을 가장한 만남이 가능했던 것이다. 이런 사실을 눈치 없기로 유명한 오차우가 알 까닭이 없었다. 소마라고가 오차우의 말에 억지웃음을 지으면서 말했다.

"괜찮아요. 여기도 우리 집이나 다름없는 걸요! 색 대인께서 돈을 대어 주셔서 문을 연 가게라고요. 아무리 자주 드나들어도 문제될 것은 없어요. 저희가 없으면 여기 있는 줄 아실 거예요."

오차우는 하계주가 이곳 인적이 드문 곳으로 유배당하듯 쫓겨온 이유를 잘 알고 있었다. 그러나 색액도의 돈으로 가게를 차렸다는 얘기는 처음 듣는 말이었다. 그는 이상한 생각에 고개를 갸우뚱했다.

'하계주와 색 대인이 오랜 친분을 쌓은 사이도 아니야. 그렇다고 색 대

인이 과거에 신세를 지지도 않았어. 그런데 어떻게 선뜻 가게를 차릴 돈을 주었단 말인가.'

그의 생각은 자꾸만 모든 것이 석연치 않은 쪽으로 굴러가고 있었다.

오차우는 궁금증이 한번 발동하면 꼭 즉석에서 물어봐야 직성이 풀리는 성격이었다. 그가 막 입을 열려는 순간이었다. 갑자기 저 멀리에서 요란한 말발굽 소리가 들려왔다. 소리는 점점 가까워지고 있었다.

소마라고를 비롯한 좌중의 사람들은 본능적으로 귀를 쫑긋 세웠다. 이어 긴 울음소리와 함께 말이 산고점 앞에 우뚝 멈춰 섰다. 명주가 먼저 입을 열었다.

"동정 형이 왔나 보네요!"

오차우가 반가움에 바로 자리에서 일어나 밖으로 나가려 했다. 소마라고도 황급히 따라나섰다.

"잠깐만요! 같이 가요."

위동정의 얼굴은 땀에 흥건하게 젖어 있었다.

"누구는 죽어라 하고 찾아다니는데, 어떤 사람은 여기 앉아 세월아 네월아 하고 있구먼!"

하계주가 기다렸다는 듯 때맞춰 해물탕을 들고 들어오면서 위동정에게 인사를 건넸다.

"무슨 좋은 일이라도 있으세요? 위 어른의 안색이 아주 밝아 보이는 군요! 역시 소인은 도련님과 인연이 있나 봅니다. 제가 오늘 하루 종일 들떠 있었잖습니까. 앞으로 한동안 여기에서 같이 지낼 일을 생각하니 정말 날아갈 듯 기쁩니다. 조용하고 외진 곳이라 우리 도련님의 취향에도 제격일 겁니다!"

"아니 여기에서 한동안 머문다고? 누가? 무슨 소리를 하는지 통 모르겠군!"

오차우가 눈을 크게 뜬 채 의아한 표정으로 물었다.

"도련님은 아직 모르고 계셨어요?"

하계주가 덧붙였다.

"사실은 오늘 이른 아침에 위 어른이 오셔서 집안에 안 좋은 일이 있을지도 모른다고 했어요. 그래서 용공자의 공부방을 잠시 여기로 옮기기로 했다고 하던데요."

"안 좋은 일이라니?"

오차우가 다그치듯 물었다.

"어떻게 안 좋은 거야?"

"색액도 대인의 집이 오늘 오배에 의해 수색을 당했답니다!"

하계주는 그렇게 말하고는 입을 닫았다. 더 이상 아는 것이 없어 말문이 막혔던 것이다. 그러자 소마라고가 거들고 나섰다.

"그들은 오 선생님을 원했던 것이 아닌가 싶어요."

소마라고가 거두절미한 채 단정을 지었다. 오차우는 그 말에 더욱 어리둥절해졌다. 그가 소마라고가 한 말을 확인이라도 하려는 듯 좌중을 훑어봤다. 그러다 위동정과 시선이 정면으로 마주쳤다. 순간 위동정이 머리를 무겁게 끄덕여 보였다. 그가 가벼운 한숨을 내쉬었다.

"오 선생님은 역시 복을 타고난 사람인 것 같아요. 운이 좋아 정보를 사전에 입수해 미리 움직였으니 망정이지 그렇지 않았다면 우리는 정말 좋은 분을 잃을 뻔했어요!"

위동정이 계속 아리송한 말을 했다. 그러자 명주가 못내 궁금하다는 듯 재촉했다.

"형, 빨리 말해 봐. 무슨 일이야?"

위동정은 찻잔을 들더니 단숨에 쭉 들이켰다. 이어 입을 쓱 닦고는 낮에 있었던 일을 차근차근 설명하기 시작했다. 마지막에는 단정적으로 못을 박았다.

"황궁의 감옥이 어떤 감옥인가요? 파리 한 마리도 날아 들어오면 나갈 수 없는, 말 그대로 천뢰天牢(하늘의 감옥)라고요. 그런데 범인이 탈옥했다고요? 어불성설이죠. 오자마자 공부방 쪽으로 화제를 몰고 간 것을 보면 몰라요? 오 선생님을 노리고 온 것이 분명해요. 그 외에 더 이상 무슨 설명이 필요할까요?"

23장
토끼와 사냥꾼

위동정의 말을 들은 오차우는 우선 너무 놀랐다. 또 분하기도 했다. 그 묘한 기분은 말로 표현할 수가 없었다. 오차우가 복잡한 감정의 소용돌이에서 헤엄치다 한참 후에 냉소를 머금으면서 말했다.

"세상 오래 살고 볼 일이군. 닭 모가지 하나 못 비트는 선비가 대충 휘갈긴 글에 천하의 오배가 사족을 못 쓰다니!"

오차우는 애써 담담한 표정을 지어 보이려고 했다. 하지만 생각대로 되지 않았다. 먼저 얼굴이 붉어졌다. 이어 갑자기 주먹을 불끈 쥔 채 있는 힘껏 탁자를 내리쳤다. 솟구치는 분노를 주체할 수 없었던 것이다. 그 바람에 접시와 젓가락이 공중에서 춤을 췄다.

"진짜 내가 일을 저질렀다면 여러 사람 피곤하게 할 것 없어. 내가 혼자서 감당하면 돼. 내 한번 가 보지!"

오차우는 말을 마치자마자 휭하니 밖으로 뛰쳐나가려고 했다. 그러자 위동정이 황급히 그의 소맷자락을 잡아당겼다. 소마라고도 순식간에 벌어진 일에 당황했는지 소리를 지르면서 말렸다.

"안 돼요, 절대로! 공연히 무모한 희생을 할 필요는 없잖아요!"

오차우는 위동정에 의해 결박당하다시피 한 몸을 빼내려고 몸부림쳤다. 그러나 허사였다.

오차우는 그 와중에도 기겁을 하고 말리는 소마라고의 눈에서 평소와는 다른 그녀의 감춰진 일면을 발견할 수 있었다. 아주 짧은 순간이었으나 그녀의 시선에 애틋함과 결연함이 담겨 있었던 것이다. 오차우는 몸부림을 쳤지만 위동정을 당해낼 힘은 없었다. 결국 입으로 끊임없이 화를 터트리면서 자리에 풀썩 주저앉고 말았다. 위동정이 차분한 어조로 말했다.

"이럴 때일수록 침착하셔야 합니다! 오배 그 자식이 이번에 고스란히 당한 걸 좀 보세요. 결코 범접하지 못할 상대는 아니라는 것을 알 수 있습니다. 그 자도 알고 보면 허점투성이라고요! 우리도 호락호락하지 않다는 걸 보여줬으니 조급해하실 필요는 없습니다. 그것보다는 우리도 치밀한 준비를 해서 뒤통수를 한번 갈겨주는 게 좋겠습니다."

"난들 제 발로 찾아가고 싶겠어?"

오차우가 한숨을 토해내면서 말을 이었다.

"오배는 내가 나타나지 않는 한 쉽게 포기하지 않을 거야. 그렇게 되면 죄 없는 여러분들만 피곤해지게 돼!"

오차우가 시선을 돌려 소마라고를 쳐다봤다.

소마라고는 짧은 순간이었으나 오차우의 눈빛에서 많은 것을 읽어냈다. 그래서일까, 그녀의 눈시울이 이내 붉어졌다. 가슴도 찡한 모양이었다. 그녀가 눈물이 맺힌 두 눈을 들어 오차우를 응시하면서 부드럽게 말했다.

"지난번 공부 시간에 용공자에게 소동파蘇東坡의 〈유후론〉留侯論이라는 글에 대해 말씀해 주셨잖아요. 거기에 나오는 다음과 같은 대목이 저는 인상에 남았어요. '천하에 큰 용기를 지닌 자는 갑자기 어떤 일이 닥쳐도 놀라지 않는다. 까닭 없이 해를 당해도 노여워하지 않는다'라는 말씀 말이에요. 그때는 아무 생각 없이 들었어요. 그런데 지금 갑자기 떠오르네요. 그 말을 용공자를 비롯한 우리 모두에게 해주고 싶었던 것이 오 선생님의 마음이라고 생각해요. 그런데 오늘 같은 날에 스승님께서 먼저 절제를 못하시면 어떻게 해요?"

위동정도 소마라고의 간절한 호소에 뒤질세라 입을 열었다.

"오배가 수색에 앞서 두 범인을 잡으러 왔다고 분명히 말했습니다. 오 선생님께서 혼자 자수하러 갔다가 다른 한 사람을 내놓으라면 어떻게 할 겁니까?"

"그 사람이 누구인데?"

"저희들도 당연히 모르죠!"

소마라고가 비로소 웃음을 머금었다.

"잠시 여기 계세요. 내일부터 용공자를 이리로 보내겠어요. 오배가 제 풀에 꺾일 날이 멀지 않았어요. 그때 다시 돌아가도록 하는 것이 좋겠죠?"

"당장은 그럴 수밖에 없군요."

오차우가 풀이 죽어서 대답했다.

"하지만 사람들이 어느 정도는 들락거릴 텐데, 시끄러워서 어떻게 공부를 하지?"

"도련님이 그런 말씀을 하시면 저 하계주가 서운하죠."

하계주가 오차우와 소마라고의 대화에 때맞춰 끼어들었다.

"도련님께서 계시는 동안은 가게 문을 아예 닫아버릴 텐데 뭘 그러세요? 정 여기가 싫으시면 저를 따라 뒤쪽으로 가 보시죠."

오차우는 고개를 갸웃거리면서 하계주를 따라 나섰다. 반신반의하는 듯한 기색이었다. 소마라고와 명주, 위동정 역시 둘의 뒤를 따라 뒤뜰로 나갔다.

뒤뜰의 첫인상은 가게와 별다를 것 없이 허름했다. 그러나 장작을 넣어둔 창고와 잡동사니들을 가득 채웠을 법한 두 개의 조그마한 초가를 지나 뒷간 문을 연상케 하는 작은 문을 열고 들어서는 순간 모든 것이 달라졌다. 세상에, 세상에! 그곳은 바깥세상과는 무형의 담을 쌓은 별천지였다!

한마디로 문을 사이에 두고 그야말로 무릉도원이 감춰져 있었다. 한가운데에는 커다란 연못이 자리를 잡고 있었다. 물고기들이 많지는 않은 연못이었다. 그러나 덩치가 크고 기운이 세어 보이는 잉어 몇 마리는 그야말로 장관을 연출했다. 가끔씩 풍덩 물장구를 치면서 신나게 물보라를 일으켰다. 또 연못을 둘러싸고 있는 인공으로 만든 기암괴석들 위에는 이름 모를 꽃과 풀들이 여기저기에서 피어 있었다. 마치 오차우를 반기는 것 같았다.

연못 저편으로는 탐스런 버드나무들이 수면 위로 가지를 드리운 채 가끔씩 불어오는 미풍에 하느작거리면서 춤을 추고 있었다. 전체적으로 조용하고 간단한 구성이었다. 그러나 있을 것은 다 있었다. 연못을 가로지른 무지개형 돌다리 건너로는 운치 있는 초가들도 옹기종기 몇 채 자리하고 있었다. 그 가운데 있는 세 칸 초옥의 추녀 밑에는 '산고재'山沽齋라는 금빛 편액이 걸려 있었다.

방 안에 들어서자 대나무로 정교하게 만든 그릇과 의자가 눈에 확 들어왔다. 방은 별로 꾸미지 않았는데도 산뜻한 느낌을 줬다. 오차우의 마음에 꼭 들 만한 방이었다. 산고재는 겉에서 보면 분명 한없이 초라

한 모습이었다. 그러나 속으로는 그 어느 누구도 상상할 수 없는 멋진 경관을 품고 있었다.

오차우는 속으로 연신 감탄사를 터뜨렸다. 주체할 수 없는 감정에 사로잡혔다. 그건 평소의 절제되고 차분한 모습과는 약간 거리가 있는 모습이었다. 하기야 그동안 대단하다고 여겨왔던 색액도의 집이 무색할 정도였으니 그럴 만도 했다.

"정말 대단한 곳이군!"

오차우가 그예 입으로 감탄사를 쏟아냈다. 이어 고개를 돌려 기분 좋은 표정으로 하계주를 바라보았다.

"《장자》莊子를 읽어보지 않은 사람은 이곳의 묘미를 잘 모를 거야. 얼마나 기가 막힌 곳인가."

"그러게 말입니다!"

하계주가 마치 《장자》를 읽어 보기라도 한 것처럼 맞장구를 쳤다.

"도련님 취향은 소인이 잘 알죠. 좋아하실 줄 알았어요. 저쪽에는 만들다 만 가산이 있어요. 나중에 그 유명하다는 태호석太湖石을 가져다 쌓으면 더 멋질 거예요!"

"내가 여기 있는 동안 가산은 필요 없네. 가짜로 사람들의 시선을 가릴 것은 없지. 틈이 나면 박씨나 가져다 뿌려주고 포도나무를 몇 그루 심으면 좋겠군. 그늘을 만들어 자연과 벗하는 게 더 좋아!"

오차우 일행이 여기저기 둘러보고 있을 때였다. 저 반대편에서 어떤 노인이 흰 턱수염을 나부끼면서 몇 명의 젊은이들과 함께 씩씩하게 걸어오고 있었다. 그들의 옷차림은 지극히 평범했다. 그러나 어딘가 모르게 기품이 느껴지는 사람들이었다. 오차우는 가게에서 일손을 돕는 사람들일 거라 생각하고 별 관심을 기울이지 않았다.

그러나 명주는 달랐다. 귀동냥해 들은 것만 해도 오차우보다는 아는 것이 훨씬 많았다. 그는 앞의 사람들이 사용표와 그의 제자로 들어간 목자후 삼형제라는 사실을 모르지 않았다. 또 웅사리가 강희의 공부를 위해 특별히 마련한 이 산고재에 이들 말고도 궁중에서 선발된 수십 명의 뼈대 있는 가문의 자제들이 경호를 맡고 있다는 사실도 알고 있었다. 20여 명의 병사들이 백운관 도사로 변장한 채 암암리에 가게를 지키고 있다는 사실은 더 말할 것이 없었다.

가게의 이름에도 비밀은 숨어 있었다. '산고'山沽는 '교토삼굴'狡兎三窟이라는 고사성어의 '삼굴'과 발음이 같다. 말하자면 '산고'는 교활한 토끼가 사냥꾼에 당하지 않기 위해 마련한다는 '세 개의 굴'과 통하는 것이다. 오차우가 제 아무리 박식하더라도 어떻게 여기에까지 생각이 미칠 수가 있겠는가!

오차우는 자신의 마음에 꼭 드는 산고재 앞에서 풍경에 도취된 듯 한동안 말없이 서 있었다. 간간이 불어오는 부드러운 가을바람이 그의 얼굴을 훑으면서 연못에 잔물결을 일으켰다. 오차우는 순간 고향에 계신 아버지를 떠올렸다. 자연스레 가족 생각도 났다.

그는 갑자기 기분이 우울해지고 말았다. 의아한 생각에 사로잡혔다. 그것은 자기 주변의 사람들이 하나같이 잘해주면서도 뭔가 속이는 게 있는 것 같다는 느낌이었다. 그는 곧 유독 자신만 모르는 그 무엇이 있을 거라는 확신을 내렸다. 그러나 무턱대고 물어볼 수는 없는 입장이었다. 답답하기 그지없었다. 하지만 그는 굳이 자신의 그런 마음을 드러낼 필요는 없다고 생각하면서 마음을 다잡았다.

"나야 뭐 호박이 넝쿨째 굴러들어온 기분이네. 하지만 용공자는 고생이 많겠네. 가까운 거리도 아닌데 말이야!"

소마라고가 오차우의 말을 받았다.

"골치 아프게 그런 걱정은 하지 않으셔도 돼요. 용공자가 오면 가르

치고, 오지 않는 날에는 낚싯대나 드리우면서 사는 것도 멋지지 않겠
어요?"

오차우가 머리를 끄덕였다. 마침 그때 한껏 들뜬 하계주의 목소리가
들려왔다.

"도련님, 저기 보세요. 용공자께서 오시네요."

오배는 집으로 돌아왔다. 그러나 헛물을 잔뜩 켰다는 사실에 분노가
치밀었다. 도저히 참을 수가 없었다. 그가 곧 뭔가 생각난 듯 왜호에게
명령했다.

"어서 반포이선 대인에게 가서 내가 곧 찾아간다고 전하라."

왜호가 "예!" 하는 대답과 함께 재빨리 말을 달려 앞서갔다.

오배가 반포이선의 집에 도착했을 무렵 대문은 이미 활짝 열려 있었
다. 유금표가 일찌감치 나와 기다리고 있었다. 오배는 수레가 반포이선
의 방 앞에까지 가서 멈추자 경호원들의 인사를 받는 둥 마는 둥 하고
황급히 안으로 들어갔다. 반포이선은 태사의에 어정쩡하게 엉덩이를 걸
치고 앉아 있었다.

"원숭이도 나무에서 떨어질 때가 있다더니, 반 대인도 그 짝이 났군
요! 그림자도 못 잡았단 말입니다!"

반포이선은 한 손으로 길게 땋아 내린 머리채의 끝을 만지작거렸다.
다른 한 손으로는 반지르르한 앞머리를 쓸어내렸다. 이맛살을 한껏 찌
푸리며 깊은 사색에 잠긴 모습이었다. 헛물을 켰다는 사실을 왜호로부
터 미리 들어 알고 있었던 것이다. 그 역시 오배가 도착하기 전부터 놀
라움과 여러 가지 뇌리를 스치는 의혹을 떨쳐버릴 수가 없었다. 그러나
포기할 그가 아니었다. 게다가 오배 앞에서 약하고 초라한 모습을 보이
기가 싫었다. 일부러라도 노련한 척할 필요가 있었다. 한참 후에야 그

가 입을 열었다.

"오 대인! 어떻게 생각할지는 모르겠으나 우리가 전혀 생각지도 않았던 결과가 나왔습니다. 장기에 비유하면 진 거나 다름없습니다. 그쪽에서도 바보가 아닌 이상 우리를 그냥 방치하지는 않을 거예요. 그러니 오 대인, 잠시 어디론가 휴양이나 갔다 오는 게 어떻겠습니까? 한발 물러서서 다른 길을 모색해 보자는 뜻이죠."

"물러서다니?"

오배가 갑자기 뒤로 넘어갈 듯이 껄껄 웃더니 말을 이었다.

"조조도 영웅이오! 유비와 손권도 없는데, 겁날 것이 뭐가 있겠소이까!"

반포이선이 말을 받았다.

"그 두 사람도 없기는 합니다. 그러나 조조에게는 한漢나라의 황제 헌제獻帝도 없었어요. 그러니 조심해서 나쁠 것은 없지 않겠습니까?"

반포이선의 말은 일리가 있었다. 오배가 금세 안색을 바꾸었다.

"맞는 말이오. 그러면 반 대인 생각에는 셋째가 지금쯤 어디 있을 것 같습니까?"

반포이선이 대답했다.

"일일이 뒷조사를 할 필요는 없을 것 같네요. 셋째가 매일 색 대인 집을 들락거렸던 것은 사실이에요. 오늘도 분명히 들어가는 것을 두 눈으로 확인을 했습니다. 그런데 이런 결과가 나오는 것을 보면 우리의 비밀이 새어 나간 게 틀림없어요! 문제는 누가 어떻게 스물네 시간 이내에 비밀을 누설할 수 있느냐는 겁니다. 빠른 시일 안에 그자부터 색출해내지 않으면 정말 위험해져요."

"집안 내부에 도둑이 있다는 얘기군요. 도대체 누굴까요?"

오배는 반포이선의 판단에 감탄을 금치 못했다. 그가 미간을 찌푸리면서 생각한 후 덧붙였다.

"제세를 불러 같이 의논해 보는 것이 어떻겠소? 세 사람이 모이면 제갈량도 능가한다는 말이 있지 않습니까."

"학식이 풍부한 것으로는 제세를 당할 사람이 없습니다. 하지만 이런 일은 장담을 못하겠습니다. 사실 굳이 찾으려면 멀리 갈 것도 없습니다. 오 대인의 주변 사람들에게 그물을 치면 십중팔구는 찾아낼 수 있을 겁니다."

"반 대인 말대로라면 소추를 의심해야 하는 겁니까?"

오배는 반포이선의 말을 듣자마자 제일 먼저 뇌리 속에 소추, 즉 사감매를 떠올렸다. 그러나 심증만 있고 물증은 없었다. 당장 어떻게 할 수 없는 노릇이었다. 그가 머리를 절레절레 흔들었다.

"소추 그 애는 겁이 많아서 웬만해서는 문 밖에도 잘 안 나가는데……."

그러자 반포이선이 차가운 웃음을 흘렸다.

"오 대인께서는 지금 그 애의 예쁘장한 얼굴 하나에 매혹돼 있어요. 때문에 다른 쪽으로는 생각을 하는 것조차 싫어해요! 저는 무예에는 전혀 능력이 없으나 기억력 하나는 기가 막힙니다. 소추가 걸음을 걸을 때 보니 마치 얼음 위에서 미끄러지듯 했어요. 전혀 인기척이 없었죠. 그걸 보면 대단한 내공이 있는 것 같아요. 제가 그런 말을 한 적이 있지 않았습니까! 저는 바로 그게 찜찜하다는 겁니다. 그런 사람들이 마음만 먹으면 신출귀몰하는 수가 있지 않겠습니까?"

반포이선은 오래 전에 소추를 보고 지나가는 말로 한마디 던졌던 것을 떠올렸다. 사건 해결에 실마리가 될 만한 귀중한 정보였다. 오배는 반포이선의 비상한 기억력에 다시금 놀랐다.

"그건 걱정하지 마시고 나한테 맡겨 주시오. 자백을 받아내는 수가 있으니까!"

반포이선은 한 문제가 풀릴 듯하자 곧장 다른 화제를 꺼냈다.

"또 방금 오 대인께서 '셋째가 어디 있을까?' 하고 묻지 않았습니까? 그것도 당분간은 그렇게 중요한 일은 아닙니다. 그러나 방심할 수는 없는 일이에요. 옛말에 교활한 토끼는 동굴이 세 개라고 하지 않았습니까. 셋째가 색액도의 집 한 곳만 고집할 이유는 없지 않겠습니까?"

"그러게 말이오. 지혜 겨루기와 비상한 통찰력이나 예리한 투시력 하면 내 주변에서 반 대인을 당할 사람이 누가 있겠습니까? 내가 힘이 돼줄 테니 잘해 보십시오."

오배는 용무를 보자마자 바로 수레를 타고 집으로 되돌아갔다.

때는 이미 10월 초였다. 북경의 날씨는 갈수록 싸늘해졌다. 오배와 부인 영씨는 저녁을 먹은 후 후당後堂에 자리잡은 침실에 비스듬히 누워 잡담을 하면서 주전부리로 뭔가를 먹고 있었다. 오배는 요즘 들어 부쩍 피로감을 느끼는 터였다. 그래서 자리에 누워 두 다리를 쭉쭉 뻗으면서 나른한 듯 기지개를 켜고 있었다.

그 옆에서는 사감매를 비롯한 시녀들이 앉아 여기저기를 주물러주고 있었다. 오배가 그녀의 일거수일투족을 유난히 신경을 써서 살펴보다 말고 입을 열었다.

"소추, 학수당에 가서 병풍 뒤에 있는 서랍을 열어 봐. 거기에 검은 나무상자가 있을 거야. 그걸 가져오너라."

사감매는 순간 본능적으로 가슴이 옥죄어오는 긴장감에 사로잡혔다. 곧 그녀의 눈길이 오배의 게슴츠레한 실눈과 부딪쳤다. 그녀는 찔끔했다. 그러나 애써 그 눈길을 외면한 채 자리에서 일어섰다.

사감매가 나가자 영씨가 오배에게 물었다.

"갑자기 그깟 것은 뭐하려고? 껴안고 잠이라도 잘 거예요?"

"그건 당신이 뭘 몰라서 하는 소리야. 돈을 아무리 많이 줘도 못 구하는 일등 피로회복제라고. 속이 갑갑하고 열이 치솟는 증세에는 단연 최고지. 오늘 이 자리에는 우리 식구들밖에 없잖아. 다 같이 한 알씩 먹어보려고 그러는 거지!"

마침 그때 사감매가 마치 안에 귀신이라도 담겨 있는 듯 조심스럽게 상자를 받쳐들고 들어섰다. 여전히 얼굴에는 긴장한 기색이 지워지지 않고 있었다. 죄를 지었다는 마음에 가슴이 심하게 콩콩거렸다.

'오배가 무슨 낌새라도 챈 걸까? 아니면 이 시간에 나에게 이걸 가져오라고 시키지는 않을 것 아닌가!'

사감매는 아주 짧은 시간 동안 많은 생각을 하면서 애써 놀란 가슴을 다잡았다.

"대인, 여기에 놓아둘까요?"

"열어 봐!"

오배가 눈을 지그시 감은 채 무뚝뚝한 어조로 말했다. 아주 짧은 시간이었으나 사감매는 순간적으로 지혜를 발휘했다. 상자를 이리저리 훑어보면서 열쇠구멍을 찾는 척한 것이다.

그녀는 일부러 처음 보는 상자인 것처럼 한참동안이나 계속 앞뒤를 살폈다. 그러다 얼마 후 겨우 구멍을 찾아냈다는 듯 가벼운 한숨과 함께 열쇠를 조심스레 넣고 비틀었다. 그러자 펑! 하는 소리와 함께 용수철이 달린 상자 뚜껑이 튕기듯 열렸다.

사감매는 너무 놀란 나머지 하마터면 상자를 땅에 떨어뜨릴 뻔했다는 표정으로 호들갑을 떨었다. 그러자 오배가 껄껄껄 웃으면서 영씨와 두 시녀를 번갈아보았다.

"다들 봤지. 우리 소추는 여자로서는 보기 드문 호걸이라고. 통 겁이 없다니까. 너희들은 신발 벗고 쫓아가더라도 못 따라가지."

오배는 상자를 다시 닫고는 부인 영씨에게 열어보라고 했다. 영씨가 별꼴 다 보겠다는 듯 상자를 다시 열어보려고 했다. 그러나 사감매가 하던 대로 아무리 안간힘을 써 봐도 상자는 좀체 열릴 기미를 보이지 않았다. 다시 몇 명의 시녀들이 함께 달려들어 얼굴을 붉혀가면서 힘을 써봤다. 하지만 마찬가지였다.

그들의 모습을 지켜보던 오배가 말했다.

"괜히 까불지 말고 이리 내! 이건 무예를 익힌 사람의 내공이 있어야 열 수 있는 거야!"

사감매는 오배의 말에 뜨끔했는지 더듬거리면서 묻지도 않은 말을 내뱉었다.

"저는 원래 명색이 유랑 무예단 단원이었습니다. 그걸로 밥을 먹고 살았습니다. 그러니 내공까지는 몰라도 이 정도 힘도 없겠습니까?"

오배는 마치 사감매의 변명은 듣기도 싫다는 듯 상자를 열어젖혔다. 이어 종이꾸러미를 꺼내고는 약봉지를 찻주전자에 쏟아 부었다.

"소추, 이 차를 마님과 나머지 사람들에게 따라 주거라. 나도 한 잔 주고."

순간 사감매는 머리가 벌집을 쑤신 듯 윙윙거리는 것을 느꼈다. 그 다음에는 아무것도 생각나지 않았다. 그녀는 주위 사람들에게 일일이 차를 따라줬다. 너무나 긴장한 탓인지 오배의 찻잔을 비울 때는 하마터면 잔까지 함께 버릴 뻔했다.

오배는 생긴 것과는 달리 예리했다. 실눈을 뜬 채 사감매의 섬세한 표정변화까지 예의주시하고 있었다.

'역시 반포이선의 말이 맞아. 이년이 뭔가 저지른 것이 분명해!'

오배가 찻잔을 들어 단숨에 꿀꺽 들이키더니 영씨에게도 권했다.

"어서들 마셔 봐. 맛이 나쁘지는 않아."

영씨가 차를 마셨다. 다른 시녀들도 다 같이 마셨다. 하지만 유독 사감매만은 찻잔을 감싸 쥔 채 멍한 표정으로 주변 사람들을 쳐다보기만 했다.

"감매야!"

오배가 갑자기 소추라고 부르지 않고 오래간만에 원래 이름을 불렀다. 그 모습에는 평소의 자상함과는 전혀 다른 악랄한 그 무엇이 묻어 있었다. 마치 한바탕 소란 끝에 사로잡은 쥐를 마음껏 짓밟으면서 가지고 놀다가 한 입에 냉큼 삼키려는 듯한 번득이는 살기였다.

"너 얼굴색이 굉장히 안 됐구나! 에이, 뭘 그렇게 떨 것까지는 없지! 그렇게 떨리면 찻잔이라도 한두 개는 엎질러 깼어야 되는 거 아닌가? 그러게 착하게 살지 왜 그런 못된 짓은 하고 그래? 너무 빨리 탄로 난 것이 나도 좀 아쉽기는 하다만!"

오배가 살기를 번득이면서 말을 이었다.

"이제는 우리 모두 황천객이 돼야 하지 않겠니? 극약을 먹었으니 말이야. 너는 축배를 들어야 하고. 그런데 왜 사색이 되어 있어?"

영씨를 비롯한 좌중의 사람들은 오배의 말에 하나같이 기절초풍할 듯 놀랐다. 그러나 사감매는 태연했다. 최악의 경우를 준비하기라도 한 듯했다.

"아닌 밤중에 홍두깨도 아니고 무슨 말씀을 하시는지……?"

"무슨 말씀이냐고?"

오배가 차갑게 내뱉었다.

"약을 훔치려는 네 계획은 성공하지 못했어. 그래, 내가 약을 바꿔치기 한 것이 너무 감쪽같아서 놀란 거냐?"

그러나 사감매는 전혀 기가 꺾이지 않았다. 오히려 막판에 가서는 더욱 뻔뻔해졌다. 갑자기 오배의 발밑에 무릎이 깨질듯이 꿇어앉았다. 이어 눈물범벅이 돼 하소연을 했다.

"대인께서는 조정의 일품대신입니다. 만약 노비가 꼴불견이라면 저 하나쯤 쥐도 새도 모르게 없애버릴 수도 있습니다. 마음만 먹으면 말입니다. 그러니 잘못한 것이 있다면 그냥 시원스럽게 죽여주십시오. 왜 하필이면 이런 누명을 덮어씌우는 겁니까?"

영씨는 지금까지 사감매를 불쌍히 여겨 시녀가 아닌 양딸처럼 오냐오냐 하면서 대해주었다. 그러나 분위기가 이상하게 흐르자 안색을 싹 바꿨다.

"이 계집애야, 너 무슨 짓을 저질렀어? 어서 빨리 자백하지 못해? 거짓말이면 다 되는 줄 알아?"

"제가 잘못한 게 뭐가 있습니까?"

사감매가 울먹이면서 덧붙였다.

"대인께서 독약을 마시고는 마님까지 마시라고 하셨어요. 그런데 놀라지 않겠습니까?"

좌중의 사람들은 갈수록 오리무중에 빠지지 않을 수 없었다. 영씨가 다그쳐 물었다.

"너 지금 제 정신이야? 독약이라니!"

사감매는 영씨의 말에는 아랑곳하지 않은 채 얼굴을 감싸 쥐고 울기만 했다.

바로 그때 오배가 싸늘한 표정으로 물었다.

"상자 안에 독약이 들어있는 줄은 또 어떻게 알았지?"

"들었습니다."

"누구한테서?"

"반포이선 대인으로부터요!"

영씨가 반포이선이라는 말에 민감한 반응을 보였다.

"얘기를 들으니 갈수록 이상해지는구나. 반포이선 대인이 왜 어른에게 독약을 주었다는 말이냐?"

"저도 그게 궁금했습니다."

사감매가 흐느끼면서 대답했다.

"그날 반 대인이 이걸 가지고 오셔서 무슨 '탈명단'이라고 하는 말을 하셨는데, 제가 차를 따르다 본의 아니게 들었습니다. 그리고는 또……."

"입 닥치지 못해!"

오배는 그 날의 상황에 비춰볼 때 사감매의 말이 거의 틀리지 않는다고 생각했다. 그래서 사감매의 입에서 다른 말이 튀어나올세라 황급히 막아버렸다. 그녀가 그날 들은 그대로 '셋째'니 뭐니 하고 말해버리는 날에는 더욱 곤란해질 것이 뻔했기 때문이다. 오배는 한참 동안 두 눈을 부산스레 굴리면서 결국 머쓱한 표정을 짓고 말았다.

"네가 그날 잘못 들어서 그러는 거야. 그게 무슨 말인지 내가 확실하게 말해 줄게. 반포이선 대인은 이 독약을 가지고 여우 사냥을 떠나자고 했던 거라고!"

자녕궁으로 돌아온 강희는 태황태후와 황태후에게 각각 저녁인사를 올렸다. 그런 다음 양심전으로 돌아왔다. 양심전에서는 소마라고가 쪽 걸상에 쭈그리고 앉아 종잇장을 열심히 들여다보고 있었다. 하도 열중하느라 발걸음소리조차 못 들은 듯했다. 강희는 그녀를 놀라게 할까봐 까치발을 한 채 등 뒤로 가서 몰래 들여다봤다. 그것은 바로 오차우와 명주가 전날 풍씨원에서 '주워온' 시들이었다. 시들을 읽어본 강희가 말했다.

"글을 잘 쓰기는 한 것 같네. 하지만 조금 궁상스러운 면이 있구먼. 너무 혹하지는 마."

소마라고가 깜짝 놀라 화들짝 몸을 떨면서 종이를 내려놓았다.

"폐하께서는 어쩌면 아무런 인기척도 없이 들어오실 수 있사옵니까? 아무리 궁상맞은 시일지라도 무슨 나쁜 일이야 생기겠사옵니까! 폐하께서 워낙 복이 많으신 분이시라서 노비도 늘 함께 복에 겨워 사는데요!"

"짐도 읽어보기는 했지."

강희가 차 한 모금을 마시면서 덧붙였다.

"그러나 웬일인지 읽어내려 갈수록 으스스한 기분이 들더라고."

"《다심경》多心經에서 이르기를, '깨달음을 좇는 사람은 반야바라밀다般若波羅密多에 의존했다. 그러므로 마음에 번뇌가 사라진다. 번뇌가 사라지면 공포가 접근하지 못하고 잘못된 망상에서 멀리 벗어난다……'라고 했사옵니다. 지금 폐하께서는 하도 걱정이 깊으셔서 그런 느낌이 드실 것이옵니다."

"알았어!"

강희가 말을 이었다.

"태후마마는 천주교를 믿으신 이후부터 늘 '죄를 사하여 주시옵소서!' 하고 입이 닳도록 기도하고 다니시지. 그런데 그대는 불교에 귀의하더니, 입만 벙긋하면 《다심경》이니 《능엄경》, 《법화경》이니 하는 말을 달고 다니네그려. 게다가 오차우 스승은 말끝마다 공자와 맹자를 말하잖아. 늘상 '불쌍한 백성들 위에 군림하느니, 차라리 흙탕물에 콱 머리를 처박고 죽어버린다'고 그러잖아. 짐은 굳이 어느 쪽에 귀의하지 않더라도 이미 세 사람의 협공을 받아 벌써 도사가 다 된 기분이야. 또 같은 유교라 하더라도 가끔 다른 주장이 나오기도 하는 모양이지. 웅사리와 오차우 스승도 티격태격할 때가 많은 것을 보면 정말 그런 것 같아. 도대체 짐에게 어느 쪽을 따르라고 그러는지 모르겠어!"

강희가 투덜거렸다. 하지만 말을 마치고는 기분 좋게 껄껄 웃었다. 소마라고 역시 따라 웃으면서 아뢰었다.

"노비의 생각에는 위동정 군문이 그나마 이 분야에 일가견이 있는 것 같았사옵니다. 사실 성인이든 부처든 천주天主든 하나같이 선행을 유도하고 우국우민憂國憂民을 기조로 내세워야 하옵니다. 그래야 사람들이 믿든가 말든가 할 것이 아니옵니까. 그렇지 않고 어떤 이들처럼 종교를 등에 업은 채 나쁜 짓만 일삼고 다닌다면 누가 더운 밥 먹고 할 짓이 없어서 그런 거짓말을 들으러 가겠사옵니까?"

강희가 소마라고의 말을 받았다.

"사실 그에 대해서는 오 선생이 이미 똑 부러지게 강의했어. 오 선생의 말에 따르면, 유교는 자신의 수행을 근본으로 해서 다른 사람을 교화시키는 것을 중요하게 생각하지. 또 도교는 말 그대로 조용히 도를 닦아 득도得道의 경지에 이르는 것을 원칙으로 해. 부드러움을 강조하고. 반면 불교는 정적靜寂을 기본으로 자비를 근본으로 하고 있지. 이처럼 종교는 각각 다르나 추구하는 바는 똑같아. 사람으로 하여금 선을 베풀고 덕을 쌓으라고 하는 기본 교리는 같다는 말이지. 예를 더 들어볼까? 유교는 마치 오곡五穀과도 같아서 하루라도 안 먹으면 배가 고파. 더구나 며칠 안 먹으면 굶어서 죽음에까지 이르지. 불교는 마치 의원과도 같아서 마음의 병을 치료하고 우울함을 달래기에는 그만이야. 이 점에서는 유교보다는 훨씬 괜찮아. 그 때문인지는 몰라도 스님들의 화복인 과화복인과禍福因果 유형의 설법은 겁 많은 중생들에게 제일 잘 먹혀! 천주교도 좋아. 언제인가는 웅사리가 짐 앞에서 천주교를 '사교'邪敎라고 마구 험담을 한 적이 있었어. 그런데 그걸 짐이 말렸어. 태후마마가 귀의한 종교라서가 아니었어. 삼교구류三敎九流를 막론하고 그 존재의 다양성만큼이나 당위성도 인정을 받아야 하는 거니까. 서로가 서로를 존중하면서 조용히 사는 것이 좋지 않겠어? 삼교구류가 아니라 사교십류四敎十流면 안 된다는 법이라도 있나? 백성들에게 유익한 종교라면 짐은 그게 백 가지가 되더라도 찬성이야."

강희의 입에서 오차우의 그것에 못지않은 멋진 말들이 매듭 풀린 실타래처럼 술술 터져 나왔다. 소마라고는 놀라움과 기쁨을 금치 못했다.

'오 선생에게서 배운 것이 헛되지 않았어. 몇 년 만에 공부가 이처럼 늘다니!'

두 사람은 기분 좋게 얘기를 나누다 또다시 오차우가 베껴온 시들로 화제를 넘겼다. 강희가 먼저 물었다.

"오 선생은 이 시구들을 어떻게 평가하던가?"

소마라고가 정색을 하고 물어오는 강희를 보면서 진지하게 대답했다.

"이 시들은 틀림없이 명나라의 유신들이 남긴 것이라고 했사옵니다. 그들은 자존심도 강하고 줏대도 있고 통치술 역시 남다른 사람들이옵니다. 그러나 과거에서 벗어나지 못하고 현실을 부정하는 소극적인 면이 있사옵니다. 이 점들이 그들을 힘들게 한답니다. 또 다른 군주 밑에서 열정을 불사르면서 살아갈 수 있는 새 세상이 있다는 것을 알면서도 안타깝게 극구 거부하는 불쌍한 사람들이라고 했사옵니다."

강희는 말이 없었다. 소마라고가 전한 오차우의 말이 그야말로 정곡을 찔렀던 것이다. 그는 늘 말 위에서 천하를 얻은 선조인 누르하치처럼 해서는 안 된다고 생각했다. 그래서 쓸데없이 악착같이 저항하는 명나라의 유신들을 강압적인 수단을 동원해 처형해서는 안 된다는 입장을 가지고 있었다. 설사 그들이 청나라를 위해 땀 흘리는 것을 수치스럽게 여긴다 해도 그랬다.

그러나 그들이 계속 주제넘게 전국의 산과 들을 넘나들면서 엉뚱한 시들이나 읊고 다니는 등 사람들을 현혹시키고 무기력하게 만드는 것은 정말 곤란했다. 절대 간과해서는 안 될 일이었다. 강희가 갑자기 얼굴을 획 돌리며 물었다.

"이들에 대한 대책 같은 것은 얘기 안 했나?"

"그런 말은 없었사옵니다."

소마라고가 덧붙였다.

"아무튼 별로 바람직하지 않다는 생각을 비쳤을 뿐이옵니다. 몇 명 안 되는 힘없는 노인네들이 까불어봤자 별것 없사옵니다. 폐하께서는 그다지 심각하게 생각하지 않으셔도 될 듯하옵니다. 게다가 지금은 이런 자질구레한 일에 신경을 분산시킬 때가 아닌 줄 아옵니다!"

"한 치 앞만 내다봐서는 안 돼."

강희가 다시 말을 이었다.

"경륜은 누구도 무시하지 못해. 그들 중에는 자신만 원한다면 중용할 사람이 적지 않아. 그냥 놔두기에는 너무 아깝지."

소마라고가 귀를 쫑긋하면서 듣자 강희가 계속 이었다.

"소마라고, 홍승주가 강남江南에서 연회를 연 얘기를 들어본 적이 있나?"

소마라고가 머리를 좌우로 흔들었다.

"선제 순치황제 칠 년 때의 일이었지. 당시 다이곤이 강녕江寧을 함락시켰어. 이로 인해 강남을 비롯한 천하는 모두 우리 청나라에게로 기울어졌지. 그때 홍승주는 조정의 발령을 받기 위해 조정으로 오려고 했었지. 그런데 도중에 금릉金陵(지금의 강소江蘇성 난징南京)이라는 곳에서 사흘 동안 연회를 베풀었어. 병사들을 위로하고 전사한 병사들을 추모하는 자리였지……."

강희는 잠시 말을 멈추었다. 이내 깊은 사색의 늪으로 빠졌다. 그리고는 다시 천천히 입을 열었다.

"연회 마지막 날에 오(吳)라는 성을 가진 자칭 홍승주의 제자가 들어와서는 축하주를 마시러 왔다고 하더래."

"그 사람 좀 웃기는 사람이네요. 초대하지도 않은 자리를 찾아오고 말이옵니다."

"그게 아니야."

강희가 마치 그 자리에서 직접 본 듯 생생하게 말을 이어나갔다.

"그 오씨라는 사람은 술은 안 마시는 사람이었던 것 같아. 그러나 혼자 보기에는 아까운 좋은 글이 있어 선생님과 같이 읽어보려고 왔노라고 말하더래. 홍승주는 알다시피 나중에는 주로 군인으로 활약했지. 칼을 들고 싸우라면 정신이 번쩍 드는 사람이지만 문학에는 별로 관심이 없는 사람이었다고 할 수 있지. 그래서 골치가 아파서 정중하게 거절했다고 해. 그랬더니 그 오씨가 말하기를 '선생님은 그냥 귀만 빌려주시면 됩니다. 나머지는 제자가 알아서 읽어보겠습니다'라고 하더래. 그래서 읽었어. 내용이 뭔지 알아?"

소마라고가 고개를 저었다.

"노비는 짐작조차 가지 않사옵니다."

"별것도 아니야. 숭정황제가 지은 '홍경략(洪經略(홍승주를 의미함. 경략(經略)은 관직 이름)을 추모하며'라는 글이었다는군!"

"아, 그 사람 정말 대담하군요!"

"정말 의기가 있는 사람이었지. 그러나 홍승주는 다른 왕조의 황제가 지은 글을 읽었다는 죄로 사제지간의 정도 멀리한 채 그 사람을 죽여 버렸어! 지금이라면 나는 그 사람을 죽이지 못하게 했을 거야. 권력에 굴하지 않고 칼이 목숨을 위협할지라도 할 말은 하는 사람이 얼마나 멋져!"

강희의 눈에서는 어느새 강렬한 빛이 뿜어져 나오고 있었다.

소마라고는 제법 유능한 군주의 자질을 갖춰가는 강희를 놀라운 시선으로 바라보았다. 그녀가 한참 후에야 입을 열었다.

"폐하께서는 정말 대단하신 안목과 탁월한 식견을 갖고 계시옵니다. 노비 주제에 다른 것은 건방지게 왈가왈부할 수 없사옵니다만 지금 단계에서는 폐하께서 진정한 황제로 우뚝 서는 것이 급선무인 듯하옵니다. 그 외에 다른 일들은 생각할 수 없사옵니다!"

24장
황제와 호걸들의 만남

소마라고의 말은 틀리지 않았다. 발등에 불이 떨어지지 않은 이상 강희에게 절실한 것은 외환外患을 도려내는 것이 아니라 내우內憂부터 척결해 황제로서의 기반을 튼튼히 하는 일이었다. 물론 그에게 지금 당장은 큰 우환이 없어 보이기는 했다. 그러나 명실상부한 태평성대의 천자가 되기에는 아직 시기적으로 이르다고 할 수 있었다. 그러므로 명나라의 유신들에 대한 우려를 정책의 무게중심에 두는 것은 시기상조였다. 강희는 소마라고의 말을 음미하면서 무거운 마음에 스르르 두 눈을 감았다.

소마라고는 강희가 피곤해서 그러는 줄 알고는 황급히 숙면에 도움을 주는 향을 향대에 피웠다. 이어 궁녀들에게 탁자 위의 촛불만 빼고 다 꺼버리라는 지시를 내렸다. 그런 다음 조심스레 강희 앞으로 다가갔다.

"폐하, 편안히 쉬시옵소서."

"소마라고는 남아. 다른 궁녀들은 다 내보내도록 하고."

강희가 덧붙였다.

"졸리면 의자에 기대서 잠 좀 자도록 해. 나는 생각할 게 조금 있어. 아직은 안 졸려."

소마라고는 강희의 지시대로 궁녀들을 내보내고 한쪽에 앉아 턱을 괸 채 자는 척했다.

강희는 오늘 벌어진 일을 곰곰이 다시 한 번 복기했다. 생각이 길어지자 속이 부글부글 끓어올라 도저히 잠을 잘 수가 없었다. 그는 오배가 이토록 무법천지의 무법자로 나올 때는 승산을 자신했기 때문일 것이라고 생각했다. 그만큼 오배는 황제 이상 가는 실력자였다. 심지어 마음만 먹으면 강희를 꼭두각시로 취급할 수 있는 무서운 존재였다.

'감히 성지를 날조해 대신의 집을 수색하고 황제를 죽이려고 들어?'

강희는 분노와 두려움에 가슴이 떨리는 것을 어쩌지 못했다. 황궁에는 수많은 시위들이 있었다. 하지만 그에게 충성을 다짐하고 위급할 때 목숨을 걸고 보호해 줄 시위들은 드물었다. 달랑 몇 명이 고작이었다. 강희는 그 사실을 너무나 잘 알고 있었다. 그랬기에 두려움이 밀려오는 것은 당연했다.

강희는 큰일을 당했음에도 시치미를 뚝 떼고 건청궁에서 여느 때와 다름없이 여러 대신들의 조배朝拜를 받았다. 겉으로만 보면 대신들은 그의 황제로서의 지고지상한 지위를 지켜주는 것처럼 보였다. 하지만 강희의 생각은 달랐다. 대신들이 자신을 모함하거나 위해하려고 들면서도 일부러 황제 대접을 해주는 것 같다고 판단했다. 심하게 보면 일종의 피해망상 비슷한 감정이었다. 강희는 서글픔과 함께 깊은 비애를 동시에 느꼈다. 천하의 주인인 황제가 신변의 위협을 느껴 잠을 설칠 정도였으니 그럴 만도 했다. 정말이지 얼마나 씁쓸하고 등골이 오싹한 일인가.

강희는 그런 와중에도 오배를 죽여야 한다는 결심을 몇 번이나 했다.

문득 죽이는 장소로는 황궁 안이 제일 적합하다는 생각도 하게 됐다. 밖에는 오배 휘하의 장군들이 구름처럼 몰려 있으니, 황궁 밖에서는 승산이 없을 것이 뻔했기 때문이다.

'자금성 안에서도 오배의 수하들이 많은 곳은 피해야 한다. 그렇다면 교태전交泰殿이 좋지 않을까? 아니면 봉선전奉先殿, 양심전養心殿, 체원전體元殿, 흠안전欽安殿, 문화전文華殿, 무영전武英殿, 그도 저도 아니면 상서방……?'

강희는 일일이 각 궁전의 장단점을 비교해보기 시작했다. 하지만 쉽사리 결론을 내리지는 못했다. 무엇보다 목숨을 내걸고 하는 일이라 성급하게 판단할 수가 없었다. 게다가 병사와 시위들뿐만 아니라 주변 지형의 형세와 만일의 경우를 대비한 퇴로도 고려해야 했다. 그는 여러 궁전의 장단점을 꼼꼼히 비교해 보다 갑자기 모든 조건이 가장 완벽한 육경궁을 떠올렸다.

강희는 침착하게 몸을 일으켰다. 이어 두 눈을 크게 뜨고 타 들어가는 촛불을 응시하면서 다시 생각에 잠겼다. 그는 한참 동안 이 생각 저 생각을 했다. 역시 육경궁이 좋지 않은가 하는 쪽으로 생각이 굳어지고 있었다. 육경궁 주위로는 사방에 큰 길이 있었다. 유사시에 후퇴하기가 좋았다.

더욱 중요한 것은 그쪽 경호를 총괄하는 책임자가 다름 아닌 손전신이라는 사실이었다. 언제나 변함없는 충성심으로 일관하는, 믿을 만한 심복으로 손색이 없는 손전신이 아니던가. 게다가 그 밑에 있는 낭심 등도 오배에 의해 억울하게 죽어간 왜혁과 피를 나눈 친구 사이로 오배에 대한 적개심이 남달랐다. 강희는 그곳을 택하기로 마음을 굳혔다.

강희는 그럼에도 손전신을 위동정처럼 완전히 믿기에는 조금 부족한 점이 있다는 생각을 하지 않을 수 없었다. 손바닥 뒤집는 것처럼 쉽게 변하는 것이 사람 마음이니까. 그렇다면 완벽하게 비밀에 붙여야 할 이런 일을 하기 위해서는 먼저 손전신이라는 사람에 대해 최종적으로 더 알아보는 것이 순서였다.

강희는 거기에까지 생각이 미치자 자리에서 벌떡 일어나 소마라고 앞으로 다가갔다. 그러나 소마라고는 콧김을 쌕쌕 내쉬면서 단잠에 곯아떨어져 있었다. 피곤한 것을 알기에 차마 깨울 수가 없었다. 그는 침대께로 다가가 자신의 곤룡포袞龍袍를 가져다 그녀에게 살짝 걸쳐주는 것으로 고마움을 대신했다.

하지만 바로 그 순간 인기척에 놀란 소마라고가 눈을 번쩍 떴다. 그녀가 일어나 앉으며 여쭈었다.

"폐하, 무슨 분부가 계시옵니까?"

"내일 저녁에……."

강희가 목소리를 낮추었다.

"아무래도 손전신과 낭심을 만나봐야겠어."

"손전신을요?"

강희가 머리를 끄덕였다.

소마라고는 도대체 무슨 이유 때문일까 하고 잠시 생각에 잠기는 듯했다. 그러다 두 눈을 반짝이면서 단호한 어조로 대답했다.

"노비, 무슨 말씀인지 잘 알아들었사옵니다. 어디로 오라고 할까요?"

"위동정의 집에서 보자고 해."

강희가 무거운 목소리로 말하고는 다시 몇 마디를 덧붙였다.

"소마라고가 이번 일은 책임지고 해봐. 반드시 비밀리에 움직여야 한다는 것을 잊지 말고!"

소마라고는 총명하고 영리해 보이는 두 눈을 크게 떠 보이면서 자신 있게 대답했다.

"폐하께 걱정을 끼쳐드리지 않도록 최선을 다하겠사옵니다!"

소모자小毛子는 요행을 바라고 또다시 도박판에 끼어들었다. 그러다 노모의 약을 지으려던 돈까지 순식간에 날려버렸다.

그는 어려서 아버지를 여의었다. 그 바람에 홀어머니 슬하에서 형과 함께 고생하면서 자랐다. 그래도 심성이 착해서 자타가 공인하는 효자로 주위로부터 칭송을 받았다. 그러나 형이 결혼하면서 일이 꼬이기 시작했다. 돈밖에 모르는 형수가 그와 어머니를 눈엣가시처럼 대하기 시작한 것이다.

그러자 어머니는 그를 데리고 나와 부잣집의 옷을 빨아주고 애를 봐주는 등의 일로 간신히 입에 풀칠을 하면서 살았다. 하지만 어머니가 노환을 앓으면서 그의 어깨는 무거워졌다. 그는 결국 어머니 몰래 입궁하는 선택을 했다.

한 달 녹봉으로 받은 은전 몇 닢으로 어머니의 약을 사드리면서 겨우겨우 살아가던 어느 날이었다. 소모자의 어머니는 아들이 사람 살 곳이 아니라고 생각해오던 황궁에 들어가 개돼지보다 못한 생활을 한다는 사실을 알게 됐다. 그녀의 상심은 이루 말할 수 없이 컸다. 급기야 화병을 얻어 실명하는 지경에까지 이르렀다. 소모자로서는 설상가상이었다. 그렇다고 시력까지 잃은 어머니를 방치할 수는 없었다. 어떻게든 치료를 해야 했다. 그가 가끔씩 궁 안에서 돈이 될 만한 물건들을 훔쳐다 팔아서 약을 지어드리고 한 것은 그 때문이었다.

그래도 여의치 않을 때는 궁 안에서 공공연히 벌어지는 도박판에 끼어들었다. 그러나 도박판에서 영원한 승자는 없었다. 소모자 역시 땄다 잃었다 하기를 밥 먹듯 반복했다. 나중에는 중독이 돼 쉽사리 끊지도 못했다. 이번 역시 운은 그를 따라주지 않았다. 어머니의 약값으로 준비해뒀던 돈을 깡그리 날려 버렸다. 그는 머리를 쥐어뜯으면서 땅을 치고 후회를 했다. 그러나 소용이 없었다.

방법은 형한테 찾아가는 것이었다. 그러나 번번이 찾아가기가 미안했다. 벼룩도 낯짝이 있으니까 말이다. 게다가 또다시 형의 화난 얼굴을 마주하는 것도 두려웠다. 뿐만이 아니었다. 형 역시 조카들이 연이어 태어나 식구가 늘면서 생활이 만만치가 않았다. 물론 위동정한테 가면 두말없이 잘해주기는 할 터였다. 하지만 그것도 생각해보면 피 한 방울 섞이지 않는 남한테 할 짓은 아니었다.

소모자는 한참을 고민했다. 방법은 딱 하나뿐이었다. 어주방御廚房(황궁의 주방)에 가서 평소 안면이 있는 아삼阿三을 찾아 도움을 청하는 것이었다. 아삼은 눌모의 양자였기 때문에 수중에 돈 몇 푼은 가지고 있을 가능성이 높았다.

"소모자, 너 얼굴에 철판이라도 깔았나?"

아삼은 소모자로부터 자신을 찾아온 이유를 듣자마자 코웃음을 치면서 일갈을 했다.

"이번에는 안 돼. 효도하기 위해 돈이 필요하다니 측은하기는 하다만 나도 주머니 사정이 안 좋기는 마찬가지야. 지난번에도 이자는커녕 본전도 못 갚아서 난리를 쳤잖아! 설마 지금 나한테 남의 돈을 빌려서 도와달라고 하는 것은 아니겠지?"

아삼은 오만상을 있는 대로 다 찡그렸다. 소모자는 그 모습을 보고는 속으로 욕지거리를 했다.

'나쁜 자식! 눌모인가 네모인가를 양아버지로 둔 덕에 어주방의 쏠쏠하게 값나가는 물건을 수도 없이 내다 팔아 돈을 챙겼으면서도 그런 소리를 해? 그까짓 것 그냥 달라는 것도 아닌데 말이야. 이런 치사한 자식이 친구라니!'

소모자는 속으로는 온갖 욕을 다 퍼부었으나 겉으로도 그럴 수는 없었다. 오히려 온갖 아양을 떨면서 아삼에게 매달렸다.

"나는 형한테 빚진 돈이 열네 냥이나 된다는 사실을 항상 염두에 두고 있어. 허리춤이 두둑한 양반이 뭐 새 발에 피도 안 되는 그깟 열네 냥 가지고 화를 내고 그래. 이번 한 번만 빌려주면 다음 달에는 내가 뭔가를 팔아서라도 이자까지 계산해서 갚아줄게. 어때?"

"자식이 말솜씨는 여전하네!"

그제야 아삼은 마음을 열었다.

"원래는 빌려주지 않으려 했어. 하지만 늙은 어머니에 대한 정성이 갸륵해서 한 번만 더 봐 주지. 여기 열네 냥 있으니 가져다 먼저 급한 것부터 해결해라. 단 다음 달에도 약속을 못 지킬 경우에는 눌모 대시위께 말씀을 드려 뼈도 못 추리게 할 테야. 내 말 명심해!"

소모자는 당연하다는 듯 머리를 끄덕였다. 이어 돈을 받아 챙기고 밖으로 나오다 어주방의 찬장에 있는 꽤나 귀중해 보이는 그릇을 발견했다. 매미 날개가 그려져 있는 주먹만한 작고 정교한 찻잔이었다. 질감이나 색감도 빼어났다. 모르기는 해도 어떤 대신이 황제에게 잘 보이기 위해 가져다 바친 뇌물이 틀림없어 보였다. 그는 견물생심이라는 말을 증명이라도 하듯 슬그머니 그 찻잔 앞으로 다가갔다.

소모자는 '배운 게 도둑질'이라는 말이 있듯 훔치는 데는 이골이 나 있었다. 당연히 주위를 둘러보고는 머뭇거릴 새도 없이 잽싸게 찻잔을 소맷자락에 감췄다. 이어 누가 볼세라 부리나케 밖으로 나왔다. 그러나 창문을 통해 소모자의 일거수일투족을 빠짐없이 지켜본 사람이 있었다. 바로 아삼이었다.

저녁 무렵이었다. 소모자는 자녕궁의 찻물과 마실 물을 준비해서 여기저기 날라다 주면서 시중을 들고 있었다. 아삼이 강희가 먹다 남긴 음식들을 가져다 밖에서 당직을 서는 시위들을 접대하고 있다는 소리도 그곳에서 들었다.

그가 양심전의 태감이 물을 가지러 오기를 기다리고 있을 때였다. 갑자기 태감이 아닌 눌모가 성큼성큼 이쪽으로 걸어오는 모습이 보였다. 소모자는 재빨리 부동자세를 취하면서 인사를 했다.

"눌모 어른, 진지 드셨습니까?"

눌모는 소모자의 인사에 홍! 하고 콧방귀를 뀌었다. 더군다나 째려보기까지 했다. 금세 폭풍이라도 몰고 올 듯한 얼굴이었다. 그는 곧장 주방으로 들어가더니 진열해 놓은 찻잔과 받침잔, 그릇들을 부지런히 헤집으면서 이것저것 꼼꼼히 살폈다. 그러다 두 눈을 부라린 채 서 있었다.

순간 소모자는 가슴이 뜨끔해졌다. 그래도 당황해서는 안 될 일이었다. 그는 곧바로 얼굴에 부지런히 웃음을 지으면서 의자를 앞으로 끌어당겼다.

"어르신, 여기 앉으세요. 오신 김에 좋은 차라도 한잔 드시고 가셔야죠. 뭘로 드릴까요? 지방에서 막 올라온 용정차龍井茶와 보이차普洱茶가 있는데……."

눌모가 소모자의 말은 듣는 둥 마는 둥 하더니 손을 홱 저으면서 차갑게 내뱉었다.

"시끄러워, 이 자식아! 지금부터 내가 묻는 말에 사실대로 대답해. 그렇지 않으면 재미없을 줄 알아. 너, 오늘 어주방에서 뭘 가져갔어?"

"어주방이라뇨?"

순간 소모자는 머리가 아찔해졌다. 얼굴빛이 자신도 모르게 창백해졌다. 그럼에도 그는 억지로 웃음을 지으면서 태연한 척했다.

"사실은 아침에 아삼 형한테 돈 빌리러 가기는 했어요. 뭐가 없어졌다고 해요? 제가 간이 부어터진 것도 아니고, 어찌 감히 그런 짓을 하겠어요?"

"너 이 자식, 언제까지 발뺌을 하나 보자!"

눌모가 무섭게 이를 갈면서 손을 높이 들었다. 소모자를 내리칠 기세였다. 그러나 그의 무쇠주먹은 허공에서 멈췄다. 씩씩거리면서 거칠게 손을 도로 내리더니 곧장 찻잔과 그릇이 얹혀 있는 찬장을 샅샅이 뒤지기 시작했다.

소모자는 훔쳐온 찻잔을 찬장 안에 넣어 두지는 않았다. 하지만 눌모가 이대로 계속 뒤진다면 찾지 못할 것이라고 장담할 수도 없는 일이었다. 소모자는 처음에는 당황하기만 하다 일이 그쯤 되자 아예 최악의 경우를 각오하고 용기를 내 눌모의 앞을 가로막았다.

"이곳은 황제폐하의 차를 준비하는 주방입니다. 아무나 마음대로 뒤지지 못하게 돼 있어요. 어떤 차는 조심스레 다뤄야 하는 것이기 때문에 조 어른이 알면 길길이 날뛸 거예요."

그러나 말을 마치기도 전에 "퍽!"하는 요란한 소리가 냈다. 소모자의 왼쪽 뺨이 강타를 당한 것이었다. 순간 소모자의 두 눈에서는 말로만 듣던 불빛이 번쩍였다. 손바닥 자국이 난 얼굴은 금세 풍선처럼 부어올랐다.

소모자는 얼얼한 뺨을 감싸 쥐었다. 동시에 얼굴에는 어디 갈 데까지 가보자는 오기도 서려 있었다. 그가 자신의 주특기대로 드디어 물고 늘어지기 시작했다.

"흥, 약자에 강하고 강자에 약한 졸렬한 인간 같으니라고! 여기가 당신 관할구역이야? 뭐하고 처자빠져 있다가 찻잔을 도둑맞고 그래? 오배 중당의 얼굴을 봐서 대충 '대인'이라고 불러주니까 정말 대단한 줄 아는 모양이지? 내 발톱에 낀 때보다 못한 인간이! 비켜! 나는 바빠서 가봐야겠어."

눌모는 갑작스런 소모자의 반발에 더욱 화가 났다. 완전히 눈이 뒤집혔다. 그야말로 입에 게거품을 물고 바락바락 악을 쓰기 시작했다.

"요놈 봐라? 아주 죽여 달라고 간청을 하는구면. 내가 누군 줄 알고 감히!"

눌모가 욕을 하면서 또다시 소모자의 뺨을 힘껏 후려갈겼다. 픽! 픽! 하는 소리가 허공에 울려 퍼졌다. 이어 탁자 위에 놓여 있는 열쇠를 가져다 찬장마다 열어보기 시작했다.

소모자는 이대로는 안 되겠다고 판단했다. 갑자기 땅바닥에 주저앉아 울며불며 마구 소란을 피워댔다.

"여기는 조 어른의 관할 구역이야. 주제 파악도 못하고 어디를 감히 뒤지고 그래!"

소모자는 발악을 하면서 거친 말들을 마구 쏟아냈다. 그러나 눌모는 아랑곳하지 않았다. 그저 샅샅이 뒤지는 것에만 혈안이 돼 있었다. 소모자는 이대로 놔두면 금방 들통이 날 것 같은 불안감에 휩싸였다. 바로 그때 그의 뇌리에 갑자기 묘안이 떠올랐다. 그가 두 눈을 반짝이더니 땅바닥에서 일어났다. 이어 순식간에 눌모의 손에 들려 있던 열쇠를 빼앗아버렸다.

눌모는 황당했다. 그러나 소모자는 눌모가 무슨 영문인지 몰라 어정쩡한 표정을 짓는 사이 쏜살같이 밖으로 달려 나갔다. 이어 밖에서 어차고御茶庫(황궁의 차 창고)의 문을 잠가버렸다. 하지만 그게 끝이 아니었다. 그가 뜀박질을 하면서 고래고래 소리를 지르기 시작한 것이다.

"여러분들, 청나라 역사에 길이 남을 일이 발생했으니 빨리 모이세요. 눌모 대인이 폐하의 어차고를 발칵 뒤집어 놓고 있단 말이에요! 황사촌, 너 뒈졌냐? 빨리 가서 조 어른을 불러오지 않고 뭐해!"

이때 건청문의 시위들은 저녁을 먹고 있었다. 또 태감들은 식후에 마땅히 할 일이 없어 무료하게 하품만 해대고 있었다. 그런 와중에 갑자기 울음소리 비슷하면서 분노 섞인 욕설이 들렸으니 궁금하지 않을 수 없었다. 곧 사람들이 하나둘씩 어차고 앞으로 모여들기 시작했다.

눌모는 소모자가 마구 소란을 피울 것이라고는 꿈에도 생각하지 못했다. 당황하지 않을 수 없었다. 황급히 문을 힘껏 밀어 열어 젖히려고 했다. 그러나 굳게 닫힌 철문은 괴력으로 유명한 눌모가 발악을 하는데도 좀처럼 움직일 기미조차 보이지 않았다. 꼼짝없이 어차고 안에 갇혀버린 것이었다.

눌모는 어차고를 뒤진 사실이 외부에 알려지면 상상할 수조차 없는 결과가 벌어질 것임을 모르지 않았다. 그는 너무나도 급한 나머지 당장의 위기를 모면하기 위해 차가 들어 있는 찬장의 문을 도로 잠그려 했다.

하지만 설상가상으로 자물쇠들이 전부 하란국荷蘭國(네덜란드)에서 들여온 조공품인지라 열고 잠글 때 열쇠가 없으면 안 되는 것들이었다. 그러나 열쇠는 이미 소모자가 가지고 가버린 상태였다. 더 이상 방법이 없었다. 게다가 눌모는 그 와중에 손가락이 문틈에 끼이는 낭패까지 당했다. 몰골이 완전히 말이 아니었다.

그래도 그냥 있을 수는 없는 일이었다. 그는 손가락이 떨어져 나가는 아픔에 오만상을 찡그리며 이를 악물고 발을 굴렀다. 마치 불난 집에서 간신히 빠져나온 쥐처럼 계속 갈팡질팡했다. 그러다 아직 개봉도 하지 않은 차 단지를 팔꿈치로 건드려 깨뜨리는 사고까지 저질렀다. 차는 픽! 하는 요란한 소리와 함께 사방으로 흩어졌다.

어차고 안은 박살난 단지 조각으로 인해 그야말로 난장판으로 변해버렸다. 사람들은 밖에서 귀를 기울이고 있다가 안에서 이상한 소리가 들려오자 무슨 큰 사고가 나지 않았나 하고 생각했다. 서로를 번갈아보면서 놀라 어쩔 줄 몰라 했다.

안팎으로 이같이 우왕좌왕하고 있을 때 갑자기 사람들의 귀에 익은 위엄 있는 목소리가 들려왔다.

"도대체 뭣들 하는 거야? 언제 어디서든 체통을 지켜야 할 사람들이 아무 데서나 소리를 질러대다니!"

주위가 갑자기 조용해졌다. 좌중의 사람들은 약속이나 한 듯 고개를 돌렸다. 아니나 다를까, 양심전의 총관태감總管太監으로 있는 장만강이 화가 잔뜩 난 얼굴을 한 채 서 있었다.

몰려 있던 사람들이 옆으로 물러서면서 그에게 길을 내줬다. 소모자는 기회를 놓치지 않았다. 바로 장만강 앞으로 뛰쳐나가 눈물 콧물 섞으면서 하소연을 했다.

"장 공공, 보시다시피 황궁에 이런 기괴망측한 일이 발생했습니다. 황실의 위상에 먹물을 칠한 것이 아니고 뭐겠습니까?"

소모자는 말을 마치기 무섭게 한바탕 난리법석으로 인해 뒤죽박죽이 돼 있을 어차고의 문을 활짝 열어 젖혔다.

어차고 안은 그야말로 가관이었다. 우선 어차고 안의 크고 작은 문짝들이 다 열어젖혀져 있었다. 또 땅바닥에는 차 꾸러미들이 여기저기 짓밟힌 채로 널브러져 있었다. 한편에서는 초췌한 몰골의 눌모가 아픈 손가락을 감싸 쥐고 있었다. 어깻죽지를 늘어뜨린 채 쭈그리고 앉아 있는 모습에서는 근엄한 시위의 권위라곤 조금도 없었다.

눌모는 문이 활짝 열리는 순간 바로 소모자를 발견했다. 이어 앞으로 돌진하기 위해 잠깐 뒤로 물러서는 고양이처럼 소모자를 향해 잽싸게 덤벼들었다. 먹살을 움켜잡고 목을 조이는 것은 예정된 수순이었다. 바로 그때 장만강이 성큼 나서면서 큰 소리로 제지했다.

"무슨 짓이오! 말로 해요, 말로. 이게 도대체 어찌 된 일이오?"

눌모는 장만강을 보고도 기가 죽지 않았다. 오히려 가소롭다는 듯이 피식 웃더니 도리어 욕설을 퍼부었다.

"가재는 게 편이라더니! 태감 중에는 좋은 사람이 없다고 하는 옛말도 틀린 말은 아니네. 이놈 편을 들고 나서는 당신도 뒈지고 싶지 않으면 알아서 잘 하라는 말이오. 눈깔이 뒤집혀서 뭐가 잘 안 보이는 모양이지?"

눌모가 장만강을 모독하면서 뭔가 할 말이 더 남은 듯 입을 열려고 했다. 그런데 바로 그순간 뒤에서 소마라고가 나타났다. 강희를 바래다 주고 돌아가는 길에 왁자지껄하는 소리를 듣고 온 모양이었다. 그녀는 이내 사태를 파악할 수 있었다. 그녀의 독기어린 매서운 눈초리가 곧장 눌모에게로 향했다. 눌모는 할 수 없이 마른침을 꿀꺽 삼키면서 슬그머니 소모자를 놓아줬다.

소모자는 혜성처럼 나타난 소마라고를 발견하고는 바로 희색이 만면했다. 눌모의 손아귀에서 놓여나자마자 눈물을 쓱 훔치면서 소마라고 앞에 꿇어앉았다.

"소마라고 누님, 눌모 시위가 저에게 어주방의 물건을 훔쳤다고 누명을 뒤집어씌웠어요. 어차방에 함부로 들어와 수색을 하면서 이 난리법석을 피워놓은 걸 좀 보세요!"

소마라고가 전혀 흐트러짐 없는 표정으로 물었다.

"뭐가 없어졌는데?"

"저도 모르겠어요. 저 사람한테 물어보세요!"

소모자가 눌모를 손가락으로 가리켰다. 순간 눌모의 얼굴이 붉으락푸르락해졌다.

"그놈이 귀한 자기 찻잔을 훔쳤소!"

"이 친구가 훔치는 것을 본 사람이 있어요?"

소마라고가 눌모를 노려보면서 되물었다.

"저요."

아삼이 한편에 서 있다 눌모에게 아부하듯 나섰다.

"직접 이 눈으로 똑똑히 봤다고요!"

"없어진 물건은 어주방의 물건이야. 너는 어주방에서 일하는 사람이면서 왜 그 순간에 잡지 않고 이제야 고자질을 하고 난리야? 장 태감, 어서 조병정에게 알려 이자를 당장 잘라버리도록 하세요!"

소마라고가 고개를 돌려 이번에는 눌모에게 면박을 줬다.

"당신은 뭐하는 사람이에요? 아무리 물증, 심증이 구비됐다 하더라도 황제의 물건에 마음대로 손을 대서야 되겠어요? 개도 주인을 보고 때리는 거예요. 왜? 황제가 우습게 보여요? 내일 잘잘못을 확실히 밝혀낼 테니, 오늘은 그만 가 봐요!"

"그래도 자기 찻잔은 지금 당장 찾아볼 수 있지 않습니까?"

눌모는 분이 치미는지 정면으로 반박했다. 하기야 그로서는 심증과 물증이 다 있었으니 그럴 만도 했다. 한마디로 다 된 밥에 코를 빠뜨려 버린 격이었다. 도저히 이대로는 오늘을 버틸 수가 없을 만큼 억울하고 분했다. 한참 후에 눌모가 한마디 덧붙였다.

"그 찻잔도 폐하께서 사용하시는 것입니다. 그런데 훔쳐간 놈이 오히려 활개를 치고 다녀서야 되겠습니까?"

"그래 좋아요!"

소마라고가 덧붙였다.

"이 일은 내가 처리하도록 하죠. 당신 말대로 정말 소모자가 훔쳤다면 엄벌에 처할 테니 안심하세요!"

소마라고는 말을 마치자 즉시 어차고로 들어갔다. 그런 다음 찬장마다 샅샅이 뒤지기 시작했다. 순간 소모자의 가슴은 세차게 쿵쾅거리기 시작했다.

소마라고는 모든 찻잔들을 꺼내 하나하나 꼼꼼하게 살핀 다음 제자리에 놓았다. 그녀가 마지막 찬장까지 열고 살펴봤다. 그러자 저쪽 한구석에 놓여 있는 자기 찻잔이 그녀의 눈에 들어왔다. 매미 날개가 그려진 황제 전용 자기 찻잔이었다. 소모자가 훔쳐온 것이 틀림없다는 증거였다. 순간 소모자의 얼굴빛은 거의 사색이 되었다. 모든 것을 각오하기라도 한 듯 멍하니 서 있기만 했다.

그러나 소마라고는 잠깐 생각에 잠기는 듯하더니 그저 가볍게 머리만 흔들어 보였다. 이어 찬장 안으로 손을 깊이 집어넣어 손바닥으로 쓸어보고는 소모자에게 욕설을 퍼부었다.

"이 먼지 좀 봐. 세상에! 너, 도대체 뭐하는 사람이야!"

소모자는 머리를 가슴께까지 숙이고 진땀을 흘리면서 불호령이 떨어질 때를 기다리고 있었다. 그런데 소마라고가 고작 한다는 소리는 "먼지가 많다"는 꾸중이었다. 꿈에도 생각하지 못한 말이었다. 소모자는 살아났다는 기쁨에 재빨리 다가가 머리를 조아렸다.

"소마라고 누님 말씀이 천만번 지당합니다. 내일은 반드시 깨끗하게 정리하겠습니다!"

소모자는 능청스럽게 대꾸했다. 그러면서도 짐짓 자신의 도둑질을 모르는 척하는 그녀의 마음을 모르겠다는 듯 머리를 갸우뚱했다.

소마라고는 다른 곳도 형식적으로 돌아보고 난 다음 어차고를 나서면서 한마디를 던졌다.

"전부 다 찾아봤지만 없어. 아무래도 시위들을 자세히 조사해봐야 하지 않을까 싶어. 무슨 이상한 낌새만 보이면 즉시 나한테 알리도록 해!"

소마라고는 어차고에서 나와서 가볍게 발길을 돌더니 이내 저만치 사라졌다. 눌모는 닭 쫓던 개 지붕 쳐다보는 격이 되어 소모자를 잡아먹을 듯이 노려봤다. 하지만 당장은 어찌할 도리가 없어 그냥 돌아섰다.

손전신은 근무를 마친 후 사람들이 술렁거리는 틈을 타 몰래 황궁 밖으로 나왔다. 그는 평소에 사람 좋기로 유명했다. 누구를 만나든지 허허 하고 웃으면서 인사를 나누는 사람이었다.

그는 이 날도 시위들과 야한 농담을 해가면서 아무런 의심도 받지 않고 경운문景運門을 나섰다. 그러나 그의 심사는 썩 좋지가 않았다. 위동정의 집으로 향하면서 자꾸만 솟아오르는 깊은 의문이 그를 사로잡고 있었다.

'폐하의 총애를 한 몸에 받는 위동정이 무슨 일로 갑자기 이 밤에 나를 보자는 걸까? 말로는 몇몇 지체 높은 귀인들도 함께 만난다고 했지만 내가 여기서 일하는 동안 아직 못 만나본 귀인이 있었나?'

손전신은 속으로 연신 중얼거리면서 발걸음을 재촉했다.

얼마 후 그는 호방교를 건너 작은 골목을 빠져나왔다. 곧 그의 시야에 미궁에라도 들어선 듯 오밀조밀하게 들어앉은 민가들이 들어왔다. 주변에는 다들 비슷비슷해 보이는 골목길들이 너무나도 많았다. 모르는 사람들이 오면 한바탕 헤매는 것은 거의 당연하다고 할 정도로 좁은 골목이었다.

그러나 그는 이전에 순방아문에 근무하면서 이 일대를 책임진 적이 있었다. 기억을 더듬으니 밤길임에도 위동정의 집으로 이어진 골목을 찾아내는 것은 별로 어렵지 않았다. 그는 숨이 막힐 정도로 세차게 불어오는 찬바람을 맞으면서 계속 걸었다. 드디어 저 먼발치에서 초롱불을 들고 기다리고 서 있는 두 사람의 모습이 보였다. 그들이 손전신을 발견하고는 나직이 물었다.

"손 어른이시죠?"

손전신은 그렇다고 대답하면서 발걸음을 재촉해 가까이 다가갔다. 나이가 든 하인과 예전에 궁 안에서 많이 본 듯한 젊은 하인이었다. 젊은 하인의 이름은 갑자기 떠오르지 않았다.

"이 길은 내가 그나마 잘 아는 길이어서 찾는데 별로 문제가 없었죠. 그러나 두 사람은 여기에서 기다리느라 고생했겠구먼."

늙은 하인이 손전신의 말에 대답했다.

"천만의 말씀이옵니다. 귀한 손님이 오시는데 마중 나오는 거야 너무나도 당연한 일이죠."

손전신은 대문 안으로 들어섰다. 그러나 정작 주인인 위동정은 보이지 않았다. 대신 건장한 대여섯 명의 장사들이 눈에 확 들어왔다. 그 중 목자후와 노새는 지난번 오배와 무예를 겨루는 자리에서 본 적이 있기에 안면이 있었다. 손전신은 사람 좋게 웃으면서 두 손을 맞잡아 인사를 했다.

"두 분 그동안 별일 없었어요? 이렇게 만나니 무척 반갑네요!"

손전신의 그 말에 밖으로 마중 나갔던 넷째가 갑자기 보란 듯 투덜거렸다.

"문 앞까지 마중 나간 이 넷째는 몰라보시더군요. 참으로 섭섭합니다!"

넷째의 농담에 좌중의 사람들은 동시에 웃음을 터뜨렸다. 손전신은 그제야 생각났다는 듯 사과를 했다. 그런 다음 또다시 물었다.

"다른 사람은 이제 다 알겠습니다. 그런데 이 연세 드신 분과 나머지 두 분은 오늘 처음 뵙네요."

명주가 시원스럽게 손전신의 의문을 풀어줬다.

"손 어른, 저는 명주라고 합니다. 지난번 오배와 겨룰 때 옆에서 구경만 했었기 때문에 손 어른께서 저를 기억하지 못하시는 것 같습니다. 또 이 분은 한때 무예로 강호를 주름잡던 철나한 사용표 대협입니다.

마지막으로 옆에 앉은 이 사람은 지금 오배 대인 댁에서 일하는 유화라는 사람입니다."

손전신은 유화의 신분을 듣고는 속으로 뭔가 이상하다고 느꼈다. 하지만 겉으로는 내색하지 않았다.

"아무튼 반갑네요. 그런데 이 집에는 왜 손님만 있고 주인은 보이지 않죠?"

손전신의 말에 늙은 하인이 허리를 굽실거리면서 대답했다.

"위 대인은 지금 뒷방에서 귀한 손님을 만나고 계셔서 조금 바쁘네요. 잠시만 기다려 주십시오."

늙은 하인의 말이 끝나기 무섭게 위동정이 불쑥 나타났다. 이어 환한 미소를 지으면서 좌중을 향해 입을 열었다.

"손님들을 불러놓고 기다리게 해서 죄송합니다. 부디 결례를 용서해 주시기 바랍니다. 그런데 여러분, 잠시 일어나셔야겠네요. 폐하께서 행차하셨습니다!"

순간 자리에 앉은 사람들은 마치 커다란 방망이로 뒤통수를 얻어맞은 것처럼 기절초풍했다. 잠시 서로를 번갈아 보면서 벌어진 입을 다물지 못했다. 그러나 그들은 곧바로 거의 동시에 황급히 자리에서 일어섰다. 특히 유화는 누구보다 마음을 졸이면서 부들부들 떨더니 소맷자락으로 젓가락과 술잔을 쳐서 떨어뜨리는 실수까지 저질렀다.

이윽고 손에 부채를 들고 편한 비단옷을 입은 멋진 소년이 활짝 웃으면서 나타났다. 소년의 등 뒤에는 웅사리와 색액도가 양옆에 바싹 붙어 있었다. 그 두 사람 역시 평복 차림이었다. 반면 낭심만은 달랐다. 허리에 보검을 찬 채 부리부리한 눈매로 좌중을 주시하면서 경호를 서고 있었다.

좌중의 사람들 중 사용표와 유화는 강희를 한 번도 알현한 적이 없

었다. 하지만 너무나 뜻밖의 일이었기에 둘뿐만 아니라 다른 사람들도
긴장하는 기색이 역력했다. 그들은 위동정이 만난 귀인이 바로 천자일
줄은 감히 상상도 하지 못했다. 당연히 한껏 숨을 죽인 채 꼼짝도 않
고 서 있었다. 그래도 경험이 많은 손전신은 역시 달랐다. 잠시 놀라기
는 했으나 바로 "폐하!" 하는 외마디 소리와 함께 땅에 엎드려 머리를
조아리면서 외쳤다.

"만세!"

손전신의 외침은 바로 연쇄작용을 불러왔다. 나머지 사람들도 일제히
바닥에 엎드리면서 외친 것이다.

"만세! 만만세!"

강희는 미소를 머금은 얼굴로 잠시 좌중을 물끄러미 바라봤다. 그러
더니 빠른 걸음으로 다가가 지위고하를 막론하고 일일이 일으켜 세우
면서 격려를 해줬다.

"산책을 하다가 우연히 여기까지 온 김에 들렀네. 여러분들은 너무 부
담 갖지 말게."

강희는 먼저 유화 앞으로 다가갔다. 이어 다정한 음성으로 물었다.

"유화라고 했나?"

유화는 긴장과 감동으로 얼굴이 벌겋게 달아올랐다. 이내 머리가 부
서져라 조아리면서 떨리는 목소리로 대답했다.

"노재奴才 유화가 폐하의 만수무강을 기원하옵니다!"

강희가 두 손으로 유화를 일으켜 세웠다.

"위 군문이 자네 주량이 대단하다고 그러더군! 오늘 저녁 마음껏 마
셔 보세."

강희가 이번에는 사용표에게 물었다.

"사史 영웅께서는 건강하신가?"

사용표 역시 긴장한 표정으로 머리를 조아렸다. 할 말을 쉽게 찾지 못한 채 쩔쩔맸다.

한바탕 소란 아닌 소란을 피우고 난 좌중의 사람들은 이번에는 황급히 자리를 잡고 앉느라 법석을 떨었다. 강희는 그런 그들을 편하게 대해줬다.

"너무 격식을 차리느라 어색하게 행동할 필요는 없네! 오늘 저녁은 위 군문이 초대한 자리니까 짐도 자네들과 마찬가지로 얻어먹는 입장이야."

강희가 자리에 앉으면서 여전히 표정이 굳어 있는 사람들을 둘러보았다. 이어 다시 덧붙였다.

"여러분들도 자리에 앉게. 계속 이렇게 서먹서먹하게 굴면 짐에게 나가라고 하는 말로 받아들이겠네."

좌중의 사람들은 그제야 허리를 곧게 펴고 강희의 반대 방향으로 몸을 살짝 비틀고 앉았다.

손전신은 분위기를 통해 강희의 속내를 어느 정도 짐작할 수 있었다. 그러나 강희가 입을 열지 않으면 다른 사람도 감히 말을 할 수 없는 상황이었다. 게다가 군신동석君臣同席이라고는 하나 제 아무리 좋은 술도 술술 제대로 넘어갈 수가 없는 것이 문제였다.

유화는 완전히 감동의 물결에 휩싸였다. 구름을 타고 두둥실 어디론가 둥둥 떠다니는 기분이었다. 그도 이력이라면 꽤 있었다. 지금은 비록 오배를 위해 일하고 있지만 무엇보다 내무부에서 일한 적이 있었다. 물론 오배의 집에서 일하는 4년 동안 어느 하루도 제대로 사람대접을 받은 적은 없었다. 오배와 수없이 마주쳤어도 그랬다. 그는 그럴 때에도 서운하다는 생각 같은 것은 사치로 여겨왔다. 하지만 이날 이 나라의 군주는 달랐다. 자신을 사람으로 대해주고 있었다. 가슴이 설레고 감동이

밀물처럼 몰려오는 것을 어쩌지 못했다. 감정을 주체하지 못한 그가 일어서서 두 손을 얼굴 앞으로 들고 허리를 공손히 구부렸다 펴면서 강희에게 아뢰었다.

"폐하, 노재는 비록 무식하고 천한 사람이오나 의리에 살고 의리에 죽는 충효주의자이옵니다! 폐하께서 노재를 사람으로 대해주시는 이 은혜는 뼈가 부서져 가루가 되는 한이 있더라도 잊지 않겠사옵니다. 머리카락을 죄다 뽑아 신을 삼아드릴 각오로 보답하겠사옵니다. 정말 황은이 망극하옵니다!"

"그런가? 하지만 오늘 저녁에는 자네 머리카락으로 삼은 신발은 필요 없네."

강희가 얼어붙은 분위기를 누그러뜨리려는 듯 가벼운 농담을 하며 덧붙였다.

"나중에 필요하면 부르겠네. 오늘 저녁에는 그런 얘기는 접어두고 격의없이 술이나 실컷 마셔 보세!"

강희가 유화를 바라보던 시선을 거두어 명주를 바라보면서 환한 웃음을 지었다.

"괜찮겠지?"

명주는 강희가 갑자기 자신에게 말을 걸자 어쩔 줄 몰라 하면서 황급히 대답했다.

"예, 폐하!"

역시 명주는 눈치가 빨랐다. 당황하면서도 재빨리 한마디 덧붙이는 것을 잊지 않았다.

"위 군문이 잘 부르는 노래가 한 곡조 있사옵니다. 폐하께서 한번 들어보시는 게 어떨까 하옵니다."

"그렇다면 들어야지."

강희가 흔쾌히 대답했다.

"위 군문이 그러더군. 자네도 실력이 만만치는 않다고. 어디 같이 한 번 불러보게!"

명주가 급히 몸을 일으켜 구석에 놓여 있던 거문고를 가져왔다. 이어 강희를 향해 쑥스럽게 웃어 보이고는 거문고 줄을 튕기면서 노래를 부르기 시작했다.

청운靑雲을 가르고 천국에 오르는 신선이 되니,
구름 한 점 없는 창공에서 하늘의 소리가 도란도란 들려오네.
힘찬 용틀임과 함께 메마른 대지에 단비가 촉촉이 내리네.
......
백화가 만발한 꽃밭에서 거문고 소리에 귀 기울이니,
술잔마다 넘치는 성은聖恩에 마시기도 전에 취하누나.

거문고의 고운 여운이 실내에 옅게 퍼졌다. 좌중의 사람들은 넋이 나간 채 노래가 끝난 줄도 모르고 조용히 흥에 잠겨 있었다. 얼굴은 하나같이 평화로웠다. 분위기가 서서히 무르익어가고 있었다. 한참 후에 강희가 천천히 입을 열었다.

"좋기는 하나 군주를 너무 미화하는 것 같군. 조금은 부자연스러워. 짐은 즉위한 지 칠 년이 되도록 자네들의 칭송을 받을 만큼 잘한 것이 없네. 그래서 이런 노랫말이 참으로 부담스럽군. 지금 시국은 겉으로는 평화로워 보여. 그러나 안팎으로 많이 불안해. 죄 없는 백성들의 고통만 더해가고 있어. 짐 나름대로 대수술을 시도해 보려고 해도 여의치가 않아. 웬만큼 좋은 말로 구슬려서는 먹히지도 않지. 짐으로서는 정말이지 먹은 음식이 살로 가지 않는 상황이야. 누워도 편히 잠을 청할 수가 없네. 선조들에게 정말 면목이 없네. 그러니 이런 노랫말은 귀에 잘 들어오지 않네."

좌중의 사람들은 의외라는 표정을 지었다. 군주를 칭송하는 노래를 불러 기분을 북돋워주려던 취지와는 다르게 강희가 솔직하게 자신의 심정을 토로했으니 그럴 수밖에 없었다. 분위기는 다시 가라앉았다. 바로 이때 웅사리가 나섰다.

"폐하께서는 인자하시고 후덕하신 인품이 밑바탕에 다분히 깔려 있사옵니다. 때문에 조만간 우리 대청제국이 태평성세를 이룩할 것이옵니다. 폐하께서도 큰 뜻을 펴고 위업을 이루실 태평천자가 될 것이옵니다. 오늘 이런 노랫말을 듣기 거북해하시는 것은 우리 대신들에게 백성들의 고통을 항상 염두에 두라는 당부로 알겠사옵니다. 자나 깨나, 밥을 먹을 때나 술을 마실 때나 더 힘찬 도약을 기원하고 매진하라는 말씀인 것이죠. 크나큰 격려로 받아들이고 폐하의 손발과 팔다리가 되어 목숨을 다 바치겠사옵니다."

웅사리의 말은 그 자리에 모여 있는 사람들의 마음에 너무나 와 닿았다. 마치 자신들의 마음을 대변하는 것 같았다. 그들은 너나없이 눈시울을 붉히면서 머리를 숙였다.

위동정 역시 웅사리의 말에 울컥했다. 어떻게든 강희를 위로해야 한다는 생각을 하지 않을 수 없었다. 그가 자리에서 일어나 목소리를 높였다.

"폐하! 이번에는 소인이 노래 한 곡 부르겠사옵니다."

강희가 즉시 허락했다.

"부르게. 명주는 퉁소를 불고."

위동정이 부른 노래 세 곡은 너무나도 비감했다. 모두들 절로 눈물을 흘릴 정도였다. 그러자 강희가 그에 화답하는 노래를 불렀다. 땅을 마구 강탈하는 일부 만주 귀족들의 행패로 고생을 하는 백성들의 고초를 안타까워하는 내용의 노래였다. 좌중의 사람들은 그대로 있을 수가 없다고 생각했는지 하나같이 눈물을 흘리면서 무릎을 꿇은 채 머리를 조아렸다.

"노재들은 폐하의 명령이라면 뭐든지 하겠사옵니다. 불속이라도 뛰어들겠사옵니다. 설사 그것이 죽음이라고 해도 마다하지 않겠사옵니다!"

25장

슬픈 연인

　소모자는 소마라고가 자기를 부른다는 장만강의 말에 가슴이 오그라들었다. 자신의 귀를 의심했다. 그래도 장만강을 따라 나서지 않을 수는 없었다. 그는 연신 머리를 갸우뚱하면서 발길을 소마라고가 있는 쪽으로 옮겼다.

　그는 다시 한 번 기억을 더듬었다. 그때 그는 사람들이 다 흩어진 다음 몰래 들어와 찻잔들을 살펴봤었다. 당연히 자신이 훔쳐온 찻잔은 그대로 있었다. 한 가지 다른 점은 잘 보이지 않도록 다른 찻잔으로 가려져 있었다는 점이었다. 그것은 소마라고가 찻잔을 분명히 봤다는 증거로 너무나 충분했다. 그렇다면 황제의 총애를 한 몸에 받고 있는 소마라고는 도대체 무엇 때문에 그것을 눈감아 주었을까? 소모자는 궁금증에 입술이 바싹바싹 타들어갔다.

　그는 또다시 가만히 상황을 정리해봤다.

'소마라고 누나와 눌모는 숙적이야. 때문에 사건의 진실 여부와는 무관하게 내가 찻잔을 훔쳤다는 사실이 드러나면 누나가 곤란해질 수 있어. 자신도 누워서 침 뱉은 꼴이 되니까. 그래, 그래서 일부러 모르는 척했어. 그리고는 그저 다짜고짜 눌모와 아삼을 몰아붙인 거지.'

소모자는 거기에까지 생각이 미치자 비로소 몰래 안도의 한숨을 내쉴 수 있었다. 그런 속마음을 들킨 것은 아닐까 싶어 장만강을 처다봤다. 장만강은 다른 생각에 잠긴 듯 표정이 딱딱하게 굳어 있었다.

소마라고는 양심전의 동각東閣 곁방에서 기다리고 있었다. 소모자는 주위를 두리번거렸다. 눈이 확 벌어지는 궁궐 안에는 처음 들어와 봤으니 그럴 만도 했다. 처음 보는 굵은 향초는 그의 마음을 아는지 모르는지 여기저기에서 타오르고 있었다. 소마라고는 그 사이에 앉아 차를 마시고 있었다. 완전히 기가 죽은 그가 황급히 다가가 무릎을 꿇으면서 용서를 구했다.

"죽을죄를 지었어요. 누님의 품위와 아량으로 한 번만 용서해 주세요!"

소모자가 통사정을 했다.

"그거야 쉽지."

소마라고가 차를 홀짝거리면서 천천히 말을 이었다.

"내가 한 번 물어보자. 그 찻잔이 왜 필요했어?"

"저는……."

소모자는 대충 얼버무리려 했다.

"그게 하도 예뻐서 가져다 가까이에 두고 며칠만 보려고 했어요. 나중에 도로 갖다 놓으면 된다고 생각했거든요. 그러다 그만 도둑으로 몰리고 말았어요. 누님이 아니었으면 경을 칠 뻔했어요."

소마라고는 일을 저질러 놓고는 말끝마다 자신의 이름을 거명하는 소모자가 괘씸했다. 또 너무나도 뻔한 그의 속셈이 우습기도 했다. 그녀가 냉소를 터트렸다.

"너는 무슨 사람이 그렇게 뻔뻔스럽니? 내가 마음이 약해서 너를 어떻게 못할 줄 알고 있다면 오산이야! 알겠어?"

소모자가 재빨리 눈알을 한 바퀴 획 돌리더니 억지로 웃음을 지어 냈다.

"제가 아무리 천방지축이고 겁이 없다고 해도 그렇지 어떻게 소마라고 누님을 무서워하지 않겠어요! 정말 한번만 보고 도로 제자리에 가져다 놓으려고 했어요. 믿어주세요. 네?"

"장만강!"

소모자의 말이 채 끝나기도 전에 소마라고가 큰 소리로 장만강을 불렀다.

"경사방으로 끌고 가서 조병정에게 맡겨버리세요. 언제까지 허튼 소리로 일관하는지 두고 보게!"

"아, 아니에요. 그…… 그러시면 안 됩니다……. 사실대로 말할게요……."

소모자가 그제야 당황한 나머지 먹이를 쪼아 먹는 닭처럼 요란스레 머리를 바닥에 조아리면서 울먹였다.

"소인이 빚에 허덕이다 보니 그만……. 그걸 가져다 팔아서 빚을 좀 갚으려고……."

소모자는 말을 하면서도 몰래 소마라고의 표정을 살피는 것을 잊지 않았다. 그녀는 여전히 별로 믿기지 않는다는 표정이었다. 소모자가 다시 덧붙였다.

"……어머니가 눈이 보이지 않으세요. 약을 살 돈이 없어 궁하던 차에 소인이 설상가상으로 못된 짓까지 저지르고 말았습니다!"

소모자가 설움이 북받친 듯 옷자락으로 눈물을 닦았다.

"소마라고 누님께서 도저히 용서를 못하시겠다면 저도 죗값을 치르는 수밖에는 없겠죠. 워낙에 천한 놈이니 아무렇게나 죽은들 누구 하나 눈 깜짝할 사람이 있겠습니까. 불쌍한 우리 어머니를 홀로 남겨두는 것이 마음에 걸려서 그렇지……."

소모자가 갑자기 목이 메이는지 더 이상 말을 잇지 못했다. 급기야는 엉엉 소리까지 내면서 울었다.

"너도 참! 똑똑한 줄 알았더니 영 아니네. 그런 일이 있으면 처음부터 솔직히 말하는 것이 백번 낫잖아!"

소마라고는 소모자의 말에 가슴이 아팠다. 사실 여부를 떠나 부처님의 자비를 신봉하는 불자의 입장에서는 측은하게 여겨졌다. 게다가 여린 성격 탓에 그의 처지를 차마 외면하지 못했다.

"어려운 일이 있으면 위 군문을 찾아가 보지 그랬어? 외면하지는 않을 텐데!"

"위 대인이 이제껏 많이 도와주셨어요."

소모자가 울먹이면서 덧붙였다.

"하지만 벼룩도 낯짝이 있지 않습니까. 체면상 매번 손을 벌릴 수는 없었어요."

"자, 이거 받아!"

소마라고가 서랍에서 은자銀子가 든 주머니를 꺼내더니 소모자에게 던져 주면서 덧붙였다.

"이걸 가지고 가서 어머니 약부터 지어 드려. 효도하려 했다니까 갸륵하기는 하다! 듣자니 도박판에도 자주 드나든다고 하던데, 앞으로는 절대 그러면 안 돼! 알았지?"

소모자는 사실 최악의 경우까지 생각하고 있었다. 하지만 상황은 그의 생각대로 흘러가지 않았다. 돌변했다는 말이 과하지 않을 정도로 소마라고의 태도는 부드러웠다. 그는 돈주머니를 받아든 채 멍하니 서 있었다. 그러다 한참만에야 제정신이 돌아온 듯 쓰러지듯 무릎을 꿇었다.

"어머니의 약값 때문에 등 떠밀려 어쩔 수 없이 도박을 하게 됐어요. 솔직히 녹봉으로는 약값이나 생활비가 턱없이 부족하잖아요. 그렇다고 따로 돈 나올 구멍도 없고. 그래서 가끔씩 돈 따는 재미에 다녔어요. 그러다 이번에는 그만 단 몇 시간 만에 어머니의 약값으로 준비해 둔 돈을 다 날리고 말았지 뭐예요. 누님께서 이렇게 자비를 베풀어 주시는데, 제가 이 돈으로 또 도박을 하면 사람도 아니죠."

"다 까닭이 있었군."

소마라고는 눈물로 반성하는 소모자의 효심에 감동을 받았다.

"누구에게나 한두 가지씩의 어려움은 있어. 그럼에도 슬기롭게 헤쳐 나가는 것이 무엇보다 중요하지. 녹봉은 내 마음대로 올리는 게 아니니까 나중에라도 꼭 돈이 필요하면 이 누나를 찾아와. 효심에는 유난히 약한 내 약점을 의도적으로 노리지는 않을 것이라고 굳게 믿는다."

소모자는 새옹지마塞翁之馬의 고사를 순간적으로 떠올렸다. 기분이 너무 좋아서 날아갈 듯했다. 눈물을 흘리면서 연신 머리를 조아렸다.

"저에게 이토록 베풀어 주시면서 뭐 따로 바라는 게 없으시다니! 앞으로는 이모라고 불러도 돼요?"

소마라고가 말없이 머리를 끄덕였다. 옆에서 지켜보던 장만강은 무슨 말을 꺼내기가 무서운 소모자를 바라보면서 너털웃음을 터트렸다.

"호박이 넝쿨째 굴러들어왔다는 말이 바로 이런 경우에 해당하지. 내가 불렀기에 이런 좋은 일도 있는 줄 알아. 나한테 고맙다는 말은 안 해?"

소모자가 눈물어린 얼굴로 히죽 웃으면서 대답했다.

"저에게는 머리 조아리는 재주밖에는 없어요. 그러니 이것으로 고마움을 표할게요!"

소모자는 말을 마치자마자 다시 꿇어앉아 머리를 조아렸다. 소마라고와 장만강은 그 모습을 지켜보면서 말없이 웃기만 했다.

소모자는 감사 인사를 올리고는 양심전 입구까지 나왔다. 그때 건너편에서 강희가 걸어오고 있었다. 그는 재빨리 옆으로 비켜선 다음 두 손을 맞잡고 허리를 숙인 채 강희가 지나가기를 기다렸다. 강희가 지나가자 그는 어차고로 몰래 숨어 들어갔다. 훔친 찻잔을 제자리에 가져다 놓기 위해서였다.

강희가 환한 얼굴을 한 채 양심전 안으로 성큼 들어섰다.

"오늘은 그대한테 좀 미안하군. 좋은 노래를 혼자만 듣고 왔으니 말이야!"

그러자 강희를 마중한 소마라고가 대답했다.

"노비가 폐하와 같은 대접을 받아서야 되겠사옵니까? 언감생심이옵니다. 그런데 무슨 노래였사옵니까?"

"잠깐만 기다려 봐. 내가 외운 가사를 들려줄 테니!"

강희가 비상한 기억력을 과시하기라도 하듯 소마라고 앞에서 으스대면서 노랫말을 읊었다. 잠자코 듣고만 있던 소마라고가 물었다.

"그 손전신이라는 사람은 어떠했사옵니까?"

"다들 한결같이 충성심을 표하더군."

강희가 흥분에 겨워 말을 이었다.

"짐도 그들이 그토록 마음이 일치할 줄은 몰랐어. 그런데 얼굴 맞대고 얘기를 하려니까 좀 어색하지 뭐야. 그래서 나머지는 색액도가 알아서 처리하도록 할 작정이야. 또 오늘 저녁에 유화라는 친구도 왔는데,

오배 밑에서 일한다고 하더군. 짐이 잘 모르지만 위동정이 어련히 알아서 잘 할 거라고 봐."

소마라고는 처음에는 이렇다 할 반응이 없었다. 그러다 갑자기 환하게 미소를 지었다.

"폐하께서는 오늘 저녁 시도 읊으시고 술도 드시고 재미있게 놀다 오셨으니, 그 사이 궁 안에서 무슨 일이 일어났는지는 전혀 모르시겠네요?"

강희가 궁금하다는 표정으로 물었다.

"무슨 일이 있었나? 그런데 기분이 좋아 보이는군."

"어차방의 어린 태감 중에 소모자라는 애가 있사옵니다. 방금 폐하께서 맞닥뜨린 그 아이옵니다. 그 애 덕분에 오늘 눌모를 혼내줬사옵니다."

소마라고가 손짓발짓을 다 동원해 조금 전 있었던 일을 강희에게 자세하게 설명했다. 그러자 강희도 발까지 구르면서 배꼽을 잡았다.

"잘했군. 잘했어! 도둑질한 애의 죄를 묻기는커녕 돈 주고 팔자에도 없는 이모까지 됐으니 말이야!"

두 사람은 궁 안이 떠나가라 깔깔 웃었다. 이어 시간 가는 줄도 모르고 재미나게 얘기를 더 나눴다.

유금표는 반포이선의 명령을 받고 가흥루 일대에서 명주를 계속 노리고 있었다. 그렇게 한 지가 어느새 한 달이 넘었다. 그는 하계주를 납치하는 날 재수 없이 길에서 위동정 일행과 맞닥뜨렸고, 노새에게 한쪽 눈알을 잃는 수난도 당했다. 그는 그 후부터 누가 시키지 않아도 매일 부하들을 거느리고 가흥루 일대를 뒤지고 다녔다. 하계주나 명주 둘중 하나라도 먼저 붙잡아 자기가 당한 대로 고스란히 보복을 하기 위해서였다.

그러나 그의 생각과는 달리 두 사람은 그림자조차 보이지 않았다. 그다지 반갑지 않은 위동정만 자주 눈에 띌 뿐이었다. 위동정은 어전시위인 탓에 걸어 다니는 경우가 드물었다. 거의 매번 말을 타고 다녔다. 게다가 직접 부딪쳐도 이긴다는 보장이 없었다. 때문에 그는 위동정은 감히 건드릴 생각조차 하지 못하고 있었다.

그러던 며칠 전 어느 날이었다. 유금표는 내무부에서 일하는 황씨의 집에서 술을 마시다 가흥루의 취고가 요즘 어떤 선비와 죽고 못 살 정도로 붙어 다닌다는 소문을 들었다. 게다가 그 선비가 궁 안에서 황제 옆에 시립해 있는 모습을 목격한 사람도 있다고까지 했다. 유금표는 순간적으로 반포이선이 입버릇처럼 하던 말을 떠올렸다. "오차우든, 명주든, 목자후든 그 중에서 어느 한 놈만 붙잡으면 크게 상을 내리겠다." 그는 이후 더욱 눈에 불을 켜고 가흥루를 지키고 있었다.

그러나 유금표는 이날도 노을이 대지를 온통 벌겋게 물들이는 저녁이 다 되도록 아무런 소득을 올리지 못했다. 헛물을 켜게 된 그가 실망을 금치 못하면서 욕을 마구 뱉어냈다.

"황가, 이 자식이 술 처먹고 허튼소리 한 것 아냐? 아니면 왜 며칠 동안 꼬리조차 안 잡히느냐고!"

유금표는 목을 배배 틀면서 계속 투덜거렸다. 그러다 병든 황소 눈처럼 희멀건 눈을 감은 채 멀쩡한 한쪽 눈을 화등잔처럼 크게 치떴다. 먼 발치에서 명주가 두루마기자락을 휘날리면서 걸어오는 모습이 보였던 것이다.

정말 꿈같은 일이 아닐 수 없었다. 유금표는 자신이 혹시 환각상태에 빠졌나 싶어서 손등으로 눈을 쓱쓱 비비기까지 했다. 또 한쪽 눈에 힘껏 힘을 주어가면서 몇 번이고 다시 확인을 했다.

핏기 없는 흰 얼굴에 반질반질한 머리채를 길게 땋아 내린 선비는 명주가 분명했다. 유금표는 자신도 모르게 쾌재를 불렀다. 만면에는 어느 새 웃음꽃도 피어올랐다. 그는 명주가 가흥루로 올라가기를 기다렸다가 부하들에게 손짓을 보냈다. 명주를 잡아오라는 명령이었다.

명주는 바깥 풍경이 내려다보이는 창가에 자리를 잡고 앉았다. 이어 안쪽 자리에서 도란도란 들려오는 말소리에 귀를 기울였다. 목소리를 들어보니 남자는 태의원의 호궁산 같았다.

"취고, 들었어? 도 닦는다고 까불면서 산에 올라갔던 고화봉顧華峰, 우회암尤悔庵, 진기년陳其年 그 친구들 소식 말이야. 이제 얼마나 됐다고 도무지 외로워서 못 살겠다면서 전부 환속했다더군. 북경으로 왔다는 소문도 있고!"

호궁산의 말에 취고가 눈을 곱게 흘겼다.

"자기가 환속하고 싶으면 혼자 하는 거지, 괜한 사람을 끌어들여 한통속으로 매도할 건 또 뭐 있어요?"

"아무튼 무슨 말을 못하겠군! 사실이 그렇다는 얘기야. 또 내가 언제 환속하고 싶다고 했어? 지금 같아서는 환속은커녕 다시 산으로 들어가 은둔하고 싶어!"

호궁산과 취고는 꽤나 중요해 보이는 얘기를 서슴없이 주고받았다. 누가 들어도 더없이 친한 남녀가 나누는 대화였다. 당연히 밖에서 귀기울여 듣고 있던 명주의 가슴은 질투로 들끓었다. 그러나 그는 이내 마음을 다잡았다. 이어 자조 섞인 한탄을 했다.

'지지리도 못났군. 내가 돈을 조금 줘서 그녀가 경제적인 문제를 해결하는 데는 도움을 줬어. 하지만 그렇다고 내가 저 여자까지 사들인 것은 아니지 않나. 호궁산 앞에서 웃으면 안 된다는 법도 없지 않은가?'

명주는 자신의 생각을 정리하면서 계속 귀를 기울였다. 다시 취고의 목소리가 들려왔다.

"산으로 다시 들어간다고요? 가서 뭐하게요?"

"당초에 마음먹은 일도 완전히 물 건너갔어. 속세에 미련이 있을 까닭이 없지. 그러느니 다시 산으로 들어가 도나 닦는 것이 더 나을 것 같아서 그래. 취고도 나하고 같이 가지 않을래?"

"어머, 완전히 돌았네!"

취고가 콧방귀를 뀌면서 이죽거렸다.

"내가 뭐가 아쉬워서 산으로 들어가요?"

명주는 더 이상 엿듣고만 있어서는 안 되겠다고 생각했다. 일부러 크게 소리치면서 안으로 들어섰다.

"하하, 결과가 기대되는데요? 한 사람은 진정한 도사가 되고 싶어 하는데, 다른 한 사람은 한사코 따라가기 싫어하니 말입니다."

호궁산과 취고는 누군가 자신들의 말을 밖에서 엿들으리라고는 전혀 예상하지 못했다. 때문에 명주가 언제 와서 어디까지 들었는지가 못내 궁금했다. 그러나 명주는 아무렇지도 않은 듯 낄낄 웃으면서 말을 이었다.

"누가 두 사람의 등을 떠미는 모양이죠? 왜 꼭 빚지고 야반도주하는 사람들처럼 도망가지 못해서 안달이에요?"

명주는 농담 반 진담 반으로 말하면서 빈 의자에 털썩 엉덩이를 붙였다. 이어 부산스레 부채를 부치면서 두 사람을 바라봤다.

취고가 차를 따라 명주에게 건넸다.

"명주 어르신은 그새 저를 까맣게 잊으신 거 아니에요? 뭐 하느라고 며칠째 얼굴도 안 내미셨어요?"

그러자 호궁산도 거들었다.

"우리 남매가 입산하면 명주 어르신한테도 나쁠 것이 없죠. 나중에 높은 자리에 올랐을 때 잡념을 떨치고 머리를 식히면서 쉬어갈 곳이라도 있을 것이니 말이오!"

호궁산의 익살에 세 사람은 마주보면서 웃었다.

얼마 후 호궁산이 자리를 뜨려고 했다. 취고도 더 이상 만류하지 않았다. 그가 명주의 등장으로 불편해서 그러는 줄 알았던 것이다. 그를 대문 앞까지 바래다주고 돌아온 그녀가 말했다.

"오늘은 한가한가 보죠? 여기까지 다 놀러 올 생각을 하시고."

그러나 명주는 취고의 농담에는 대꾸를 하지 않았다. 대신 이맛살을 약간 찌푸리면서 동문서답을 했다.

"보아하니 두 사람 사이가 이만저만이 아닌 것 같소. 같이 입산하지 그러오?"

"저 사람은 그런 뜻을 내비치기는 하지만 저는 아니에요! 남녀 사이가 어디 혼자만 좋아한다고 되나요?"

취고가 단호하게 선을 그었다. 그러다 생각에 잠긴 듯 멍하니 앉아 있는 명주의 이마를 손가락으로 살짝 누르면서 말했다.

"왜요? 질투하는 거예요? 바보, 그 사람은 수양오빠라고요!"

명주가 취고의 말은 듣는 둥 마는 둥 침묵하고 있다가 못내 궁금한 듯 입을 열었다.

"태의원도 아무나 들어가는 자리가 아니오. 그런데 왜 그 양반은 갑자기 입산하려는 걸까?"

"그러게요. 알다가도 모를 것이 남자들의 속마음이라니까요. 눈에 차지 않아 재미가 없다는 뜻 아니겠어요?"

"그런데 두 사람은 어떻게 의남매를 맺었소?"

"그건……."

취고가 웃음을 거두면서 가벼운 한숨을 내쉬었다.

"다 속사정이 있어요. 그 사람은 저의 생명을 구해준 은인이에요. 여자로서 저를 좋아한다는 속내를 은근히 드러내기는 하죠. 하지만 제가 아예 의남매를 맺자고 했어요. 그 얘기는 몇 날 며칠을 새워도 다 말 못 하니 다음에 시간 있을 때 궁금증이 확 풀리도록 얘기해줄게요."

명주는 그러나 여전히 석연치 않은 표정을 지었다. 그러자 취고가 명주의 관심을 다른 데로 분산시키기 위해 거문고를 들고 나와 명주에게 넘겨주었다.

"반주 좀 부탁할게요. 저한테 좋은 노랫말이 있어요. 들려주고 싶어요."

"그래?"

명주가 기대된다는 듯 거문고를 잡아당겼다. 이내 취고의 가느다랗고 우수에 잠긴 목소리가 실내에 구름 흩어지듯 퍼졌다.

> 신록이 움트고 백화가 만발하니,
> 난간에 기댄 미인의 눈물 옷깃을 적시누나.
> 사뿐사뿐 봄처녀 발걸음 소리를 들었는지,
> 나비들의 꽃길 행진만 이어지는구나.

명주는 놀라움을 금치 못했다. 어디에선가 많이 들어본 귀에 익은 시였던 것이다. 그가 물었다.

"노랫말이 낯설지가 않소. 누구의 시요?"

"저도 몰라요. 제가 그런 것까지 신경 쓰게 생겼어요?"

취고가 애교 섞인 목소리로 퉁명스레 쏘아붙였다. 이어 노래를 부르려다 말고 고개를 갸우뚱하는 명주에게 되물었다.

"도대체 왜 그래요?"

"아니, 어디선가 들어본 것 같아서 그러오."

이어 명주가 소리쳤다.

"말도 안 돼! 그럴 리가 있나!"

취고는 믿기지가 않았다.

"어디선가 들어봤다는 말을 어떻게 믿어요?"

그러자 명주가 되받았다.

"못 믿는다고? 아마 다음 구절은 이러할 거요. '제비는 봄이 되면 여전히 찾아오건만 작년에 피었던 나팔꽃은 왜 소식이 없는가. 길 가던 사람 잡고 물으니, 죽은 사람 살아서 돌아오는 것을 봤느냐고 하더라!' 어때요? 틀림없지 않소?"

순간 자신만만해 하던 취고의 얼굴이 하얗게 변했다. 그러더니 몸도 제대로 가누지 못하고 휘청거리면서 의자에 쓰러지듯 기댔다.

"다 알고 있었던 거예요?"

"알다니, 뭘? 궁금하니까 묻는 거 아니오!"

취고가 명주의 물음에는 대답하지 않고 다그쳤다.

"이 시를 도대체 어디에서 봤어요?"

명주는 처음에는 취고의 태도 변화를 그냥 대수롭지 않게 받아들였다. 그러나 갈수록 처량한 눈빛을 보이는 그녀의 표정 변화는 뭔가 이상했다. 직감적으로 사연이 있다는 사실을 눈치채기에 부족함이 없었다. 그는 입술을 부지런히 적시면서 조급해하는 취고를 바라봤다.

"취고, 나도 명색이 문인이오. 그 정도 시구도 모르겠소?"

"그건 우리 아버지의 시란 말이에요!"

취고의 표정이 어느새 무섭게 일그러졌다. 그러더니 마구 소리를 질러댔다.

"당신, 황제의 시위라고 했죠? 말해봐요. 우리 아버지를 어떻게 했는지! 말해봐요, 어서요!"

취고는 마침내 자제력을 잃고 말았다. 어느덧 얼굴이 창백해지고 안면근육이 울퉁불퉁 치솟았다. 그런가 하면 목소리도 표독스럽고 날카로워졌다. 급기야 그녀는 마치 굶주린 호랑이처럼 으르렁대면서 명주의 멱살을 거머쥐더니 이를 갈았다.

"세상이 저를 요 모양 요 꼴로 만들었어도 당신만은 믿었어요. 그런데, 알고 보니 당신, 당신, 정말 나쁜 사람이었군요?"

명주는 경악했다. 언제 봐도 부드럽고 온순하던 애교만점의 여인이 갑자기 180도로 돌변했으니 그럴 수밖에 없었다. 그는 목숨이 붙어있는 한 이 순간의 무서운 기억을 영원히 지워버릴 수가 없을 것 같은 괴로움에 사로잡혔다.

바로 그때였다. 갑자기 아래층에서 한바탕 소란이 벌어졌다. 일꾼들과 하녀들이 놀라 소리를 지르고 울고불고 그야말로 야단이었다. 그릇도 와장창 박살나는 모양이었다. 완전히 아수라장이 따로 없는 난리법석이었다. 두 사람은 길게 생각할 것도 없이 약속이나 한 듯 문을 확 열어젖혔다.

순간 유금표가 사람들을 거느리고 징그럽게 웃으면서 문 입구에 떡하니 나타났다. 명주는 직감적으로 사태가 심상치 않다는 사실을 알아챘다. 유금표는 징글맞게 웃었다.

"웬일이야? 여기 계집들은 도도하기로 유명해서 여간해서는 술손님을 안 받는다고 하던데 말이야! 하하하!"

"이 자식 너 말 다했어? 그러면 내가 몸을 파는 여자라는 말이야?"

유금표의 비아냥에 취고가 발끈 화를 내면서 대들었다. 그렇지 않아도 아버지 생각에 감정이 날카로워져 있던 그녀였다. 그러나 그녀는 이내 이성을 되찾았다.

"환한 대낮에 이게 뭐하는 짓이에요? 여기는 이래봬도 있을 것은 다 있고, 지킬 것은 다 지키는 품위 있는 업소라고요. 그런데 지방도 아니고 태평한 세상을 열고 계신 천자의 발밑에서 막무가내로 이래도 되는 거예요? 뭐하는 사람들이기에 이렇게 기본이 안 돼 있는지 모르겠어, 정말!"

"거품까지 물 필요는 없어. 그쪽하고는 볼일 없으니까 말이야."

유금표는 첫인상부터 결코 호락호락해 보이지 않은 취고의 당당함에 다소 당황하는 눈치였다. 그러나 해야 할 일은 잊지 않았다.

"반포이선 대인께서 명주 대인을 한번 뵙고 싶다고 하니 따라가시죠."

말을 마친 유금표가 부하들을 향해 턱짓을 했다. 그러자 그의 부하들이 순식간에 명주를 꼼짝달싹 못하게 결박했다. 취고가 맨발로 뛰쳐나가면서 막아보려 안간힘을 다했다. 그러나 유금표가 한손으로 홱 밀치는 바람에 비틀거리면서 저 멀리로 나자빠졌다.

취고는 심하게 엉덩방아를 찧었으나 아픈 줄도 몰랐다. 그녀는 울먹이면서 소리를 질러댔다.

"안 돼, 당신들 그 사람을 어디로 데리고 가! 명주, 당신 이렇게 무책임한 사람이었어요? 이렇게 가면 나는 어떡하라고? 당신을 구해줄 사람이 누가 있어요? 어떡해요?"

"폐하께서 구해주실 거야!"

명주는 끌려가면서도 취고의 물음에 적극적으로 대답했다.

"그렇다면 어서 말해봐요. 우리 아버지……."

취고가 무엇인가를 급히 물으려다 말고 갑자기 입을 꾹 다물었다. 이어 "나도 잘 모르는……"이라는 라는 명주의 말이 들려왔다. 하지만 그 말이 채 끝나기도 전에 귀싸대기를 때리는 둔탁한 소리가 다시 들려왔다. 명주는 취고의 시야에서 점점 멀어져갔다.

취고는 무슨 영문인지조차 모른 채 사모하는 사람이 끌려가는 것을 지켜봐야 했다. 게다가 시로 인해 촉발된 아버지에 대한 그리움과 억울함은 그녀를 더욱 절망으로 몰아넣었다. 그녀는 끝내 한바탕 울음을 터뜨렸다. 얼마나 울었을까, 한참을 울고 난 그녀가 기분이 다소 괜찮아졌는지 가만히 생각에 잠겼다. 모든 일은 그야말로 순식간에 일어났다. 악몽이 따로 없었다. 그녀는 다시 기분이 축 처졌다. 어디에서 불어왔는지 모를 찬바람이 그런 그녀의 얼굴을 때렸다. 힘겹게 몸부림을 치던 촛불도 꺼져버렸다. 처마 밑의 조그마한 철마鐵馬조차 뎅그렁 하는 소리를 내며 흔들리고 있었다.

26장
살신성인殺身成仁

명주의 그림자는 연 사흘째 보이지 않았다. 그러자 위동정뿐만 아니라 강희까지도 초조한 기색을 감추지 못했다. 그도 그럴 것이 강희로서는 명주를 알고 지낸 2년 동안 위동정을 통해 여러 번 만나면서 의외로 정이 많이 들었기 때문이었다. 황제와 신하 사이에 감정이 돈독해봤자 별것 있겠느냐고 대수롭지 않게 여기는 사람들도 있을지 모른다. 그러나 강희는 위동정이 필요한 만큼 명주 역시 없어서는 안 된다고 늘 생각했다.

한번은 오차우가 강의시간에 군자와 소인배에 대해 설명한 적이 있었다. 이때 그는 군자를 물, 소인배를 기름에 비유했다.

"물은 그 맛이 담백합니다. 성품이 고결해 끓는 물에 기름을 넣어도 띄워만 줄 뿐 튕겨내지 않습니다. 도량이 넓고 포용력 강한 군자의 성격과 닮았습니다. 하지만 기름은 냄새가 진합니다. 성질이 미끄럽습니다.

게다가 색깔까지 어두워 다른 물건을 오염시킬 수가 있습니다. 끓는 기름에 물을 부으면 온 사방으로 튕기면서 사람이 가까이 다가가지 못하게 합니다. 마치 소인배의 옹졸하고 간사한 성격과 흡사합니다."

오차우의 그 말은 강희에게 깊은 인상을 남겼다. 강희는 가끔 이런 논리에 따라 주위의 사람들을 비교해보고 따져보기도 했다.

당연히 맨 먼저 평가대상에 오른 사람은 위동정이었다. 후덕하고 지혜로운 데다 작은 것에 연연하지 않는 호탕함과 명랑한 성격의 소유자로 손색이 없었다. 마주 대하고 있노라면 마치 쉬지 않고 동쪽으로 흘러가면서 삶의 찬가를 부르는 양자강揚子江(장강長江)을 마주하고 있는 것 같았다.

그렇다면 명주는 어떤가? 온순하고 약삭빠른 성격에 사람을 기분 좋게 하는 향기를 소유하고 있는 인물이었다. 굳이 따질 것 같으면 명주는 '기름'과 같았다. 물론 기름의 나쁜 면을 소유한 것이 아니고 좋은 면을 닮았다. 강희는 그렇게 굳게 믿었다.

강희는 위동정과 같이 있으면 늘 안전함과 편안함에 마음이 느긋해지는 기분을 느꼈다. 말이 필요 없었다. 알아서 모든 것을 척척 잘해 나갔다. 그 덕에 강희는 제왕으로서의 존엄과 위상을 마음껏 누렸다. 위동정은 바로 그런 매력을 가진 사람이었다.

반면 명주와 함께 하면 마냥 즐거웠다. 사근사근하게 웃고 아이처럼 떠드는 모습이 그렇게 해맑을 수가 없었다. 보기에도 좋았다.

어느 날 수업시간이었다. 오차우가 강희를 비롯한 좌중의 사람들에게 중국어 발음의 네 개 성조를 모두 가진 4자성어 중에 가장 먼저 머릿속에 떠오르는 것을 말해보라고 했다. 그러자 위동정이 '천회백전'千回百轉(끊임없이 돈다는 뜻) 하고 외쳤다. 그 다음에는 명주가 경쟁이라도 하듯 '천자성철'天子聖哲(중국어의 네 개 성조를 의미. 황제를 칭송하는 의미도 있음)이라고 대답했다.

순간 강희는 물과 기름처럼 확연히 다른 두 사람을 보면서 흡족해했다. 오차우는 기본적으로 물과 기름은 서로를 용납하지 못하므로 어울려서는 안 된다고 했다. 그러나 명주와 위동정은 달랐다. 너무나 친밀하기 이를 데 없지 않은가? 강희는 예외가 있다는 사실을 모르지 않았으나 우선은 그렇다는 판단을 내렸다.

강희는 양심전에 앉아 주필朱筆(붉은 먹물을 묻힌 붓)을 한 손에 잡고 오배로부터 올라온 상주문을 읽고 있었다. 이때도 그의 뇌리에서는 오차우의 '물과 기름' 논리가 떠나지 않고 있었다. 그의 얼굴에 자연스럽게 엷은 미소가 번졌다.

소마라고가 단아한 모습으로 옆에 서서 시중을 들다 빙그레 웃는 강희의 모습을 보고는 가까이 다가가서 조용히 여쭈었다.

"폐하, 물 한잔 드시겠사옵니까?"

강희가 붓을 내려놓고 손을 내젓더니 빙그레 웃으면서 물었다.

"황제의 주변에 소인배는 없고 군자만 있다면 좋을까?"

"옛말에 '어진 신하를 가까이 하고, 소인배를 멀리 하라'라는 말이 있사옵니다. 한나라 무제의 명언이옵니다."

강희가 고개를 저었다.

"꼭 그렇지만은 않아."

강희가 소마라고의 표정을 살피면서 말을 이었다.

"자고로 진정으로 어진 신하가 도대체 몇 사람이나 되겠어? 짐의 생각은 소인을 적당히 멀리하는 것은 바람직해. 하지만 결코 없어서는 안 돼. 의외로 이런 소인배들 가운데는 다재다능한 인재가 많거든. 성품이 소인배의 기질을 타고 났다면 어쩔 수 없으나 그 재능은 아깝잖아? 무조건 배척할 것이 아니라 소인배면 소인배 나름대로의 장점만 받아들이면 돼. 소인배는 기름에 비유할 수 있어. 그러나 만약 기름이 없다면 하루 세 끼가 얼마나 삭막하겠어? 그러니 현명한 제왕이라면 군자와 소인배 사이를 유연하게 넘나들면서 각자의 장단점을 보완해 능력껏 활용해야 한다고 생각해."

강희의 인재 등용 이론은 너무나 그럴 듯했다. 소마라고는 잠시 할 말을 잊었다. 공감이 가는 부분도 없지 않았으나 어딘가 석연치 않은 대목도 있었다. 하지만 소마라고는 오차우처럼 자신의 의사를 관철시킬 자신은 없었다.

"잘 알지는 못하오나 소인배를 멀리해야 한다는 노비의 생각에는 변함이 없사옵니다."

강희는 소마라고의 말에도 동의했다. 그리고는 다시 상주문을 읽기 시작했다. 그러나 소마라고는 자리를 뜰 생각을 하지 않고 계속 서 있었다. 그러자 자신의 답변을 기다리고 있는 것으로 생각한 강희가 고개를 들었다.

"춘주春秋시대 제齊나라의 경공景公에게 만약 안자晏子가 없었더라면 어떻게 태평성대를 이끌 수 있었겠어. 하지만 소인배로 알려진 양구梁邱씨가 같이 놀아주면서 적적한 시기를 넘겨주지 않았다면 얼마나 심심했겠어? 모름지기 군주라면 지위, 능력, 성품 여하를 막론하고 이 땅의 모든 창생들의 아버지이고 주인이야. 부모가 자식이 말을 안 듣는다고 버리는 걸 봤어? 그 많은 사람들은 저마다 색깔이 다르고 맛이 다르기 마련이지. 세상 사람들이 전부 다 군자이고 잘난 사람일 수는 없지 않아? 그러니 다 같이 끌어안은 채 나쁜 점은 고치도록 곤장을 들고 따라다니고, 좋은 점은 적극 치하해줘야 해. 한마디로 인재를 잘 활용하는 것이 우선이야!"

"폐하!"

소마라고가 안타까운 표정을 지었다. 강희가 정색하는 모습에 몹시 가슴이 아팠던 것이다.

"폐하의 말씀대로라면 오배나 반포이선과 같은 파렴치한 소인배들도 끌어안아야 한다는 말씀이옵니까?"

강희가 생각을 정리하는 듯했다. 그러더니 이내 싸늘한 표정으로 돌변했다.

"오배는 소인배가 아니야. 그는 오히려 보기 드문 기질을 타고난 영웅이야. 선제 때는 말썽을 피우지 않고 잘해 왔어. 그만큼 인정도 받았고. 다만 짐이 즉위하고 나서부터는 흑심을 품기 시작했어. 사적인 욕심을 채우느라 혈안이 돼 물불 가리지 않고 설쳐대기도 했지. 그래서 짐과는 도저히 화합할 수 없는 원수가 된 거야. 어찌 보면 이 모든 것은 시국이 만들어낸 작품이라고 할 수 있어."

"폐하께서 기어코 그런 생각을 품고 계신다면 노비도 뭐라고 말씀드릴 것이 없사옵니다."

강희는 소마라고의 말을 받아들일 생각을 하지 않았다. 단호하기 이를 데 없었다.

소마라고로서는 설득을 포기해야만 했다. 각자의 의견을 계속 주장하다 보면 본의 아니게 기분이 상하는 경우도 생길 수 있었으므로 오히려 그 편이 더 나았다. 그렇다고 완전히 백기를 들 수는 없는 일이었다. 그녀가 떨리는 목소리로 뼈 있는 말을 슬며시 던졌다.

"방금 폐하께서 기름이 없는 식탁이 얼마나 삭막하겠느냐고 말씀하셨사옵니다. 그래서 노비는 오늘부터 고기를 비롯해 모든 기름기 있는 음식을 멀리 하려 하옵니다. 한번 직접 체험해 보고 싶사옵니다. 기름을 안 먹으면 어떻게 되는지 말이옵니다."

소마라고의 말은 황제의 입장에서 볼 때는 버릇이 없는 언동이라고 할 수 있었다. 하지만 강희는 바로 그녀의 이런 점을 좋아했다. 강희가 웃었던 것은 그래서였다.

"화났어? 오늘은 왜 소마라고답지 않게 농담도 못 받아들이고 그래!"

"자고로 '군주에게는 농담이라는 것이 없다'고 했사옵니다!"

소마라고는 매정하게 쏘아붙였다.

"노비 역시도 방금 한 말이 절대 농담이 아니었사옵니다. 폐하께 화가 나서가 아닙니다. 노비 스스로 불교에 귀의한 이후에 기름진 음식을 멀리하는 것이 좋겠다는 생각을 했사옵니다."

소마라고는 오늘따라 억지스럽다고 할 정도로 고집을 부렸다. 강희로서는 그녀가 요즘 뭔가 안 좋은 일이 있어서 기분이 울적해서 그러려니 하고 이해했다. 이때 밖에서 장만강이 머리를 들이밀었다. 소마라고가 먼저 그에게 물었다.

"무슨 일입니까? 폐하께서 수라를 드셔야 합니까?"

장만강은 소마라고를 조용히 밖으로 불러내려고 했다. 그러나 머리를 들이밀자마자 강희와 바로 시선이 마주쳤다. 또 소마라고가 묻는 바람에 어쩔 수 없이 안으로 들어와 아뢰었다.

"폐하, 방금 위 군문이 오늘 수업은 하루 쉬어야겠다고 했사옵니다. 위 군문은 명주를 찾으러 간다고 했사옵니다!"

"크게 신경 쓸 것은 없어. 또 어디 예쁜 여자가 있는지 찾아다니겠지."

강희가 대수롭지 않은 일일 것이라면서 툭 내뱉었다.

"지난번에도 며칠씩이나 온다간다 말도 없이 사라졌잖아. 그때 따끔하게 혼내줘야 하는 건데! 그냥 넘어갔더니 갈수록 게으름을 피우는구먼. 위 군문도 지나치게 민감해 할 필요는 없을 것 같은데, 괜히 짐만 수업을 못 듣잖아!"

"그래도 조심해서 나쁠 것은 없다고 생각하옵니다. 지금은 여느 때와 다르옵니다. 오배가 색액도 대인의 저택을 수색한 지도 며칠밖에 지나지 않았사옵니다. 각별히 조심해야 하옵니다."

"그렇다면 어쩔 수 없군!"

강희가 멋쩍은 듯 자리에 주저앉았다.

"요즘 읽은 책 내용 가운데 몇 가지 의문이 있어서 오 선생께 물어보려고 했는데……. 도대체 명주 이 미꾸라지 같은 친구는 어디로 샌 거야?"

강희가 나지막이 투덜거리더니 몸을 반쯤 돌려 장만강을 향해 물었다.

"위 군문에게 빨리 찾아오라고 하게. 내 일은 수업을 받아야 하니."

"알겠사옵니다, 폐하."

장만강이 대답하고는 이내 종종걸음으로 사라졌다.

그 시각 명주는 오배의 정원에 자리 잡은 빈 방에 결박당한 채 갇혀 있었다. 가흥루에서 잡혀간 첫날 그가 끌려간 곳은 다름 아닌 반포이선의 집이었다.

그러나 반포이선은 그가 외부의 도움으로 도망을 갈까봐 우려했다. 또 소문이 날 것이라는 사실에 대해서도 걱정을 했다. 그럴 경우 상황이 자신에게 불리해질 것은 불을 보듯 뻔할 수밖에 없었다. 그래서 이 핑계 저 핑계 대면서 다음 날 그를 오배의 집으로 보내버렸다.

명주는 갖은 고문을 당해 기진맥진해 있었다. 때문에 네모난 돌멩이를 베고 축축한 땅바닥에 죽은 듯이 쓰러져 누워 있을 수밖에 없었다. 태양은 이미 떠오른 모양이었다. 햇살이 작은 창문 틈새로 나른하게 새어 들어와 그의 두 눈을 비추고 있었다. 주위는 쥐죽은 듯한 정적에 휩싸여 있었다. 가끔 그 정적을 깨고 뒷산의 이름 모를 새들의 처량한 울음소리가 들려왔다.

명주는 애써 몸을 움직여 보려고 했다. 그러나 전혀 말을 듣지 않았다. 하반신의 감각도 전혀 느껴지지 않았다.

그는 반포이선의 집에 갇히는 순간 이를 악물고 다짐을 했다. 어떤 혹형이 가해지더라도 죽음으로 항거해 끝까지 깨끗한 선비로 남겠다고.

그러나 반포이선 휘하의 사람들이 가하는 고문은 차라리 죽는 것이 나을 정도로 가혹했다. 손가락을 뒤로 꺾는가 하면 살점이 뚝뚝 떨어져 나가는 소리가 들릴 정도로 곤장을 후려쳤다. 매를 못 이겨 기절하면 소금물을 뿌려 다시 정신을 차리게 했다.

그들은 오차우가 어디 있느냐는 질문을 집중적으로 던졌다. 그가 모른다고 말하자 고춧가루 탄 물을 콧구멍에 부어넣는 비인간적인 고문까지 감행했다.

"오차우는 어디 있나?"

"열붕점 주인은 지금 어디 있어?"

반포이선의 질문은 한결같았다. 아마도 새로 옮긴 황제의 공부방 위치가 궁금한 것이 틀림없었다. 명주는 반포이선의 속셈을 너무나도 잘 알고 있었다.

반포이선은 강도 높은 고문을 가해도 진전이 없자 악에 받친 나머지 더욱 가혹한 방법까지 동원했다. 돼지 목털로 요도尿道를 마구 찔러대는 고문이었다. 명주는 결국 죽음이 한 발 앞으로 다가온 것 같은 극도의 공포를 온몸으로 느끼면서 살려달라고 비명을 질렀다.

반포이선이 한쪽에 앉아 고통으로 일그러진 명주의 모습을 호시탐탐 지켜보다 냉소를 터트렸다.

"이래도 말 못하겠어? 좋아, 그렇다면 한방에 가는 것으로 해주지. 기다려! 내가 선비 출신이라서 우습게 보일 수도 있겠지. 그러나 나는 유명한 고문 기술자야. 그걸 똑똑히 보여주겠어. 어디 누가 이기나 끝까지 해보자고."

반포이선은 주위에 결박을 풀어주라는 눈짓을 보냈다. 이어 명주에게 천천히 다가갔다.

"똑똑한 사람이 왜 이래? 솔직히 여기서 쥐도 새도 모르게 죽어가도 누구 하나 도와줄 사람조차 없는 것은 알 테지. 하지만 제대로 말만 하면 팔자가 금세 확 바뀔 거야. 잘 생각해 봐!"

"저는 정말 아무것도 모르……."

명주는 말을 채 끝내기도 전에 또다시 "악!" 하는 비명소리를 내질렀다. 동시에 정신이 혼미해졌다. 그럼에도 반포이선은 피가 묻어있는 돼지 목털을 명주의 눈앞에서 흔들어 보이면서 몸을 뒤로 젖힌 채 음흉하게 웃어댔다.

순간 명주는 포효하듯 소리를 질렀다. 짐승의 울부짖음을 연상케 하는 악에 받친 목소리였다.

"차라리 죽여라, 죽여! 이 개돼지보다 못한 새끼야!"

"그래? 그게 소원이라면 들어주지. 바로 이것으로 말이야!"

반포이선은 돼지 목털을 또다시 흔들어 보였다.

"안 돼, 안 돼. 차라리 칼로 죽여줘! 나는 빨리 죽고 싶다고!"

명주가 공포에 질려 진저리를 치면서 두 눈을 크게 뜨고 고개를 힘껏 저었다.

"말도 안 되지. 자네처럼 이렇게 지체 높은 어른을 어찌 그런 무식한 방식으로 죽일 수 있겠어? 우리가 원하는 대답만 해주면 내가 자네의 여생을 평생 책임질게. 평생 쓰고 또 써도 남을 만큼 돈도 많이 주겠어. 어때?"

명주는 여전히 반응을 보이지 않았다. 그러자 반포이선이 유금표에게 또다시 손짓을 보냈다. 고문이 다시 가해졌다.

"악!"

명주가 비명소리와 함께 또다시 기절하고 말았다. 심신이 지칠 대로 지쳐서 더 이상 버틸 힘이 남아 있지 않았다. 축 늘어진 명주의 몸 위로 소름끼칠 정도로 차가운 소금물이 쏟아졌다. 그렇게 몇 번이나 명주는 물을 뒤집어썼다. 그러나 마지막에는 좀체 깨어나지 못했다.

얼마나 시간이 흘렀을까. 서서히 깨어난 명주의 귀에 반포이선의 마지막 한마디가 들려왔다

"……백운관에 있는 것이 확실해. 그곳에 산고재가 있지. 내 작정을 하고 이 잡듯 훑어서라도 찾아내고 말 테다! 이 자식은 아직 죽이지 말고 오 대인한테 보내!"

명주는 이렇게 해서 오배의 집 감옥에 갇히게 됐다. 당연히 고문의 충격은 컸다. 바닥에 쓰러져 손가락 하나 까딱할 기운조차 차리지를 못했다. 눈꺼풀을 힘없이 드리우고 있는 것이 그나마 다행일 정도였다.

명주는 그런 가운데에도 반포이선이 부하에게 한 마지막 말을 여러 번 되뇌었다. 순간 번개처럼 그 무엇인가가 그의 뇌리를 빠르게 스치고 지나갔다.

'반포이선이 백운관 어쩌고저쩌고 하지 않았나? 그건 그가 백운관으로 목표를 좁혀갔다는 얘기가 아닌가? 그렇다면 분명 내가 기절한 상태에서 무의식적으로 새로 옮긴 황제의 공부방 장소를 얘기했다는 거야. 세상에! 내가 무슨 죄를 지은 것인가? 죽을 각오로 온갖 고문을 참아내지 않았나? 그런데 막판에 기밀을 누설해 버리다니!'

명주는 스스로 목숨을 끊어버리고 싶을 정도로 자신이 원망스러웠다. 또 어이가 없었다. 만약 일어날 힘만 있었어도 자신의 생각을 실행에 옮겼을지 모를 일이었다.

'이럴 줄 알았으면 진작 혀를 깨물어 버리든가 저 돌기둥에 머리를 처박아 자살을 했어야 했는데.'

자신이 당해봐야 고문의 고통을 아는 법이다. 고문에 못 이겨 자백을 하는 것도 충분히 이해하게 된다는 얘기이다. 하지만 그럼에도 명주의 생각은 극단적으로 치달았다. 눈앞이 캄캄해지면서 자꾸만 죽고 싶은 생각이 들었다. 자신이 기절한 상태에서 발설한 기밀이 천자의 생명, 나아가 대청제국의 운명에 치명타를 입힐 수 있다는 생각이 그를 괴롭게 했다.

기력이 떨어지더니 또다시 환각상태가 찾아왔다. 순간 명주는 경멸에 찬 오차우의 독기어린 눈빛을 보았다. 뿐만 아니라 강희, 소마라고, 위동정이 차갑게 웃으면서 한 발자국씩 자신을 향해 옥죄어오는 환영에도 사로잡혔다. 그는 본능적으로 몸을 뒤로 젖혔다.

얼마 후 명주는 고통스레 신음소리를 내뱉으면서 스르르 눈을 감았다. 두 줄기 눈물이 양 볼을 타고 흘러내렸다. 평소에 코 맞대고 살면서 정을 나눴던 이들이 자신이 엉겁결에 내뱉은 한마디에 억울한 죽음을 당하게 될 것을 생각하니 도저히 참을 수가 없었다.

그는 오차우와는 달리 미신을 무척이나 잘 믿었다. 그래서 이승에서 지은 죄가 저승까지 이어질 것으로 믿어 의심치 않았다. 그는 그것이 두려웠다.

'나는 저승에 가면 지옥에 떨어질 거야. 그들은 착하고 어진 영혼들이니 좋은 데서 살겠지? 다시 군신의 관계로 만난다면 뭐라고 해명할 것인가? 만약 내가 고문을 받던 도중 기둥에 머리를 박고 죽어버렸다면 그들은 또 어떻게 나를 평가할까? 오차우 형님은 찬바람에 머리칼을 휘날리면서 비장한 시를 읊어 나를 애도하겠지. 또 소마라고는 소리 없이 눈물을 쏟으면서 괴로워하겠지. 사용표 어르신은 반드시 복수하고

야 말겠다면서 칼을 갈 것이 분명해. 청명淸明(24절기의 다섯 번째 절기. 한식寒食이라고도 함)날이 돌아오면 목자후와 넷째는 내 무덤 앞에 꿇어앉아 술잔을 부어주겠지? 노새와 하계주는 진짜 영웅을 몰라봤다면서 개탄을 할 것이고. 취고는 죽어도 같이 가겠다면서 한사코 울고불고 따라나설 거야. 그렇다면 강희황제는? 폐하는 아마 금전金殿에 앉아 침통한 기분으로 직접 충신을 애도하는 글을 일필휘지해 나를 청나라 역사의 한 장을 장식한 충신으로 추대하겠지? 그런데 지금은 이게 뭐야? 나는 이제 어떡하면 좋아⋯⋯.'

명주가 마치 얼음구멍에 빠진 듯한 오싹함에 사로잡혀 있을 때였다. 갑자기 밖에서 쿵! 하는 소리가 들려왔다. 마치 사람이 넘어지는 소리 같았다. 그러나 이내 조용해졌다.

잠시 후 육중한 철문이 서서히 열리기 시작했다. 철문 틈새로 내다본 밖은 어둠이 짙게 깔려 있었다. 순간 사람의 그림자가 언뜻 비치는 듯했다. 그러더니 누군가의 목소리가 나지막하게 들려왔다.

"걸을 수 있겠소?"

명주는 그가 자신을 구해주러 온 사람일 것이라는 사실을 직감으로 알아차렸다. 순간 뜨거운 그 무엇이 목구멍으로부터 솟구쳐 올랐다. 그가 숨이 턱턱 막혀오는 듯한 긴장을 억누르면서 간신히 입을 열었다.

"힘들 것 같소. 그런데⋯⋯ 당신은⋯⋯ 누구요?"

"그건 알 것 없소."

이어 그가 다급히 말했다.

"내가 업고 가겠소!"

명주는 처음과는 달리 몇 마디 주고받는 사이에 목소리의 주인공이 유화라는 사실을 알아챘다. 그가 설움과 감동이 동시에 벅차오르는지 울먹였다.

"유 형, 어쩌자고 이런 곳에 나타난 거요?"

유화가 물먹은 솜처럼 축 늘어진 명주를 들쳐 업으면서 주의를 줬다.

"허튼소리 말고 입 다물고 있어요. 어서 빨리 이곳을 떠나야 하오!"

"안 되오!"

명주가 단호하게 거부했다. 순간 그의 눈동자가 어둠 속에서 섬뜩한 빛을 발했다.

"나 같은 무거운 짐짝은 내버려두고 유형이나 어서 떠나시오. 빨리 가서 위 군문에게 백운관에서 떠나라고 전해주시오!"

명주가 간절한 눈빛으로 유화의 손을 덥석 잡았다. 두 손이 심하게 떨리고 있었다. 그가 턱을 덜덜 떨면서 다시 말을 이었다.

"수많은 사람의 생명과 직결된 아주 중요한 일이니, 제발 부탁하오!"

유화도 백운관이라는 말을 듣자 나름대로 짚이는 것이 있는 모양이었다. 흠칫 놀라면서 눈을 크게 떠보였다. 그러나 그는 더 이상 긴 얘기를 나눌 수 없다고 생각했는지 바로 명주를 업은 채 밖으로 뛰쳐나갔다. 하지만 몇 발자국도 떼기 전에 그만 순찰을 돌던 야경꾼과 맞닥뜨리고 말았다.

야경꾼은 유화를 발견하자 마치 불에라도 덴 듯 들고 있던 초롱불을 땅에 내동댕이치고는 "강도야! 강도야!" 하고 돼지 멱따는 소리를 내질렀다. 이어 오던 길로 도망치기 시작했다. 그가 재차 소리를 지르려던 찰나였다. 잽싸게 뒤쫓아 간 유화가 허리춤에서 칼을 빼내 그의 뒷덜미를 향해 힘껏 내리쳤다.

그러나 이미 때는 늦었다. 항상 초긴장 상태에 있던 오배의 진영은 야경꾼의 외마디 소리에 이내 경계태세에 돌입해 있었다. 특히 두 번째 문에서 경비를 서고 있던 왜호의 대응이 빨랐다. 손가락을 입에 넣더니 휘파람을 불어서 주변에 신호를 보냈다. 그러자 엄선된 수십 명의 병사들이 벌떼처럼 우르르 달려왔다. 왜호가 큰 칼을 휘두르면서 소리를 질렀다.

"우왕좌왕 하지 말고 침착해야 해! 도둑은 아직 정원을 벗어나지 못했어!"

왜호가 말을 마치기 무섭게 바로 40여 명의 병사들을 풀어 담 밖을 지키도록 했다. 도주로를 완벽하게 차단하려는 것이었다. 이어 열 몇 명의 병사들을 이끌고 횃불을 들고 다니면서 정원 안에서 대대적인 수색을 펼치기 시작했다. 오배 역시 사건이 터졌다는 얘기를 전해들은 터였다. 재빨리 달려 나와서는 의자를 정원 입구에 놓고 앉은 채로 지켜보고 있었다.

명주는 완전히 독 안에 든 쥐가 됐다고 생각했다. 다 살려고 하다가는 모두가 죽을 수 있는 상황이었다. 비장한 결단을 내려야 했다. 그가 급기야 유화의 등에 업힌 채 귓가에 대고 다급하게 말했다.

"제발 나를 죽여주시오. 그런 다음 오배에게는 내가 도망가는 걸 붙잡아 죽였다고 하시오. 나…… 나는…… 유 형을 절대 원망하지 않을 거요."

하지만 유화는 들은 척도 하지 않은 채 명주를 업고 여기저기 뛰어다니며 도주로를 찾았다. 그의 몸은 땀으로 완전히 범벅이 돼 있었다. 그러나 어디나 할 것 없이 횃불은 타오르고 있었다. 또 포위망은 점점 좁혀지고 있었다. 그러자 당황한 명주가 축 늘어진 목소리로 띄엄띄엄 말했다.

"나를 살리는 것보다 위 대인에게 소식을 전하는 것이…… 백배 더 중요하오. ……폐하의 생명이 달린 문제요. 유 형, 어서 나를 내려놓고 가시오!"

유화는 명주가 아무리 간절하게 호소해도 여전히 그를 내려놓으려고 하지 않았다. 그러자 명주가 궁여지책으로 유화의 어깨를 깨물면서 울먹였다.

"유 형, 나보고 지금 만고의 죄인이 되라는 거요? 혼자서 빨리 달려가 황제의 생명을 구하는 것이 나를 진정으로 살려주는 거요. 만약 그렇게 하다가 유 형도 붙잡힐 위기에 직면하게 되면 일단 크게 '백운관!' 하고 소리를 지르시오. 그러면 주위의 누군가가 알아듣고 전해줄지도 모르오. 명심하시오, 유 형!"

명주는 극도의 긴장과 쇠잔한 기력 탓에 졸도 직전의 상황으로 빠져들고 있었다. 그럼에도 겨우 당부의 말을 마쳤다. 그리고는 이내 혼절하고 말았다.

포위망은 시시각각 좁혀지고 있었다. 게다가 명주까지 기절해 버렸다. 유화는 대책이 서지 않았다. 어떻게 해야 할지 몰라 잠깐 망설였다. 그러는 사이 횃불은 이미 코앞에서 날름거리고 있었다. 정원 담장 위에는 수십 개의 등불이 일제히 켜졌다. 주변이 마치 대낮처럼 환했다. 병사들은 나오라고 고함을 지르지도 않았다.

그러나 오히려 그게 더 무서웠다. 조용히 긴 창과 검을 들고 풀숲을 헤치면서 눈에 쌍심지들을 켠 채 한 발자국 한 발자국씩 다가오고 있었던 것이다.

바로 그때였다. 갑자기 등 뒤에서 누군가의 우렁찬 목소리가 들려왔다.

"유화, 바로 자네였구먼! 도대체 어떻게 된 일이야?"

유화가 모든 것을 각오한 듯 두 팔로 들어 올렸던 명주를 천천히 내려놓았다. 이어 땅바닥에 떨어진 자신의 칼을 주워들더니 가산의 바위 틈 사이에 집어넣었다. 칼은 바로 두 동강이 났다. 그가 말했다.

"왜호! 나는 너의 성격을 잘 알아. 놀란 척하지 말고 어서 오배 대인한테 나를 제물로 갖다 바치기나 하지 그래! 나는 더 이상 할 말이 없어."

유화는 위기에 처한 사람답지 않게 여유가 있었다. 그 기세에 왜호와 다른 병사들은 오히려 기가 죽었다. 왜호 역시 유화가 먼저 칼을 부러뜨리자 바로 전의를 가라앉혔다. 자신의 칼을 도로 칼집에 집어넣으면서 두 손을 맞잡은 채 예를 표했다.

"과연 진정한 사내대장부네! 여기에서 이럴 것이 아니라 오배 대인한테 가서 자초지종을 잘 말씀드리게!"

왜호가 뒤로 고개를 돌리면서 부하들을 향해 고래고래 소리를 질렀다.

"뭣들 하는가! 빨리 우리 유 어른을 잘 모시지 않고!"

왜호의 말에 몇 명의 병사들이 우르르 달려들었다. 그러더니 순식간에 유화를 결박하고는 거칠게 등을 떠밀었다.

오배의 집은 내부의 도둑이 잡혔다는 말에 그야말로 발칵 뒤집혔다. 삽시간에 집안 하인들이 구름처럼 모여들었다. 학수당 안팎에는 수십 개는 족히 될 팔뚝만한 굵은 촛불들이 타오르고 있었다.

오배는 커다란 의자에 반쯤 기대고 앉아 있었다. 그러다 왜호가 유화를 앞세우고 들어서자 호랑이처럼 이글거리는 두 눈으로 그를 뚫어져라 노려봤다.

그러나 최악의 경우를 각오한 유화는 당당했다. 오히려 머리를 뻣뻣하게 쳐든 채 오배의 시선을 정면으로 맞받았다. 오배가 그러는 유화의 모습을 말없이 지켜보다 천천히 입을 열었다.

"정원에 가끔 귀신이 출몰한다고 하던데, 알고 보니 자네였구먼! 유화라고 했던가?"

오배는 유화의 이름을 뻔히 알면서도 능청을 부렸다. 유화가 그런 오배를 경멸하듯 입술 끝을 한껏 치켜 올리면서 비웃고는 이내 고개를 돌렸다.

왜호가 너무나도 건방진 유화의 모습을 못마땅하게 노려보더니 갑자기 그를 향해 달려들었다. 이어 대뜸 귀싸대기를 세차게 올려붙였다. 유화의 입가에서는 바로 선지처럼 검붉은 피가 흘러내렸다.

"주인어르신께서 물으시잖아. 너, 벙어리야?"

유화가 한입 가득 물고 있던 피를 왜호의 얼굴에 확 뱉었다. 이왕 죽일 거면 빨리 죽여 달라는 자세였다. 그런 다음 그가 왜호에게 물었다.

"저 사람이 어떻게 나 유화의 주인인가?"

유화는 완전히 삶을 포기한 것이 분명했다. 그렇지 않고서야 감히 오배 앞에서 그런 말을 할 수는 없었다. 순간 좌중은 찬물을 끼얹은 듯 조용해졌다. 몰려 있던 백여 명의 사람들은 너무나 놀란 나머지 숨조차 제대로 쉬지 못했다.

그러나 유화는 달랐다. 그가 가소롭다는 듯이 싱긋 웃어 보이더니 천천히 말을 이었다.

"폐하께서 나를 조정의 육품 교위校尉(무관의 품계)로 임명하셨어. 그뿐만이 아니야. 폐하만이 나를 부릴 수 있는 분이지. 그런데 내가 왜 이 사람의 종이라는 말인가!"

유화는 흥분한 듯했다. 그가 계속 말을 이어가려고 했다. 그런데 갑자기 픽! 하는 소리가 들렸다. 동시에 또다시 주먹이 날아들더니 유화의 얼굴을 후려갈겼다. 이번에도 역시 왜호였다.

"왜호!"

순간 오배가 왜호를 제지했다.

"그만 하고 물러나!"

왜호는 주먹을 휘둘렀음에도 분이 풀리지 않는 모양이었다. 오배에 의해 제지당해 물러나면서도 유화를 향해 어디 두고 보자는 듯 손가락질을 했다. 이어 허리께까지 오는 머리채를 짧고 굵은 목에 휙! 소리가 나도록 감으면서 뒤로 한 발 물러섰다.

오배는 조금 전 왜호에게 화를 낸 사람 같지가 않았다. 마치 아무 일도 없었던 것처럼 껄껄 너털웃음을 터트리면서 자리에서 일어나 유화에게 다가왔다.

"유화, 내가 자네에게 면죄부를 주지 않을 거라는 사실은 모르지 않을 거야. 하지만 자네가 이런 의리의 사나이인 줄은 정말 몰랐어. 정말 놀라워. 누구의 지시를 받았는지 그것만 말한다면 절대 너의 죄를 묻지 않겠어. 뿐만 아니라 사품으로 진급시켜줄 용의도 있어. 어떤가?"

유화가 가소롭다는 듯이 "흥!" 하고 코웃음을 쳤다. 그러더니 고개를 휙 돌려버렸다. 오배는 유화의 그런 태도에는 개의치 않고 또다시 심문을 이어갔다.

"만약 비밀을 누설했다가 그쪽이 가할 보복이 신경 쓰인다면 걱정하지 않아도 돼. 내가 돈을 두둑하게 주겠어. 그 돈으로 무릉도원처럼 천하절경을 자랑하는 명승지에 가서 도연명陶淵明처럼 여유롭게 살아가라고. 그것도 나쁘지는 않잖아?"

하지만 유화는 오배의 회유에 넘어가지 않았다. "퉤! 퉤!" 하면서 연신 땅바닥에 침을 내뱉을 뿐이었다.

"누가 지시해서가 아니오. 오 대인께서 멋쟁이 선비를 잡아다 정원에 가둬두고 있다고 해서 구경 갔을 뿐이오."

"그래? 보고 나니 어떤가?"

오배의 표정이 서서히 굳어졌다.

"무슨 특별할 것도 없는 보통사람이었소."

유화가 일부러 목소리를 크게 높였다.

"명주라고 하는 황제의 시위였소. 백운관에서 일하는 사람이었소!"

유화의 말에 학수당은 바로 술렁거리기 시작했다. 그럴 수밖에 없었다. 유화는 누군가에 의해 밖으로 소문이 새어 나가도록 의도적으로 그렇게 큰 소리로 말한 것이었다. 오배는 끓어오르는 분노를 가까스로 참았다.

"그렇게 소리를 질러? 그래 어디 마음껏 한번 질러 봐라! 목구멍이 터지고 학수당이 무너진다고 한들 백운관에까지 들리는지!"

화가 단단히 난 오배가 이를 악물면서 외쳤다. 이어 고개를 돌려 왜호에게 명령했다.

"지금부터 스물네 시간 동안 특별 경계령을 내려. 내 허락이 없이는 누구도 집 밖으로 나갈 수 없어. 무시하고 나가는 자는 가차 없이 죽여도 돼!"

"흥, 뛰는 놈 위에 나는 놈 있다는 진리도 모르시나?"

유화가 입을 비죽거리면서 비아냥거렸다. 오배는 더 이상 못 참겠다는 듯 그에게 가까이 다가가더니 옆구리를 툭 쳤다.

유화는 순간 온몸의 감각을 다 잃어버린 것 같은 충격을 받았다. 동시에 숨이 턱턱 막힐 정도의 심한 가려움증을 느꼈다. 순간적으로 그의 얼굴이 고통으로 일그러졌다. 오배가 그런 유화를 뒷짐을 진 채 노려보면서 물었다.

"말해 봐. 우리 집에 사람이 갇혀 있다고 도대체 누가 말해줬어? 이 안에 밀모를 주도한 자가 또 있지? 누구야? 나는 네가 타고날 때부터 가장 중요한 혈穴을 찍어 놓았어. 그래서 지금 네가 이렇게 괴로운 거야. 그러나 이건 아주 약과야. 조금 있으면 살점이 뚝뚝 떨어져 나가고 오장육부가 뒤틀리는 아픔을 느끼게 될 걸? 그때 가서는 아마 죽여 달라고 나에게 간청을 하게 될 거야!"

유화가 온몸이 마비된 상태 그대로 땅바닥에 넘어졌다. 동시에 가쁜

숨을 몰아쉬었다.

"혈을 풀어주시오. 말…… 말을 하면 되잖소."

순간 좌중에 있던 소제와 소증자 등 유화의 친구들 얼굴은 사색이 돼 버렸다. 게걸음을 치면서 슬슬 뒤로 물러났다. 명주에 관한 정보를 유화에게 제공한 사실이 들통날 것 같아 두려웠던 것이다.

그런 사실을 아는지 모르는지 오배가 허리를 굽혀 손바닥으로 유화의 등을 가볍게 두어 번 두드렸다.

"이제는 됐어. 어디 말해봐!"

하지만 유화는 여전히 땅바닥에서 일어날 줄을 몰랐다.

"숨도 못 쉬게 묶어 놓지 않았소. 그러니 어떻게 말하겠소. 기운이 없어 이대로는 말 못하겠소."

오배가 왜호에게 유화를 묶은 포승을 풀어주라는 턱짓을 했다. 왜호가 걱정스러운 듯 물었다.

"대인, 괜찮겠습니까?"

오배는 담담했다. 별로 걱정하지 않는다는 투였다.

"내가 부담스러워 할 정도로 날고 기는 놈은 아니니까 괜찮아! 다시 한 번 까불었다가는 단칼에 보내버릴 수 있어. 어서 풀어줘!"

유화는 결박이 풀리자 천천히 몸을 일으켰다. 이어 성큼성큼 오배에게 다가가더니 의자를 끌어당겨 마주 앉았다. 하지만 입을 열 생각은 하지 않았다. 계속 침묵으로 일관했다. 오배가 다그쳤다.

"왜 또 무슨 문제가 있는가?"

"여러 사람의 목숨이 달린 문제요. 이대로는 긴장해서 말이 안 나오겠소. 송충이는 솔잎을 먹어야 한다는 말이 있소. 술이 있으면 한 잔만 주시오!"

"좋아, 자백을 한다는데 무슨 요구인들 못 들어주겠나!"

오배가 시원스럽게 부하에게 지시했다.

"황제로부터 선물 받은 귀주貴州 모태주茅台酒를 가져오너라!"

이윽고 오배의 명령에 따라 조촐한 술상이 차려졌다. 유화는 부들부들 떨리는 손으로 술대접을 들었다. 이어서 꿀꺽꿀꺽 단숨에 들이켰다. 오배는 유화의 주량에 적잖게 놀랐다. 엄지손가락을 내밀려고 한 것도 바로 그 때문이었다. 그 순간 갑자기 유화가 던진 술대접이 쏜살같이 오배를 향해 날아갔다.

그러나 오배는 진작부터 예상이라도 한 듯했다. 전혀 당황하는 기색 없이 여유롭게 손을 뻗어 다섯 손가락 끝으로 날아오는 대접을 낚아챘다. 그런 다음 순식간에 공중에서 박살을 내버렸다.

그러자 유화가 잽싸게 돌아서더니 소름끼치는 쇳소리를 내면서 가슴께에서 두 뼘 정도 되는 서슬 푸른 비수를 뽑아들었다. 오배에게 달려들겠다는 생각인 듯했다.

좌중의 사람들은 눈 깜짝할 사이에 벌어진 사건에 놀란 나머지 비명을 내지르면서 우왕좌왕했다. 처음에는 태연자약하던 오배도 당황하는 것 같았다. 위기일발의 순간이었다.

그러나 눈에 힘을 준 채 유화의 일거수일투족을 주시하던 왜호는 미리 준비가 돼 있었다. 기다렸다는 듯 손가락 사이에 끼우고 있던 표창을 내던진 것이다.

휘익!

일직선으로 날아간 표창은 유화의 이마 한가운데에 정확하게 꽂혔다. 동시에 유화가 맥없이 칼을 떨어뜨리더니 쿵! 하는 육중한 소리와 함께 쓰러졌다. 이어 몸을 두어 번 비트는가 싶더니 바로 숨을 거두고 말았다.

천하의 오배도 너무나 긴박한 상황이었던 탓에 어지간히 놀란 모양이었다. 얼굴이 창백해진 채 부지런히 손바닥을 마주 비비면서 억지웃

음을 지었다. 그러나 그는 금방 평정심을 되찾았다. 그리고는 싸늘하게
내뱉었다.

"집안도둑의 말로야!"

27장
복수냐, 사랑이냐

취고는 계속 엎치락뒤치락했다. 이런저런 생각에 도저히 잠이 오지 않았던 것이다. 급기야 동녘 하늘이 희뿌옇게 밝아올 때까지 뜬눈으로 밤을 새웠다.

그녀의 아버지 오정훈吳庭訓은 명나라 숭정崇禎황제 3년에 진사進士 시험에 합격한 대단한 사람이었다. 당시 진사 시험을 주관한 시험관은 바로 그 유명한 대학사大學士 홍승주洪承疇였다. 홍승주는 이때까지만 해도 사람이 대범했다. 또 인품도 후덕했다. 때문에 많은 진사들의 존경을 한 몸에 받았다. 오정훈은 진사 시험에 합격한 후 바로 이 홍승주와 가까이 지냈다. 그것만으로도 당시로서는 대단한 가문의 영광이라고 할 수 있었다.

홍승주 역시 유난히 눈에 띄게 똑똑한 오정훈을 무척 좋아했다. 그는 스스로를 틈왕闖王으로 자칭한 농민 출신의 지도자 고영상高迎祥이 반란을 일으키자 병부상서兵部上書 겸 중원과 서남 내륙지방의 군무軍務를 책임지는 총독總督이 됐다. 덕분에 오정훈도 홍승주 밑에서 병부의 일을 맡았다. 두 사람은 이후 지위고하와는 전혀 상관이 없었다. 두터운 우정과 피로 맺은 사제의 정을 돈독히 쌓아가면서 험난한 가시밭길을 어깨를 나란히 한 채 헤치고 나아갔다. 한가한 시간을 이용해서는 넓은 초원에서 말달리기를 하거나 술잔을 기울이면서 밤새는 줄 모르고 시를 읊기도 했다. 옆에서 지켜보는 사람들 중에 누구 하나 부러워하지 않는 사람이 없을 정도였다.

홍승주의 활약 덕분에 고영상의 세력은 얼마 되지 않아 소멸됐다. 이 세력을 바로 이자성李自成이 이어받았다. 그는 잔여 부대를 이끌고 상락商洛(지금의 섬서성陝西省 상락商洛시 일대) 지역으로 숨어들어갔다. 중원지방의 변란이 좀 진정되는가 싶었는데, 그가 다시 재기해 세력을 넓혀나가기 시작한 것이다. 이 무렵 북경에서 홍승주에게 은밀한 조지詔旨가 전해졌다. 최전방에 나가 청나라 군대를 진압하라는 명령이었다. 홍승주는 명령에 따라 최전방으로 향했고, 오정훈 역시 홍승주를 수행해 청나라 군대를 무찌르고 명나라를 위해 목숨을 바친다는 각오로 송산松山에서 피비린내 나는 전투를 벌였다.

그러나 얼마 후에 진압군이 패하고 홍승주는 실종됐다는 소식이 북경으로 날아들었다. 또 화살을 맞고 전사한 총병總兵 여국주余國柱, 포로가 된 이후에도 굴하지 않고 끝끝내 절개를 굳게 지킨 조변교曹變蛟, 왕정신王廷臣, 구민앙丘民仰 등 수많은 장군들의 비보 역시 전해졌다.

취고의 어머니는 소식을 전해 듣고 집에 가만히 앉아 있을 수가 없었다. 결국 갓 돌을 넘긴 딸을 안고 실성한 사람처럼 거리로 나갔다. 그리고는 주위의 사람들을 붙잡고 막무가내로 물었다.

"홍경략이 아직 살아있대요? 아니면……."

취고의 어머니는 남편의 운명이 홍승주의 사활과 직결돼 있다는 사실을 너무나도 잘 알고 있었다. 홍승주가 죽었는데도 자기 남편이 무사하리라는 생각은 해 본 적조차 없었다. 때문에 그녀는 필사적으로 홍승주의 생사를 확인하기 위해 동분서주했다. 그러나 전쟁터에서 일어난 일을 정확히 아는 사람은 거의 없었다.

얼마 후 조정의 정표旌表(공을 세운 이들을 표창함) 칙령과 위로금 명목의 은 300냥이 그녀에게 전달됐다. 그녀의 남편 오정훈이 홍승주와 함께 전사했다는 비보 역시 전해졌다.

그녀는 가슴이 터지는 고통을 삼키면서 어린 딸을 업고 들판에 나가 종이 인형을 태웠다. 깊은 탄식과 함께 짐승의 그것을 연상케 하는 통곡소리가 구슬프게 터져 나왔다. 그녀는 그런 식으로 몇 날을 지새웠다. 그녀가 태운 것은 종이 인형뿐만이 아니었다. 죽은 자의 영혼을 위로할 수 있는 종이로 만든 집, 당시 전사한 병사들을 애도하기 위해 많이 사용했던 종이로 만든 말 역시 같이 태웠다. 홍승주를 위한 것도 함께였다.

하루아침에 남편을 잃은 설움은 이루 다 말할 수가 없었다. 그러나 그녀는 운명에 순종하고 팔자소관을 믿는 여느 현숙한 여인네처럼 곧바로 슬픔과 비애를 툭툭 털고 일어났다. 자신의 남편은 이 나라를 위해 용감무쌍하게 싸우다 목숨까지 바친 열사라는 사실을 위안으로 삼으려 한 것이다. 또 남편의 분신이자 사랑하는 사람이 남긴 유일한 흔적인 딸 취고를 잘 키우리라고 굳게 다짐했다.

숭정황제 역시 제단을 높이 쌓는 등 홍승주의 장례를 성대하게 지내주었다. 그를 기리는 사당도 북경 밖에 으리으리하게 지었다. 또 친필로 제문을 적어 사당 안팎을 장식하기도 했다. 여러 장군들의 투지를 불러일으키고 충신들의 애국심을 한껏 고조시키려는 깊은 뜻과 무관하지 않았다. 취고의 어머니는 숭정황제의 이런 성은에 감지덕지했다. 남편의 빈자리보다는 거의 신격화됐다고 해도 과언이 아닌 홍승주를 따라 전사한 남편에 대한 자부심으로 가슴이 벅차오르기까지 했다. 그녀는 이제 막 방실방실 웃기 시작하는 어린 딸을 가슴에 안으면서 다짐했다.

"아가, 네 아버지는 자랑스러운 이 나라의 영웅이야. 너는 그분의 둘도 없는 딸이고! 이 어미가 아무리 고생스럽더라도 너를 훌륭하게 키울 거야!"

그녀는 아이를 보는 순간 남편에 대한 애절한 그리움에 몸을 떨었다. 커다란 눈물방울이 양 볼로 순식간에 타고 내려왔다. 하지만 그녀는 웃고 있었다.

그러나 현실은 왜 이다지도 냉혹하기만 한 것일까? 나라가 떠들썩할 정도로 추모를 받았던 영웅 홍승주가 멀쩡하게 살아서 돌아온 것이 아닌가! 명나라 조정에서는 뭐라고 공식 발표는 하지 않았다. 그러나 으리으리한 사당은 하루아침에 무너지고 말았다. 여기저기에 붙어있던 제문들 역시 흔적도 없이 사라졌다. 그런가 하면 공들여 만들었던 제단도 파괴되는 횡액에 직면했다. 홍승주 주변에 무슨 불미스런 일이 있었던 것이 분명했다.

어느 폭설이 내리던 날 저녁이었다. 죽었다던 오정훈까지 돌아왔다. 그는 몰골이 말이 아니었다. 얼굴에서는 땟물이 줄줄 흘렀다. 또 머리카락과 한데 엉켜 붙은 턱수염 사이로는 눈이 녹아서 줄줄 흘러내리고 있었다. 순간 취고의 어머니는 너무나 놀란 나머지 안고 있던 취고마저 그만 땅바닥에 떨어뜨리고 말았다.

오정훈은 쓰디쓴 웃음을 지으면서 고이 모셔져 있는 자신의 영정을 말없이 바라보았다. 그러더니 무너지듯 땅바닥에 주저앉았다. 그녀는 실성한 듯한 남편의 모습을 바라봤다. 남편이 살아 돌아온 것에 대한 기뿜이 전혀 솟구치지 않았다. 그녀는 갑자기 오장육부가 뒤집히는 듯한 고통에 싸여 괴성을 지르면서 넋두리를 해대기 시작했다.

"조정에서는 당신을 영웅으로…… 추대하고……. 그런데…… 이게 뭔일이에요. 살아서 돌아오다니! 네? 뭐라고 말씀 좀 해보세요!"

오정훈은 옷자락을 부여잡고 사정없이 흔들어대는 부인의 절규에도 아랑곳하지 않았다. 그저 멍하니 앉아만 있었다. 무서운 침묵과 평온함이었다. 그의 그런 모습은 그녀의 마음을 진정하도록 만들었다. 나중에는 남편이 왜 그러는지에 대한 궁금증까지 생겼다. 그녀가 조용해지자 오정훈이 입을 열었다.

"당신이 나에게 실망한 것은 잘 아오. 그러나 홍경략이 죽지 않았는데 내가 어찌 혼자 죽어서 영웅행세를 하겠소? 어쨌거나 나에게는 그분이 은인이 아니오? 그분을 끝까지 지켜줘야 한다고 생각했소! 물론 우리의 인연은 이미 끝났지만 말이오."

오정훈은 사실 명나라의 운명이 이미 바람 앞의 촛불과 같다는 사실을 너무나 잘 알고 있었다. 하기야 당시 상황을 보고도 그렇게 판단을 하지 못하면 바보라고 할 수 있었다. 우선 상락에서 다시 봉기를 일으킨 이자성이 낙양洛陽을 점령하고 개봉開封을 공략한 다음 대군을 거느리고 서서히 북상하고 있었다. 게다가 송산에서 승리한 만주의 녹영병綠營兵(투항한 명나라 병사들로 편성한 부대로, 부대 깃발을 녹색으로 삼았음)들은 산해관山海關, 고북구古北口, 희봉구喜峰口 일대에 집결해 호시탐탐 중원을 넘보고 있었다.

그랬으니 오정훈이 명明나라가 망하고 청淸나라가 일어서는 것은 시간문제라고 생각한 것은 너무나도 당연했다. 곧 가족을 데리고 북경을 떠나 산동성 제남濟南과 태안泰安을 거쳐 남경에 은거하기에 이르렀다. 다행히 그는 장군 시절에 두둑하게 녹봉을 받은 탓에 어느 정도 저축을 해두고 있었다. 덕분에 경제적 어려움 없이 꽤나 풍족한 생활을 할 수 있었다.

그는 낮이 되면 청량산淸涼山과 석두성石頭城을 거닐었다. 그러면서 사색을 즐겼다. 저녁에는 말을 배우기 시작한 어린 딸에게 글자를 가르쳤다. 친구도 없고 가슴 아픈 추억이 떠오르는 곳도 멀리 하는 생활이었다. 오차우와 명주가 풍씨원에서 찾아낸 시구들은 바로 이런 적막한 시절에 그가 영곡사靈谷寺의 허물어져가는 담벼락에 적었던 글들이었다. 또 그것들은 누군가에 의해 여기저기로 옮겨졌다. 명주와 취고가 이 시의 이런 기구한 곡절까지 어떻게 알았겠는가?

취고는 몸을 움직여 돌아누우면서 과거의 회상으로부터 현실로 돌아왔다. 베개 밑에서 서슬이 퍼렇게 번쩍이는 작은 칼 한 자루를 꺼냈다. 그것은 아버지 오정훈이 순치황제 10년의 어느 날 밤에 건네준 칼이었다. 그녀가 12살 때의 일이었다. 10년도 훨씬 전이었다. 그런데도 모든 것이 마치 어제 일처럼 기억에 생생했다. 아직도 따끈따끈한 아버지의 손에서 전해져오는 온기가 남아있는 것만 같았다. 당시 아버지는 두 손으로 칼을 받쳐든 채 사랑하는 딸에게 넘겨주면서 눈물을 가득 머금었다.

"딸아, 아버지는 자나 깨나 십일 년 전에 받았던 정신적인 수모를 도저히 잊을 수가 없단다. 영웅은 원래 죽음에는 의연해. 그러나 모욕은 참지 못해. 그게 영웅의 본색이야. 너한테 많은 것을 말할 수는 없어. 하지만 하나만은 부디 명심하거라. 아버지는 그때의 원수를 갚지 않고는 하루라도 살 수 없다는 것을 말이다! 내일 내 인생을 송두리째 빼앗아간 그 사람이 남경에 나타난다고 해. 무슨 일이 있더라도 꼭 만나봐야겠어! 지금 아버지는 사랑하는 내 딸한테 마땅히 남겨줄 것이 없어. 그러니 이거라도 갖고 있으면서 아버지를 기억해주려무나!"

오정훈의 말이 끝나자 옆에서 잠자코 듣고만 있던 취고의 어머니가 갑자기 흐느꼈다.

"그 사람은 이제는 청나라를 위해 일하는 사람이에요. 만주족들과 한 통속이라는 말이죠. 더구나 이전보다 훨씬 더 기세가 대단해요. 그러니 무모한 짓 하지 말고 우리 아무 곳으로나 멀리멀리 떠나요. 산속에 들어가 은거하면서 살아도 되잖아요. 당신이 청나라가 싫으면 그만이지 찾아가서 불나방 신세를 자초할 것은 없잖아요. 우리의 선택에 저승에 계신 폐하께서도 손을 들어주실 거예요. 그런데 하필이면……."

"이미 늦었소."

오정훈이 담담한 얼굴로 말을 이었다.

"당신은 전에는 영웅의 아내라는 칭호가 좋아서 내가 살아 돌아온 것에 대해 불만을 표했소. 그런데 이제는 내가 없는 빈자리가 두려운 거요? 편하게 살고 싶다 이거 아니오. 님도 보고 뽕도 따는 일은 절대로 없을 거요!"

오정훈의 단호한 태도에 취고의 어머니는 대성통곡을 했다. 취고 역시 "으앙!" 하고 울음을 터뜨리면서 아버지의 목을 껴안았다.

"아버지! 가지 마세요. 예? 안 가면 안 돼요? 어머니가 이제 막 남동생을 낳았잖아요."

오정훈은 딸의 애절한 눈빛을 외면하면서 눈물을 비 오듯 흘렸다. 이어 깊은 탄식을 내뱉었다.

"그래, 좋다. 너희들을 위해서라면 한 번만 참아보자꾸나!"

오정훈은 의외로 쉽게 포기했다. 순순히 취고의 권유에 따르겠다고 대답했다. 그러더니 다시 계면쩍게 고개를 끄덕였다.

"홍승주가 남경 전투에서 전사한 청나라 병사들을 위한 제사를 성대하게 치른다는 소문을 들었어. 그래서 한번 구경을 가려고 했던 것인데……."

일은 그렇게 끝나는 것 같았다. 그러나 오정훈이 반드시 홍승주를 만나지 않으면 안 되는 운명적인 그 무엇이라도 있었는지 전혀 예기치 않은 일이 벌어졌다.

오정훈이 마음을 돌린 지 사흘째 되던 날 아침이었다. 막 아침상을 물리고 났을 때 밖에서 하인이 들어오면서 아뢰었다.

"김 어르신의 아드님인 김양채金亮采라는 분이 찾아왔습니다!"

"김 어르신이라고?"

오정훈은 누가 찾아왔다는 말에 잠시 어리둥절했다. 남경에 온 후로는 거의 문 밖 출입을 하지 않아 아는 사람이 거의 없었으니 그럴 수밖에 없었다.

"김정희金正希 어르신 말입니다!"

오정훈은 그제야 이마를 툭 쳤다. 바로 의문이 풀렸다.

"그래? 어서 들어오시라고 하게!"

김정희는 오정훈과는 각별한 사이였다. 홍승주 밑에서 같이 일하던 과거에 호형호제하면서 피를 나눈 의형제였다. 모든 것이 다 괜찮지만 성격이 괴팍하고 외골수라는 것이 단점이라면 단점인 사람이었다. 그가 송산 전투에서 전사한 시신들 사이를 비집고 겨우 빠져나와 북경으로 돌아왔을 때 항간에서는 김정희 역시 전사했다는 소문이 파다했다. 그런데 그의 아들이 찾아오다니!

오정훈은 놀랍고 설레는 가슴을 어쩌지 못했다. 급기야 소리 높여 부인을 부르면서 밖으로 뛰쳐나갔다. 서재를 나서자마자 그는 곧 맞은편에서 걸어오는 스무 살 가량의 젊은이와 정면으로 부딪쳤다. 청년은 첫눈에 오정훈을 알아보는 듯했다. 그는 보자마자 통곡을 했다.

"아저씨……."

오정훈은 순간 가슴이 찡했다. 눈에는 눈물도 약간 맺혔다. 그럼에도 황급히 무릎을 꿇으려는 청년을 일으켜 세우는 것은 잊지 않았다.

"조카, 이러지 말게. 어서 일어나게!"

"아저씨께서 우리 아버지를 구해주시지 않으시면 저는 일어나지 않을 겁니다!"

"네 아버지라니?"

오정훈이 깜짝 놀라 외쳤다.

"살아계신다는 얘기야? 어디 계시는가?"

"지금 대리시大理寺(청나라의 대법원에 해당하는 기관. '寺'가 관청을 가리킬 때는 '시'로 읽음)에 갇혀 계세요. 하지만, 하지만 내일이면……."

"그게 무슨 말인가?"

오정훈이 청년의 손을 잡은 채 뚫어지게 쳐다봤다.

"홍승주가 내일 전사한 청나라 병사들을 추모하는 자리에서 아버지를 희생양으로 삼아 자기네들의 의지를 다지려는 모양이에요!"

오정훈은 청년의 말이 믿기지 않았다. 그러나 믿지 않을 수도 없었다. 오정훈은 솟아오르는 분노에 온몸의 털이 곤두섰다. 얼굴도 창백해지고 목소리 역시 떨리고 있었다.

"홍승주 그 인간은 네 아버지와 호형호제하던 막역한 사이였어. 그런데 어떻게 그렇게 몰인정할 수가 있지?"

김정희 역시 오정훈과 마찬가지로 송산전투에서 후퇴하면서 겨우 목숨을 건졌다. 그러나 조정의 보복이 두려워 북경으로 돌아갈 생각을 하지는 못했다. 선택은 오정훈과 비슷했다. 이름과 성을 바꿔 남경으로 조용히 숨어들어 친척집에 기거하고 있었던 것이다. 그러나 남경이 함락되면서 송산 전투에서 청나라의 포로가 된 왕년의 부하 하성덕夏成德에게 붙잡히는 신세가 되고 말았다. 당연히 투옥됐다.

홍승주는 이 무렵 '초무남방총독군무대학사'招撫南方總督軍務大學士의 신분으로 남경에 내려왔다. 그러다 생각지도 않게 김정희가 잡혀 있다는 말을 들었다. 그는 곧 하성덕을 보내 자신과 만나줄 것을 요청했다. 그러나 김정희는 홍승주라는 이름 석 자를 듣는 순간 귀를 세우면서 눈을 스르르 감았다.

"그놈은 전에도 거짓말만 일삼고 다녔어. 강산도 변한다는 십 여 년 동안 어쩌면 달라진 것이 하나도 없이 여전히 그 모양 그 꼴인가! 도둑을 애비라고 부르는 하성덕 네 놈만큼이나 홍승주도 낯짝에 철판을 깔기라도 했다는 말인가?"

하성덕으로서는 빈손으로 돌아갈 수는 없었다. 어떻게든 설득을 해야 했다. 있는 머리 없는 머리를 이리저리 굴려가면서 홍승주를 만날 경우의 좋은 점을 입이 닳도록 늘어놓았다. 그러나 김정희는 끝내 고개를 저었다.

"그 사람처럼 황제의 은혜를 많이 받은 사람도 이 세상에 없을 거야! 좋은 관직이라는 관직은 다 차지했었어. 명나라 개국 이래 그 인간처럼 많은 은혜를 받은 사람은 없다고! 만약 제대로 된 인간이라면 어떻게 자신을 키워준 주인의 발뒤꿈치를 그렇게 사정없이 물어버릴 수가 있다는 말인가!"

설득에 실패한 하성덕이 홍승주를 찾아가 머쓱한 표정으로 김정희의 말을 전했다. 그러자 홍승주가 마치 벌에라도 쏘인 것처럼 뜨끔해 하더니 이내 얼굴에 쓴 웃음을 지어냈다.

"그 영감이 자존심은 여전하구먼. 나를 안 만나는 것이 소원이라면 얼마든지 도와줄 수 있지!"

그 일이 있고 난 후 얼마 지나지 않았을 때였다. 김정희가 곧 제물로 희생된다는 소문이 파다하게 남경 시내에 퍼졌다.

오정훈은 청년의 말에 부끄러움과 분노가 한꺼번에 몰려왔다. 김정희의 충절과 행동에 비하면 자신은 더없이 부끄러워야 정상이었던 것이다. 그는 어려서부터 '군주의 근심은 대신의 치욕이요, 군주의 치욕은 대신의 죽음'이라는 가르침을 배웠다. 또 늘 실천해왔다. 그런데 숭정황제는 매산煤山(지금의 경산景山)에서 자결해 불귀의 객이 된 지 이미 오래이건만 충성을 맹세했던 자신은 무슨 면목으로 여태껏 살아 있다는 말인가? 또 자신이 스승처럼 믿고 따르면서 존경했던 홍승주는 왜 지금과 같은 추악한 몰골로 변신에 변신을 거듭한다는 말인가! 오정훈은 여기에까지 생각이 미치자 갑자기 숨이 가빠오고 온몸의 피가 거꾸로 흐르는 느낌에 사로잡혔다.

그는 바로 김양채를 일으켜 세우고는 손을 꼭 잡았다.

"걱정하지 마라. 이 아저씨가 바로 가 볼게!"

오정훈은 말을 마치자마자 부인과 취고가 기다리고 있는 서재로 들어갔다. 이어 자신이 아끼던 칼을 다시 취고에게 건네주고는 부인에게 당부했다.

"부인은 애들을 데리고 고향에 내려가 농사나 지으면서 사시오. 그곳에 얼마 안 되는 척박한 땅이나마 있소……. 만약 김정희를 구해내지 못하면 나도 돌아오지 못하는 걸로 알고 있으시오. 천만다행으로 구출해낸다면 혹시 몇 년 더 살지는 모르겠지만 말이오……."

오정훈은 비통한 심정으로 말을 마친 다음 뒤도 돌아보지 않고 집을 나섰다.

아버지의 마지막 모습을 회상하는 취고의 얼굴은 이미 눈물범벅이 돼 있었다. 손에 꼭 쥐고 있는 칼자루 위로 뚝뚝 떨어지는 눈물 사이로는 15년 전에 헤어진 남동생과 어머니의 모습도 차례로 떠올랐다. 곧이어 주막에서 잠자다가 쥐도 새도 모르게 죽어간 김양채의 얼굴까지 그녀의 눈에 어른거렸다. 그녀의 눈에서는 이제 눈물 대신 분노의 불길이 피어오르기 시작했다. 그녀는 순간 엊그제 잡혀간 명주를 떠올렸다. 그까지 포함하면 자신의 주변 사람들이 한결같이 불행에 처해 있거나 불행한 종말을 고했다는 사실이 분명히 증명되고 있었다. 그녀의 가슴은 도저히 억누를 수 없는 상심으로 갈가리 찢겨지고 있었다.

그녀는 더 이상 잠을 청할 수 없어 자리에서 벌떡 일어났다. 얼마 후 남장을 하고는 가흥루를 나왔다. 목적지는 사자獅子골목이었다. 호궁산을 찾아가 명주의 구출을 부탁하려는 생각이었다.

오배는 유화의 사건이 발생한 이후 경계를 한층 더 강화했다. 때문에 유화의 친구 소제는 "백운관이 위험하다"는 급보를 전해주기 위해 여러 번 밖으로 나오려고 시도해 봤으나 번번이 실패하고 말았다. 하지만 지성이면 감천이라고, 새벽녘에는 위동정에게 소식을 전할 수가 있었다. 위동정은 소식을 접하자마자 강희가 아침에 산고재로 가겠다고 한 말을 들은 기억을 떠올렸다. 당황하지 않을 수 없었다. 나는 듯이 말을 달려 황궁으로 향했다.

하지만 공교롭게도 가는 날이 장날이었다. 당직이 아닌 날이라 패찰을 지니지 않았던 것이다. 그 바람에 그는 서화문西華門을 지키던 병사에게 발목이 잡히고 말았다. 물론 병사는 위동정을 모르지 않았다. 그가 난감하다는 듯이 뒤통수를 긁적였다.

"위 대인, 잠깐만 기다려 주십시오. 황궁에서는 당연히 위 어른을 모르는 사람이 없습니다. 그러나 얼마 전에 우리 윗사람이 바뀌어서 통행증 없이는 진짜 곤란합니다. 수문장께서 주무시고 계시니 조금 있다가 깨시면 소인이 잘 말해……."

위동정은 다급해졌다. 그답지 않게 갑자기 눈썹을 무섭게 치켜 올리고는 손을 쳐들었다.

퍽!

위동정은 병사의 얼굴에 귀싸대기를 올려붙이고는 바로 욕설을 퍼부었다.

"자식이 뒈지려고 진짜 환장을 했구먼. 어느 떡이 큰지도 모르는 바보 같은 녀석 같으니라고. 썩 물러가지 못해? 잠시 후에 나와서 어디 두고 보자!"

위동정이 거친 욕설을 퍼부으면서 안으로 들어가려던 찰나였다. 대문 옆의 방에서 체구가 큰 키다리가 나타나더니 떡하니 그의 앞을 가로막았다.

"위 대인, 말씀이 좀 지나친 것 같지 않습니까?"

위동정은 어쩐지 목소리가 귀에 익다고 느꼈다. 고개를 돌린 순간 그는 깜짝 놀라 숨을 길게 들이마셨다. 새로 왔다는 수문장은 다름 아닌 위동정의 영원한 숙적인 유금표였던 것이다.

유금표는 오품 시위의 제복을 차려입고 있었다. 그래서일까, 두 손을 허리께에 갖다 대고는 콧김을 연신 내뿜으면서 으스대고 있었다.

"위 대인이 비록 건청궁의 시위이기는 하나 여기는 건청궁이 아닙니다. 규칙을 잘 지켜야 하지 않겠습니까? 미안하지만 어쩔 수 없군요!"

유금표는 말을 마치자마자 뒤를 돌아보면서 부하들을 향해 손을 휙 저었다.

"어서 위 대인을 옆방으로 모셔라!"

"뭐야? 건방지게!"

위동정이 눈을 부라렸다.

"나는 폐하의 특별 지시를 받들고 있기 때문에 어디든지 마음대로 드나들 수 있는 특권이 있단 말이야!"

"나는 그런 말을 들어본 적이 없습니다."

유금표가 속으로 쾌재를 불렀다.

"오늘 무단으로 입궁하려고 했던 죄를 묻지 않으면 앞으로 내가 일을 할 수 없습니다. 미안하게 됐지만 일벌백계一罰百戒를 해야겠습니다. 뭐하고 있어? 어서 끌어내지 않고!"

위동정은 이대로는 안 되겠다고 생각하고 혼쩌검을 내줄 요량으로 허리춤의 칼을 빼내려고 했다. 그러나 허리춤에서는 아무것도 만져지지 않았다! 너무 급히 나오다 보검조차 빠뜨리고 왔던 것이다.

유금표의 지시를 받은 두 명의 병사가 위동정을 덮치려는 찰나였다. 임기응변에는 누구보다 강한 위동정이 기합소리를 내면서 기를 모은 손가락 끝을 두 명의 병사를 향해 펴 보였다. 그러자 둘은 "어이쿠!" 하는 비명소리와 함께 저 먼발치로 날아가 엉덩방아를 찧었다. 위동정이 그 모습을 지켜보면서 껄껄 냉소를 터트렸다.

"꼭 변변찮은 애들을 불러 이렇게까지 해야겠는가?"

"안 그러면 순순히 물러나든지 하십시오!"

유금표는 싸늘하게 내뱉으면서 손짓을 해 문을 지키고 있던 30여 명의 병사들을 한꺼번에 불러들였다. 병사들은 그의 명령에 일제히 칼을 뽑아들었다. 이어 부채꼴 대형을 이뤄 한 발 한 발 목표를 향해 좁혀오기 시작했다.

위동정으로서는 빨리 소식을 전하는 것이 무엇보다 급선무였다. 마냥 시간을 끌어서는 안 될 일이었다. 그런 판단이 서자 바로 한 발 물러나 말 위에 날렵하게 올라타고 빠져나가려고 했다. 그러나 눌모 일행이 어느새 나타났는지 이미 앞을 가로막고 있었다. 위동정이 잠시 머뭇거렸다. 그 사이 눌모가 부하들에게 호통을 쳤다.

"뭣들 하는 거야? 어서 잡아들이지 않고!"

눌모의 호통에 서너 명의 병사들이 굶주린 호랑이처럼 덤벼들더니 위동정의 두 팔을 비틀어 뒤로 꺾었다. 아무리 무예가 뛰어난 사람이라 하더라도 꼼짝없이 당할 수밖에 없는 상황이었다. 눌모가 천천히 다가왔다.

"이거 정말 난감하구만. 명색이 어전시위御前侍衛이니 함부로 어떻게 할 수도 없고 말이야. 하지만 법은 법대로 해야 하니, 말해보시지. 누구의 지시를 받고 이 시간에 제멋대로 황궁에 들이닥쳤는지!"

위동정은 여러 사람에게 짓눌려 몸을 일으킬 수가 없었다. 그러나 여전히 당당했다.

"폐하의 부르심을 받고 폐하를 만나 뵈러 가던 중이오!"

"그래?"

눌모가 고개를 갸우뚱했다. 동시에 섬뜩하고 묘한 웃음을 터뜨렸다. 소름이 끼칠 정도였다.

"당신들이 오배 대인이 가짜 성지를 전했다고 매일 수군거린 것으로 아는데, 보고 배웠구먼! 알았소이다. 조사해보고 올 때까지 기다려!"

그러다 눌모가 이내 목소리를 낮추면서 덧붙였다.

"폐하께서는 오늘 미복 차림으로 백운관을 다녀오기로 했는데? 흥! 폐하의 부르심은 무슨!"

눌모는 몇 마디 중얼거리다 말고 손을 저었다. 그러자 병사들이 결박당한 위동정의 입에 냄새가 풀풀 나는 걸레짝들을 쑤셔 집어넣고는 골방에 가둬버렸다.

"잘 지켜야 해. 내무부에 가서 어떻게 처리해야 하는지 잘 알아보고 올 테니까!"

눌모가 병사들에게 단단히 주의를 준 다음 자리를 떴다. 그러는 사이 날은 어느새 희뿌옇게 밝아오고 있었다.

사실 위동정은 서두를 필요가 없었다. 한발만 늦게 도착했어도 궁 안까지 들어갈 필요도 없이 문 밖에서 강희를 만날 수 있었다. 골방에 갇힌 지 얼마 지나지 않아 강희를 태운 수레가 서화문을 빠져나가는 것이 위동정의 눈에 들어왔던 것이다.

위동정은 다급한 나머지 고함을 질렀다. 그러나 입이 틀어 막힌 터라 아무리 몸부림을 쳐도 허사였다. 목소리는 아예 나오지조차 않았다.

위동정으로서는 두 눈을 뻔히 뜬 채 강희가 위험지대로 향하고 있는 것을 막지 못하는 셈이었다. 그는 입술이 바싹 말라터지는 초조함에 몸을 떨었다. 가슴 속에서는 활화산이 타오르는 것 같은 뜨거운 분노가 그를 괴롭혔다. 한 가지 위안이라면 수레의 휘장을 살짝 걷어낸 채 여기저기 두리번거리면서 무엇인가 살피는 눈치 빠른 소마라고의 모습이 보였다는 사실이었다. 아마도 서화문을 지키고 있는 병사들의 얼굴들이 낯설어 그러는 듯했다.

이때 강희는 마음이 착잡했다. 그저 수레에 앉아 스쳐가는 창밖에 시선을 고정시킨 채 아무 말도 하지 않고 있었다. 수레가 황궁에서 멀어질수록 인적은 드물었다. 겨울이 다가오는 소리가 더욱 가까이 들리는 것도 같았다. 아닌 게 아니라 거리의 여기저기에는 초겨울의 찬바람에 떨어진 나뭇잎들이 이리저리 땅바닥을 뒹굴고 있었다. 약간은 스산한 날씨였다. 하지만 나름대로 운치도 없지 않은 광경이었다. 창밖을 바라보던 소마라고가 나지막하게 한숨을 내쉬었다.

"벌써 겨울이네. 하늘색도 변하고 겨울 냄새가 물씬한 것이 어쩐지 쓸쓸하네요. 그런데 오늘은 너무 일찍 나온 것이 아닐까요? 폐하, 춥지 않으시옵니까?"

"짐은 괜찮아. 밖에서 바람 좀 쐬다가 나중에 산고재로 가자고."

두 사람이 이런저런 대화를 주고받고 있을 때였다. 갑자기 수레가 기우뚱하면서 급정거했다. 강희와 소마라고는 심한 충격에 몸을 앞으로 숙였다. 그러다 차체가 중심을 잡자 그제야 안도의 숨을 내쉬었다.

밖에 있던 장만강이 목이 터져라 소리를 질러댔다.

"뭐하는 놈이야? 죽고 싶어?"

소마라고가 휘장을 약간 들고 밖을 내다봤다. 하인 차림의 남자가 장만강을 향해 잘못했다면서 허리를 굽실거린 채 용서를 비는 모습이 보였다.

"너무 오래 걸어오다 보니 지치고 졸려서 그만 어르신의 수레를 발견하지 못했습니다. 진심으로 사과드립니다. 그런데 저기까지 조금만 태워주실 수 없을까요?"

진짜 염치가 없는 젊은이였다. 소마라고가 화가 났는지 머리를 내밀면서 버럭 화를 냈다.

"정말 못 말리는 사람이군. 보시다시피 여기는 너무 비좁아서 탈 수가없어. 게다가 생전 처음 보는 남자와 같이 타고 갈 수는 없지."

소마라고가 똑 부러지게 못을 박았다. 이어 빠른 어조로 장만강에게 지시를 내렸다.

"뭐하는 거예요? 서두르지 않고! 갈 길이 급하다고요!"

그러자 젊은이가 황급히 두 팔을 벌리면서 수레를 가로막고 나섰다.

"마님, 자리가 비좁은 줄은 압니다. 그러나 불쌍히 여기시고 한 번만 태워주세요, 네?"

그는 대담했다. 계속 소마라고를 바라보면서 가당치도 않은 떼를 썼다.

"남자라서 태워주지 못하신다는 말이 이상하네요. 그러면 옆에 앉아계시는 분은 남자분이 아닌가요?"

소마라고는 젊은이의 버릇없는 말과 무례한 행동에 화가 치솟았다. 또 그의 말이 틀린 말은 아니었기 때문에 약간 쑥스럽기도 했다. 강희 역시 그런 생각을 했다. 나중에는 정말 재미있는 사람이라는 듯 소마라고 쪽으로 몸을 가까이 옮기면서 창 너머로 그를 내다봤다. 그는 순간 흠 칫 놀랐다. 어디선가 많이 본 듯한 얼굴이라는 생각이 든 것이다. 그러 나 딱히 떠오르는 이름은 없었다.

강희 일행은 그에 아랑곳하지 않고 다시금 떠나려고 했다. 그러자 당 황한 젊은이가 진짜 급한 일이 있어 백운관으로 간다면서 또다시 간절 하게 태워달라는 부탁을 했다.

28장
위기일발

　사실 수레를 가로막은 채 엉뚱한 떼를 썼던 이 정체불명의 남자는 다름 아닌 취고였다. 강희도 그녀와는 안면이 있었다. 몇 년 전 열붕점에서 한 번 만난 적이 있었다. 그러나 강희로서는 당시 노래 뿐만 아니라 말도 조리 있게 잘 하던 그 여자가 바로 눈앞의 사내일 것이라는 생각은 할 수조차 없었다. 그러나 취고는 명주를 통해 이 용공자가 얼마나 대단한 귀인인지 익히 들어 알고 있었다. 그 이후에도 가끔 먼발치에서나마 그를 본 적이 있었다. 그래서 취고는 강희가 머리를 내밀자마자 금방 그를 알아볼 수 있었다.

　원래 그녀는 이보다 앞서 호궁산을 찾아갔었다. 마침 호궁산은 외출 중이었다. 할 수 없이 서재에서 기다렸다. 호궁산은 딸린 가족이 없었다. 그저 태의원 부근에 자그마한 집을 구해 네댓 명의 하인들과 함께 살고 있을 뿐이었다. 취고는 그 집을 부지런히 들락거렸다. 그 탓에 하인들은 그녀에게 차츰 안주인 대접을 하기 시작했다. 나중에는 한집안 식구처럼 편안하게 대했다.

그녀는 등잔불 앞에 앉아 한동안 생각에 잠겼다. 그동안 그녀가 겪은 모든 것이 꿈처럼 스쳐지나갔다. 솔직히 말해 과거가 됐든 어쨌든 그녀는 뼈대 있는 가문의 귀한 딸이었다. 그런 그녀가 도사 출신인 호궁산과 의남매를 맺었다는 사실은 아무리 좋게 봐도 문제가 있었다. 그녀가 가끔 수치심 비슷한 감정을 느낀 것은 다 이유가 있었다. 더구나 그녀는 아버지의 원수를 갚기 위해 그와 의남매를 맺었지 사사로이 좋아하는 감정은 없었다.

하지만 호궁산은 그렇지 않았다. 구애에 거의 몸이 달 지경이었다. 시간이 갈수록 더했다. 취고는 이를 견디다 못해 급기야 고향을 떠나지 않으면 안 됐다. 홀몸으로 북경으로 숨어든 그녀는 그러나 마땅히 생계를 꾸려갈 대책이 없었다. 어쩔 수 없이 청루青樓(봉건 시대의 유흥업소)인 가홍루에 들어와 취객들의 술시중을 들게 됐다. 물론 그녀는 가홍루에 있으면서 지체 높은 사람들을 많이 사귀면 홍승주를 찾아 아버지의 복수를 하는데 도움이 될까 기대했다. 그런데 끈질기기 이를 데 없는 호궁산은 북경까지 쫓아왔다. 문제는 그가 취고에 폭 빠진 것만이 아니었다. 그녀와 함께 '복명'復明에 일조하겠다던 의지마저 날로 약해진 것이 더 큰 문제라고 할 수 있었다. 취고는 그의 그런 나약함이 너무 싫었다.

호궁산은 취고가 그러거나 말거나 전혀 신경을 쓰지 않았다. 강희를 만난 그날 이후 마치 정신이 나간 사람처럼 끊임없이 입속으로 뭔가를 중얼거리기까지 했다. 어느 날 취고가 그에게 넌지시 물었다.

"왜 그래요?"

호궁산은 취고의 말에 뜻 모를 소리를 토했다.

"그 별 볼 일 없는 오삼계에 비하면 이 사람이 백배 났지!"

"이 사람이라뇨? 그게 누군데요?"

거두절미한 호궁산의 말에 취고가 머리를 갸우뚱했다.

"응…… 그게 말이야, 취고……."

호궁산은 의자에 비스듬히 기대어 앉았다. 그러면서 눈을 살짝 감고 사색에 잠기더니 천천히 입을 열었다.

"사실은 나 오늘 황제를 만났거든."

"피! 완전히 돌았군요. 당최 말이 되는 소리를 해야죠."

"내가《마의》麻衣나《유장》柳莊과 같은 관상책을 수도 없이 많이 읽었잖아."

호궁산은 취고의 비아냥에는 전혀 개의치 않고 말을 이었다.

"내가 지난 번 오삼계의 관상을 봐줄 때는 점괘와는 상관없이 좋은 말들만 골라서 했어. 오삼계의 귀를 대단히 즐겁게 해줬었지. 하지만 이 어린 황제는 내가 보기에는 진짜 크게 될 사람이야. 기품이 철철 흘러넘쳐. 애초부터 태어나기를 용의 기질을 가지고 태어난 것 같아. 누가 뭐라고 해도 제왕의 재목이더군. 그런데 한 가지 이상한 것이 있어. 그의 탁자머리에는 상주문 더미 대신에《춘추》春秋를 비롯해《전국책》戰國策이니《사기》史記같은 책들만 수북하게 쌓여 있는 거 있지."

호궁산은 그날 강희와의 대화에서 오고 갔던 말들을 기억나는 대로 들려줬다.

취고는 침묵에 잠겼다. 아직도 청나라에 대한 강한 반감에 사로잡혀 있는 자신에게 청나라 황제를 높이 치켜세운다는 것은 사실 말도 안되는 일이었다. 하지만 그래도 현실은 현실이었다. 인정하는 수밖에 없었다.

한참을 기다려도 호궁산은 집으로 돌아오지 않았다. 그녀는 자신도 모르게 긴 한숨을 내쉬면서 자조적인 말을 내뱉었다.

"아버지, 아버지의 딸은 왜 이다지도 운명이 기구한가요?"

그녀가 들릴 듯 말 듯 중얼거리고는 책꽂이에서 손에 잡히는 대로 아무 책이나 한 권 뽑아들었다. 한나라 말기 때의 의원인 장중경張仲景의 《상한잡병론》傷寒雜病論이라는 의학서였다.

제목부터가 무척이나 어려운 의서 같았다. 심심풀이 삼아 읽기에는 부담스러웠다. 그녀가 그 책을 도로 제자리에 꽂아 넣으려는 순간 책갈피 속에서 종이 한 장이 툭! 하고 떨어졌다. 정면에는 아버지인 오정훈이 지어 이미 널리 알려진 시들이 적혀 있었다. 또 뒷면에는 호궁산이 빽빽하게 긁적인 시들이 눈에 띄었다.

"피!"

취고는 비웃는 듯한 웃음을 흘렸다. 그러나 호기심에 읽어볼 생각은 없지 않았다. 그녀는 종이를 들고 촛불 밑으로 가서 시들을 읽어 내려갔다. 얼마 후 그녀는 놀라움을 금치 못했다. 자신이 세상에서 가장 못생겼다고 생각해 온 남자가 가슴속에 자신에 대한 너무나도 아름다운 사랑의 꽃을 가꾸고 있었던 것이다. 그녀는 여태까지 호궁산을 치마만 둘렀다 하면 그냥 침을 석 자나 흘리고 다니는 그런 부류의 남자들과 똑같다고 생각했었으니 그럴 만도 했다. 그녀는 순간 콧마루가 찡해졌다. 바로 그때였다.

"내 올 줄 알았지! 안 왔으면 찾으러 가려고 했는데."

호궁산이 소란스런 말소리와 함께 그녀의 등 뒤에서 성큼 들어섰다. 순간 취고는 일부러 눈을 흘기면서 애교를 떨었다.

"이제는 시인이 다 됐네요. 정말 감동해서 눈물 콧물이 마구 나오는 거 있죠!"

호궁산은 그러나 여느 때와는 달랐다. 쓴웃음을 지으면서 자리에 앉더니 진지하게 말했다.

"지금 농담할 때가 아니야. 그거 알고 있어? 내일 황제가 비명에 갈지도 몰라!"

호궁산은 누구라도 들으면 기절초풍할 소식을 담담한 어조로 말했다. 취고는 순간 등골이 오싹해지면서 뭐라고 형언할 수 없는 감정에 사로잡혔다.

"오배가 명주를 붙잡아 가서 자백을 받아냈나 봐. 오차우 선생이 백운관 산고재에서 강희에게 강의를 한다는 사실을 알아내고는 내일 백운관을 덮칠 거라고 했다고."

"오빠는 그렇게 중요한 기밀을 무슨 재주로 알아낸 거예요?"

취고가 다시 한 번 깜짝 놀라면서 물었다.

"지금 오배의 집에서 오는 길이야. 위동정과 형제처럼 절친하던 유화가 죽었어. 명주는 아직도 갇혀 있다고 해……. 큰일 났군. 소식을 전해줄 사람이 없으니 말이야. 갑자기 대책이 안 서네!"

"대책이 안 설 것이 뭐가 있어요?"

취고가 생각할 필요도 없다는 듯이 덧붙였다.

"오차우 선생에게 빨리 자리를 피하라고 귀띔해주면 되죠. 그런 다음 빨리 명주를 구출해내야 하고. 그런 다음에 나는…… 오빠한테 시집을 가면 되고요!"

호궁산은 깊게 패인 세모눈에 눈물인지 불빛인지를 반짝였다. 그러면서 한동안 말을 잇지 못했다. 취고의 입에서 진위를 가리기 어려운 말이기는 했어도 자신에게 시집을 오겠다는 말이 나온 것이 이번이 처음이었기 때문이다.

호궁산은 한참 후에야 천천히 몸을 일으켜 취고에게 다가갔다. 이어 그녀의 어깨를 가볍게 두어 번 두드리더니 계면쩍은 듯 고개를 돌리면서 말했다.

"오차우 선생도 구해내고 명주도 구해내야 하지만 황제도 꼭 구해내야 해! 이 일을 성공리에 끝내고 나면 나는 바로 아미산峨嵋山으로 들어갈 거야."

호궁산이 강희를 구해야겠다는 의지를 분명히 밝혔다. 취고의 생각과는 다소 거리가 있는 말이었다. 그러나 그녀는 이번에는 그의 말에 반박하지 않았다. 만약 그가 과거처럼 투철한 '반청복명'의 의지를 지니고 있는 그녀에게 그런 말을 했다면 아마도 그녀는 호궁산을 영영 보지 않으려 했을 것이다. 하지만 이제는 달라졌다. 그녀가 어려서부터 아버지한테서 받아온 세뇌교육이 점차 퇴색해가고 있었던 것이다. 물론 그녀는 만주 오랑캐의 후예가 한족 소유의 모든 것을 꿰차고 있는 것에 대해 여전히 심한 적개심을 품고 있기는 했다. 하지만 그렇다고 명나라에 대한 감정도 좋다고 하기 어려웠다. 조금 심하게 말하면 애착은커녕 진절머리가 날 정도였다. 지조 없이 변절한 홍승주나 맥없이 청나라에 잡아먹힌 명나라를 생각하면 당연히 그랬다.

그녀는 어떤 때는 자신이 이것도 저것도 아니라는 생각을 했다. 그래서 중간에 붕 떠있는 듯한 외로움을 느꼈다. 그러다 2년 전 처음으로 용공자로 신분을 숨긴 강희를 만나면서 생각이 조금 달라졌다. 강희는 분명 오랑캐의 후예였다. 그러나 호궁산이나 명주와 차림새만 다를 뿐 크게 차이가 나는 것이 없었다. 아니 검은 머리카락에 검은 눈동자, 황색 피부 등은 모두 다 똑같았다. 그녀는 그런 사실을 당시 처음으로 가슴 뭉클하게 느낀 바 있었다.

게다가 강희는 어린 나이에도 남들보다 몇 갑절 더 비상한 지혜와 기품을 지니고 있었다. 어디 그뿐인가. 자신이 사랑하는 명주, 자신을 좋아해서 따라다니는 호궁산 두 남자도 하나같이 강희에게 푹 빠져 있었다. 취고는 이런 현실 앞에서 가끔씩 혼란을 느끼고는 했다.

그런데 자신도 호감을 적지 않게 갖고 있는 그 멋진 소년이 내일이면 이 세상에서 사라진다니! 순간 취고는 가슴이 심하게 뛰고 얼굴이 발그레 상기되었다. 중대한 기로에 놓여 있다는 긴장감이 차올랐다.

그녀는 이 시각 과거의 반청복명 신념대로라면 박수를 쳐야 했다. 환호성을 질러야 마땅했다. 하지만 그녀는 환호성은커녕 마음 한구석이 아려오는 느낌을 가슴 저 밑바닥에서부터 실감했다. 그녀가 한참 후에야 더듬거리듯 입을 열었다.

"밤을 이용해 자금성으로 잠입을 해서 소식을 전하면 되잖아요?"

"그건 불가능한 일이야."

호궁산이 고개를 저었다.

"경비가 얼마나 삼엄하다고. 폐하의 성지가 없으면 이 시간에는 날개를 달지 않은 한 그 누구도 그곳으로 들어갈 수가 없어."

호궁산이 말을 마치자 자리에서 일어서면서 단호한 어투로 취고에게 말했다.

"내일 취고 네가 백운관으로 가는 길목을 지키고 서 있어. 그러다가 황제 일행을 막고 나서도록 해. 그 사이 내가 산고재에 가서 눈치껏 어떻게 해보도록 할게."

강희는 난데없이 나타나 백운관으로 가는 길이라면서 꼭 태워줄 것을 간청하는 젊은이를 더는 어쩔 수 없다고 생각했다. 바로 장만강에게 수레를 한쪽으로 대라고 명령하고는 땅으로 뛰어내렸다. 소마라고 역시 걱정스레 따라 내린 다음 강희의 뒤에 조용히 섰다.

취고의 눈에 비친 강희는 평상복 차림에 몸이 약간 마른 소년이었다. 2년 전 열봉점에서 만났을 때와 별반 다를 바가 없었다. 그녀는 강희에게 반색을 하면서 앞으로 다가가 조심스럽기는 하나 큰 소리로 불렀다. 어조에서는 흥분을 감추지 못하는 느낌이 역력히 묻어났다.

"용공자! 용공자 맞죠?"

'용공자'라는 호칭은 강희가 오차우와 만날 때만 사용했다. 길에서 우연히 만난 사람의 입에서 들을 수는 없는 이름이었다. 강희는 그녀가 오차우를 시중드는 하인인 줄 알았다. 강희가 물었다.

"어쩐지 얼굴이 낯설지가 않다고 했어. 이제 보니 색액도 대인 댁에서 일하는 사람인가 보군!"

'색액도 대인 댁에는 하인만 해도 삼사백여 명에 이르지······.'

취고는 속으로 웃었다. 내친 김에 아예 색액도의 하인으로 자처하고 나서는 것도 나쁘지는 않다고 생각했다.

"색액도 대인 댁의 하인은 한두 명이 아닙니다. 그런데도 절 기억하고 계시네요? 사실 오늘은 색 대인의 지시를 받고 오차우 선생님에게 편지를 전해주기 위해 가던 길입니다. 너무나 지쳐서 닥치는 대로 수레를 세웠죠. 여기에서 어르신을 만나 뵙다니, 정말 반갑네요!"

"그래? 색액도 대인 댁에 말 한 필조차 없을 리가 만무한데, 어째서 백운관까지 걸어간다는 거지?"

"그럴 일이 있어요."

취고는 순간 당황했다. 말을 길게 했다가는 들통이 날 것 같다는 생각이 들었다. 그녀는 일부러 쌀쌀맞게 대하면서 태도를 바꿨다.

"대인께서 그래도 못 태워주시겠다면 이 편지를 오차우 선생님에게 전해주실 수는 있겠죠?"

취고가 편지봉투를 두 손에 받쳐 내밀었다.

강희는 언행이 거칠고 무례한 취고의 행동거지에 약간 거부반응을 느끼고 있던 차였다. 막 화를 내려던 참이었다. 그러나 투명하게 들여다보이는 글자들에 눈길이 박히면서 순간적으로 무서운 표정을 거둬들였다. 그가 황급히 종이를 펴봤다.

가는 길이 험하고 자고새가 슬피 우네. 가는 길을 즉각 멈추도록 하시오.

강희는 어안이 벙벙해졌다. 급히 입을 열어 자세히 물어보려고 했다. 순간 취고가 절을 하면서 말했다.

"그러면 이만!"

말을 마친 취고는 곧바로 돌아섰다.

강희는 목자후와 함께 사용표로부터 몇 가지 무예를 익힌 바 있었다. 단숨에 취고를 쫓아가 뒷덜미를 잡아채는 것은 일도 아니었다. 생기기는 멀쩡하게 잘 생긴 젊은이가 말끝마다 불경스럽게 나오는 것이 이상하고도 기분이 나빴던 것이다. 그가 취고의 어깨를 힘껏 잡아채 뒤로 돌려세웠다. 그러자 놀란 취고가 얼굴을 붉히면서 악을 바락바락 썼다.

"배은망덕도 유분수지. 뭐하는 짓이야! 경박한 인간 같으니라고!"

"내가 경박하다고?"

강희는 경박하다는 욕을 태어나서 처음 들어봤다. 너무나도 불경스러운 말이었다. 그러나 어쩌겠는가. 깜짝 놀라 자신도 모르게 틀어쥐고 있던 옷자락을 스르르 놓아 주었다. 그러자 취고가 투덜대면서 옷자락을 여미는가 싶더니 곧 허리를 굽혀 신발을 고쳐 신었다. 조금 전집에서 나올 때 너무 성급했던 나머지 짝이 안 맞는 신발을 끌고 나왔던 것이다.

소마라고가 신발을 고쳐 신고 떠나려는 취고를 황급히 불러 세웠다.

"이봐요, 아가씨. 잠깐만요!"

소마라고는 취고가 신발을 고쳐 신는 순간 그녀의 전족纏足을 똑똑히 목격했다. 취고가 남자로 변장했다는 사실을 간파한 것이다. 갑작스런 소마라고의 외침에 강희와 장만강은 말할 것도 없고 취고도 깜짝 놀랐다. 그러나 그녀는 이내 고개를 돌리더니 시치미를 떼면서 능청스럽게 되물었다.

"뭐라고 말했어요, 지금?"

소마라고는 취고의 물음에는 아랑곳하지 않았다. 대신 그녀의 앞으로 바싹 다가서면서 뚫어지게 쳐다봤다. 소마라고는 곧 자신의 판단이 옳았음을 확신했다.

"이럴 것이 아니라 잠깐 수레에 올라가서 얘기해요, 우리!"

소마라고가 장만강에게 턱짓을 보냈다. 그러자 장만강이 알았다는 듯 머리를 끄덕이면서 강희를 부축해 수레에 올려 태웠다. 소마라고도 잇따라 취고의 손을 이끌고 수레에 올랐다.

취고는 모든 것이 거의 들통 난 것이나 다름없다고 생각했다. 그런 상황에서 그녀가 할 수 있는 것은 많지 않았다. 그저 얼굴을 붉힌 채 조용히 앉아 애꿎은 손톱만 물어뜯을 수밖에 없었다. 마주앉은 강희를 감히 제대로 쳐다볼 엄두조차 내지 못했다. 그러자 잠자코 취고의 모습을 지켜보고 있던 소마라고가 재빨리 장만강에게 지시를 내렸다.

"말을 돌려 궁으로 돌아가요, 어서!"

장만강이 "예, 알겠습니다!" 하고 대답하면서 노련한 솜씨로 말고삐를 휙 낚아챘다. 이어 말의 머리를 돌렸다. 말은 오랜 시간 생사고락을 함께 해 온 명마다웠다. 마치 말귀를 알아듣기라도 한 듯 네 다리를 쭉쭉 뻗어 강희 일행을 태운 채 지나왔던 방향으로 힘차게 내달려 궁으로 달려갔다.

순간 소마라고가 취고의 모자를 벗겼다. 곧 길고 윤기 나는 머리채가 허리까지 흘러내렸다. 그제야 모습을 완전히 드러낸 취고가 쑥스러워 어쩔 줄 몰라 하면서 고개를 깊이 숙였다.

"이렇게 엉성하게 변장을 해가지고서 남의 눈을 피해갈 수 있다고 생각하면 오산이죠!"

소마라고가 흘러내린 자신의 머리카락을 위로 쓸어 넘기면서 웃음 띤 어조로 덧붙였다.

"전족을 드러내 보이지를 않나, 귀걸이를 한 채 모자를 쓰고 있지를 않나! 누구를 바보로 알아요? 그건 그렇고 이 편지 내용은 뭐예요. 어째서 이런 편지를 우리한테 가져오게 된 거예요?"

강희도 못내 궁금하다는 듯 취고에게 물었다.

"우리한테 무슨 볼일이라도 있는 것인가?"

취고가 머뭇거리다가 나지막이 입을 열었다.

"태의원의 호궁산 어른께서 무슨 수를 써서라도 이 편지를 전해드리라고 했습니다. 지금쯤이면 아마 백운관의 산고재는 물샐틈없이 포위당해 있을 거예요!"

취고의 짐작은 한 치의 오차도 없이 딱 들어맞았다. 그 시간 목리마는 도둑을 잡는다는 핑계로 일단의 병사들을 출동시켰다. 이어 눌모와 왜호를 데리고 산고점을 겹겹이 둘러싼 채 수색을 감행했다. 비밀이 새나갈 것을 우려해 주변 2리 이내에는 이른바 계엄령을 하달했다. 이때 위동정은 안타까움에 두 발만 동동 구르고 있었다. 만일의 사태에 대비해 백운관을 비롯한 여러 곳에 사람을 풀었으나 자신이 꼼짝없이 갇혀버린 터라 소식을 전할 수도, 전해 받을 수도 없는 처지에 놓였으니 그럴 수밖에 없었다.

산고점 앞의 마당에 세워져 있는 수레를 발견한 것은 가장 먼저 수색에 나섰던 왜호였다. 그는 가마를 발견하고는 당연히 강희가 도착한 줄 알고 급히 달려와서 보고를 올렸다. 동시에 목리마의 부대가 썰물처럼 그쪽으로 밀려갔다.

이때 오차우도 용공자가 연 며칠 모습을 드러내지 않자 이상하다고 생각을 하지 않은 것은 아니었다. 하지만 그저 병이 난 정도로만 알고 걱정하고 있었다. 그러나 명주마저 발길을 뚝 끊고나서부터는 분명히 무슨 일이 생겼다고 생각이 들었다. 급기야 색액도 대인 댁에 몸소 다녀오겠노라는 의사를 표했다. 목자후 등은 큰일이 난다고 말렸지만 막무가내였다. 어쩔 수 없이 목자후가 한발 물러서서 타협을 했다.

"정 그러시면 날씨가 따뜻해지기를 기다렸다가 가시도록 하세요."

하계주 역시 옆에서 거들었다.

"어제 우리 애들이 꿩 두 마리를 잡아왔습니다. 푹 고고 있는 중이니 괜찮으시다면 같이 드셨으면 합니다."

오차우는 여러 사람들이 극구 말리는 데야 달리 방법이 없었다. 그저 진득하게 눌러앉아 술이나 마시면서 날씨가 풀리기만을 기다렸다.

오차우는 원래 성격이 활달하고 호탕했다. 그러나 아무래도 조용한 편을 더 좋아하는 선비였다. 술을 거칠게 퍼 마시고 마구 망가지기를 마다하지 않는 목자후 등과는 격이 달랐다. 때에 따라서는 불편하기도 했다.

목자후 주변 사람들 역시 오차우가 불편하기는 마찬가지였다. 무엇보다 그는 황제의 스승이었다. 게다가 신분이 자신들과는 비교도 되지 않았다. 그런 사람이 멀쩡한 얼굴로 자신들을 지켜보고 있으니 술이 제대로 넘어갈 리가 없었다. 때문에 술자리는 무르익기는커녕 시간이 갈수록 흐지부지되고 있었다.

어색한 분위기를 눈치챈 오차우가 자리를 털고 일어섰다.

"여러분들은 어떡하든 나를 붙잡아두고 내일 보내려고 하는 것 같군요. 그러기로 결정을 했으니, 걱정 말고 술이나 들어요. 아무래도 내가 여기 계속 앉아 있으면 여러분들이 마음대로 즐기지 못할 것 같아서 그만 일어나려고 하오."

오차우의 말에 넷째가 자리에서 일어나 술잔에 술을 철철 넘치게 따라 오차우에게 권했다.

"저희들은 배운 것이 없고 무식합니다. 그러나 스승님의 도덕과 글을 대단히 숭배합니다. 스승님께서 계셔서 술을 마음대로 못 마시는 것이 아니라……."

넷째가 한참을 끙끙댔다. 그러나 쉽게 멋진 말을 생각해내지 못한 듯 말을 이었다.

"우리가 노는 모습이 스승님같이 고결하신 분의 눈에 거슬릴 것 같아 신경이 쓰일 뿐입니다. 괜찮으시다면 이 한 잔만 드시고 가시죠."

좌중의 사람들은 실수를 안 하려고 무지하게 안간힘을 쓰는 넷째의 모습에 다들 입을 막고 키득키득 웃었다. 그러나 오차우는 아무렇지도 않은 듯했다.

"고맙네. 여러분들의 깊은 마음 잘 알고 이 술 한 잔만 받겠네!"

말을 마친 오차우가 술잔을 받아 단숨에 쭉 들이키고는 자리를 떴다.

좌중의 사람들은 오차우가 자리를 피해주자 한결 자유로워졌다. 그 제야 마음대로 웃고 떠들면서 본색을 드러내기 시작했다. 하계주가 먼저 입을 열었다.

"도련님은 지금 머릿속에 온통 폐하와 명주 어른 걱정뿐이에요. 그러니 술인들 맛있게 드실 수 있겠어요?"

하계주는 역시 오랜 동안 같이 생활한 아랫사람답게 오차우의 마음을 정확히 읽었다. 그러나 노새는 그의 말이 귀에 퍽 거슬린다는 듯 침을 "퉤!" 하고 내뱉었다.

"폐하를 걱정하시는 것은 당연해요. 그러나 그까짓 명주가 뭡니까?"

그러자 목자후가 재빨리 노새의 말을 가로막았다.

"이보게 아우, 벌써 위 어른의 부탁을 잊었나? 우리는 폐하의 사람이야. 그러니만큼 폐하께서 좋아하는 모든 것은 우리도 좋아해야 해. 이 말은 결코 농담이 아니야."

그러자 넷째가 몰래 입을 삐죽였다. 이어 술 한 잔을 따라 단숨에 마셔버렸다.

하계주가 목자후의 말을 듣고 잔뜩 얼굴이 굳어진 노새를 향해 다가가 술을 따라주었다.

"명주 어른은 그래도 학문이 깊잖아요."

노새가 하계주의 말이 웃긴다는 듯 벌컥벌컥 술을 대접째 들이부었다. 그런 다음 대접을 탁자가 흔들릴 정도로 소리 나게 내려놓으면서 큰 소리를 쳤다.

"학문은 무슨 얼어 죽을 학문이야! 오 선생님 발뒤꿈치에도 못 따라가는데! 기생년이나 품으라면 둘째가라면 서러워하겠지!"

"야, 아우!"

목자후가 형답게 갈수록 거칠어지는 노새를 제지하고 나섰다. 그러자 넷째도 얼굴이 붉으락푸르락해지더니 목자후의 편을 들고 나섰다.

"명주가 뭐가 되든지 왜 그렇게 난리들이야. 그 사람이 우리보고 밥을 달라고 했어, 술을 사 달라고 했어?"

형인 목자후가 다시 불호령을 내렸다. 익살 섞인 말이었다. 좌중에는 갑자기 웃음보가 터졌다. 술상의 분위기도 언제 그랬냐 싶게 다시 무르익어갔다. 이어 노새가 자리에서 일어나더니 넷째를 향해 손가락질을 했다. 악의 없는 말투였다.

"넷째, 너 정말 잘 났다, 잘 났어. 자네 팔뚝 굵은 것은 내가 인정하지.

나중에 어디 한번 일대 일로 붙어보자고!"

노새는 자신이 하고 싶은 말만 던지고는 밖으로 나가버렸다. 그러자 목자후가 한숨을 내쉬었다.

"다들 밖에서 마음대로 굴러먹던 습관이 있어서 욱하는 성질을 못 버리는군. 어디 이래서야 되겠는가?"

"명주가 오품 시위로 진급하고 폐하의 사랑을 받으면서 잘 나가니까 그래요. 괜히 시샘이 나는 거겠죠!"

넷째에 이어 하계주도 한마디 거들었다.

"그러고 보면 명주 어른도 조금 안 좋은 데가 있어요. 자상하고 부드러운 것은 좋은데, 어딘가 모르게 은근히 사람을 무시하는 경향이 있다고요."

하계주가 평소에 자신이 명주에게 가졌던 생각을 털어놓으려고 했다. 그 순간 다급한 발자국 소리와 함께 노새가 갑자기 뛰어 들어오면서 외쳤다.

"왔어요, 왔다고요!"

노새와는 달리 넷째는 천하태평이었다. 의자를 손바닥으로 두드리면서 느긋하게 말했다.

"걱정할 것 없어. 앉아 봐. 술이나 한잔씩 더 마시자고!"

하계주 역시 그에 동조했다.

"자, 한잔 받으시죠!"

그러자 노새는 더욱 다급해졌다. 거칠게 하계주를 밀어내는가 싶더니 바로 달려가 벽에 걸린 보검을 끌어내렸다. 서슬 푸른 칼날이 쐐악 하는 소리와 함께 좌중의 사람들을 주눅들게 했다. 노새는 즉각 밖으로 뛰쳐나가려고 했다.

하계주가 깜짝 놀라 얼굴이 하얗게 질린 채 몸을 웅크렸다. 아예 꼼짝 못했다고 하는 편이 어울렸다. 눈치 빠른 넷째도 의자를 발로 차서 쓰러뜨리면서 벽 쪽으로 달려갔다. 그 역시 칼을 뽑아들고 밖으로 나가려고 했다. 목자후도 경험 많은 사람답게 큰일이 일어났다는 사실을 직감했다. 그러면서도 냉정하게 노새를 잡아당기면서 말하는 여유는 잊지 않았다.

"아우, 무슨 일인가?"

노새는 길게 설명할 겨를이 없다는 듯 거두절미한 채 크게 말했다.

"모두들 칼 들고 나오세요!"

좌중의 사람들은 재빨리 노새를 따라 밖으로 뛰쳐나왔다. 이어 낮은 담벼락에 몸을 숨긴 채 밖을 내다봤다. 저 멀리에서 족히 수백 명은 될 것 같은 녹영병들이 뿌연 먼지를 일으키면서 산고점을 향해 달려오는 모습이 보였다. 파죽지세와 같은 기세였다.

순간 하계주는 놀란 나머지 얼굴이 파랗게 질린 채 혼잣말처럼 중얼거렸다.

"세상에! 이게 웬일이야?"

목자후는 무슨 일이 일어날 것인지 잘 알겠다는 듯 내뱉었다.

"불 보듯 뻔한 일 아니겠어! 어서 오 선생님을 서쪽 방향으로 피신시켜야겠어. 저녁에 향산香山에서 만나자고!"

목자후가 이어 굳어진 얼굴을 하계주에게 돌렸다.

"하 선생, 그대는 장사하는 사람이니까 아무것도 모르는 척 앞에 나가 손님 맞을 준비를 하라고. 명심해, 단순무식한 장사꾼이기에 아무것도 모르는 거야! 넷째, 그렇게 서 있지만 말고 어서 가서 사용표 어르신한테 알리도록 해!"

넷째는 이마의 식은땀을 훔치면서 서둘러 사용표에게로 뛰어갔다. 하계주도 부들부들 떨면서 가게 안으로 들어갔다.

사용표는 병석에 누워 있다가 넷째로부터 다급한 소식을 접하고는 심상치 않은 일이 벌어졌다는 사실을 이내 깨달았다. 곧장 자리에서 벌떡 일어나 밖으로 나왔다. 이어 순식간에 몸을 날려 지붕 위에 올라 사방을 둘러보았다.

그는 방으로 돌아오자마자 긴 머리채를 둘둘 감아 얹고는 침대 밑에서 강희가 특별히 선물한 금사金絲 채찍을 꺼내 들었다. 그런 다음 담담하게 입을 열었다.

"사방이 다 포위당했어! 우리는 그런대로 괜찮은데, 오 선생이 걱정이군! 다행히 주변에 몸을 숨길만한 바위들이 많아. 잠시 거기에 숨어 있으면 물불이 들이닥친들 당분간은 두려울 것이 없을 걸세! 넷째, 자네는 아직 봉쇄가 허술한 틈을 타 밖에 나가 호신에게 이 소식을 전해야 하네! 정 안 되면 색 대인을 찾아서라도 꼭 알려야 해. 낮 동안만 잘 견뎌내면 밤에는 괜찮을 거야. 어떻게든 시간을 벌면서 잘 숨어 있어야 해!"

넷째가 잘 알겠다는 듯이 머리를 끄덕였다. 이어 날렵하게 담을 넘어 서쪽 방향으로 달려갔다. 그러나 햇볕이 가장 강한 때라 목리마의 병사들이 칼을 들고 담을 넘는 넷째를 발견하고 말았다. 그들이 소리를 질러댔다.

"여기 진짜 도둑굴이 맞네! 빨리 잡아라. 도둑이 담을 넘었다!"

순식간에 어지러운 발자국 소리가 여기저기에서 들려왔다. 방금 전 살기등등했던 정적과는 반대로 더욱 무서운 공포가 엄습해왔다.

오차우는 떠들썩한 소리에 영문도 모르고 밖으로 나오다 뒤에서 다가온 노새와 목자후에게 꼼짝없이 두 팔을 묶인 채 질질 끌려가지 않으면 안 됐다. 그가 풀려난 것은 지심도池心島 한가운데에 있는 동굴 안에 피신했을 때였다. 그가 무어라고 물어보기도 전에 목자후가 먼저 나지막이 말했다.

"오 선생님, 오배 그자가 선생님을 잡으러 왔어요! 우리가 목숨이 붙어있는 한 털끝 하나 다치게 않게 잘 지켜드릴 테니 걱정 마시고 여기 계세요. 넷째가 구원병을 부르러 갔어요. 어두워질 때까지만 버티면 오배가 아니라 그놈 할애비가 찾아와도 우리를 어쩔 수 없을 거예요!"

그때 하계주가 비틀거리면서 뛰어왔다. 그러더니 발을 동동 굴렀다.

"어르신! 여기는 들어가기는 쉬워도 빠져나오기가 힘들어서 안 돼요!"

그러자 노새가 이를 악물면서 하계주를 끌어당겨 땅바닥에 눌러 앉히면서 호통을 쳤다.

"당신이 뭘 안다고 그래? 재수 없게! 한 번만 더 징징거렸다가는 오늘이 제삿날이 될 줄 알아!"

오차우가 황급히 말리고 나섰다.

"무슨 말을 그리 심하게 하는가! 아무리 그래도 이 사람은 이곳 주인이야. 그렇게 거친 말을 지껄여서야 되겠어?"

노새는 그제야 자신의 실수를 인정했다.

"농담이었어요."

노새의 말에 하계주가 투덜대면서 반박했다.

"농담도 가려가면서 해야지!"

노새와 하계주의 가시 돋친 설전에 목자후가 귀찮다는 듯 두 사람을 째려보았다.

"그만두지 못해?"

사용표는 좌중 사람들의 입씨름에는 전혀 아랑곳하지 않았다. 지세地勢를 살피는 데 여념이 없는 탓이었다. 그가 물었다.

"주인장, 이 연못의 수심水深이 얼마나 되나?"

당황한 하계주가 머뭇거렸다.

"글쎄요. 대략…… 한…… 석 자 정도 되나요?"

"좋아!"

목자후가 두 손을 허리춤에 얹으면서 전의를 불태웠다.

"우리라고 앉아서 당하고 있을 수만은 없지! 자식들, 한바탕 붙어보자, 그래!"

목자후의 눈에서는 불꽃이 이글거렸다. 녹영병들의 고함소리는 이때 이미 코앞에서 귀청이 떠나갈 듯 들려왔다. 산고점을 둘러싸고 있는 담벼락들도 순식간에 와르르 무너져 내렸다. 삽시간에 어디나 할 것 없이 산고점은 햇빛에 번뜩이는 칼날들에 에워싸여 살기가 더해가기만 했다.

목리마는 산고점을 물샐틈없이 포위해 놓자 흡족한 표정으로 말에서 뛰어내렸다. 그러더니 득의양양하게 크게 외쳤다.

"수색을 시작하라!"

이때 지심도에 있는 가산의 돌무더기 뒤에서 한 노인이 걸어 나왔다. 긴 머리채를 머리 위로 둘둘 감아올리고 두루마기의 한쪽 끝자락을 허리춤에 쑤셔 넣은 모습이었다. 태연자약하게 흰 턱수염을 휘날리고 있었다. 그가 목리마를 향해 정중하게 절을 하면서 물었다.

"수색하고 자시고 할 것도 없소. 다들 여기 있으니! 그런데 왜 장군께서는 이 별 볼 일 없는 가게 주변에 이토록 많은 병사들을 풀어놓은 거요. 도대체 뭘 어떻게 하겠다는 속셈이오?"

노인의 말에 목리마는 적이 놀랐다. 하지만 그는 6년 전 서하 시장에서 사감매를 납치하려고 했을 때 한번 만난 적이 있던 사용표를 전혀 알아보지 못했다. 그가 머리를 돌려 눌모를 쳐다봤다. 눌모 역시 잘 모르겠는지 머리를 저었다. 목리마가 큰 소리로 물었다.

"당신, 이리로 와 봐! 뭐 하는 사람이야!"

사용표 역시 기 죽지 않은 채 큰 소리로 대답했다.

"나는 이 가게의 주인인 사용표요. 내가 평생 법을 어기는 것이 어떤 것인지 모르고 정직하게 살아온 사실을 이 일대의 백성들치고 모르는 사람이 없소! 그런데 뭣 때문에 하늘이 시퍼렇게 내려다보는 천자의 발 밑에서 이런 짓을 일삼는 거요. 그것도 훤한 대낮에 말이오. 대체《대청률》大淸律의 어떤 조항에 따른 거요?"

눌모는 결코 호락호락하지 않은 사용표의 말에 진작부터 화가 나 있던 터였다. 그래서 침까지 튕기면서 고래고래 소리를 질렀다.

"집구석에 죄질이 엄청나게 무거운 범인을 숨겨두고 있으면서도 무사할 줄 알았어?"

29장

불타는 산고점

사용표는 껄껄 웃으면서 무지개 모양의 돌다리 위에 선 채로 반박했다.

"우리 가게에 범인이 숨어 있다고 주장하는데, 물증이 있소? 사람을 잡아가고 가게를 수색하려면 순천부의 허가가 있어야 하는 줄로 알고 있소. 진짜 순천부의 화패火牌(일종의 관리 신분증이나 통행증)라도 있소?"

눌모에게 그런 것이 있을 리가 만무했다. 그는 말문이 막혀 버리자 더욱 화가 나서 마구 욕설을 퍼부었다.

"어디서 굴러온 개뼈다귀야? 이 늙은이가 뒈지려고 진짜 환장을 했구면! 누가 네놈하고 입씨름하자고 했어? 잡아서 혼찌검을 내줄 테니 기다려 봐, 어디!"

눌모가 악을 바락바락 쓰면서 손바닥을 쫙 펴더니 사용표의 눈을 찌르려고 달려들었다.

"이 한 수면 설마 죽지는 않는다 하더라도 땅바닥에 데굴데굴 뒹굴면서 살려달라고 애걸복걸하겠지!"

눌모는 사용표를 너무나도 손쉽게 생각했다. 하지만 사용표는 가소롭다는 듯 그를 비웃었다. 눌모의 손을 피할 생각조차 않고 똥파리 내쫓듯 휘이휘이 하면서 천천히 입을 열었다.

"황궁에서 나왔더라도 어느 부서의 누가 무엇 때문에 왔다고 해야 한다는 것은 기본 상식이야. 그런 규칙도 모르나?"

"주제에 꼴값을 떠는군."

눌모가 사용표를 비웃으면서 다시 손을 내밀어 내리치려고 했다. 그 순간 사용표의 쇠집게 같은 손이 어느새 눌모의 손목을 꽉 잡는가 싶더니 도로 슬며시 놓았다.

그러자 눌모가 사람 죽는다고 소리치면서 땅바닥에 쓰러졌다. 이를 악문 채 인상을 있는 대로 다 찡그렸다. 그가 외쳤다.

"이 늙은이가 요술을 부린다!"

몇 명의 병사들이 눌모가 불리해지자 칼을 휘두르면서 동시에 덮쳤다. 이번에도 사용표는 병사들이 가까이 올 때까지 떡 버티고 서 있다 손을 뻗어 양손에 두 명씩 목덜미를 쥔 채 들어올렸다. 그런 다음 한 번 흔들고는 연못으로 휙 내던져 버렸다. 사용표가 물속에서 허우적대는 병사들의 모습을 잠시 지켜보다 말문을 열었다.

"내가 무슨 요술을 부릴 줄 알아서가 아니야. 당신네들의 실력이 형편없이 약한 거지! 어지御旨도 없고 순천부의 화패도 없이 함부로 사람을 잡아가겠다고? 내가 오히려 당신들을 도둑 취급해야겠군. 감히 여기가 어딘 줄 알고 시퍼런 대낮에 감히 이런 무례한 행동을 하는 거야! 무식하면 용감하기라도 해야지, 나 원!"

사용표는 더 이상 상대가 없어 보이자 보란 듯 두 손을 비비면서 돌아서더니 성큼성큼 걸음을 내디뎠다.

그때 저 먼발치에서 굿판 구경하듯 보고만 있던 목리마가 화가 나 씩씩거리면서 달려들었다. 이어 칼을 뽑아 걸어가는 사용표의 등을 향해 찌르려고 했다. 바로 그 위기일발의 순간 가산의 바위 위에서 그 모습을 지켜보고 있던 오차우가 놀란 나머지 소리를 질렀다.

"사 어른, 조심하세요!"

그러나 오차우가 그 말을 할 필요까지는 없었다. 사실 사용표는 목리마가 칼을 뽑아드는 소리도 들었다. 또 그가 틀림없이 뒤에서 공격을 할 것이라는 것도 알고 있었다. 그래서 다리 중간 부분까지 유인하기 위해 일부러 뒤도 안 돌아봤던 것이다.

사용표는 오차우의 다급한 목소리를 듣는 순간 바로 몸을 180도로 홱 돌렸다. 동시에 허리춤에서 금실을 꼬아 만든 채찍을 뽑아 목리마의 허리를 향해 강하게 휘둘렀다. 금실 채찍은 마치 독사의 혀처럼 목리마를 향해 날름거리면서 날아갔다. 순간적으로 당황한 목리마가 몸을 뒤로 뺐다. 하지만 미처 도망가지 못한 목리마의 한 쪽 다리가 꼼짝없이 채찍에 휘감기고 말았다. 목리마는 칼로 채찍을 자르려고 애를 썼다. 그러나 채찍은 작은 흠조차 나지 않을 정도로 단단했다.

그때 사용표가 잽싸게 몸을 날려 목리마의 손을 걸어찼다. 순간 그의 손에 들려 있던 칼이 저 먼발치에 날아가 꽂혔다. 동시에 사용표가 목리마의 두 팔을 비틀어 짐짝 둘러메듯 어깨에 둘러메고는 다리 저편을 향해 걸어갔다.

순간 당황한 눌모가 손목의 아픔도 잊은 채 왼손으로 칼을 주워들었다. 이어 한 손에 금채찍을 들고 다른 한 팔로 목리마를 둘러멘 사용표의 뒤를 쫓아갔다. 사용표의 등에 거꾸로 매달린 목리마는 필사적으로 발악을 했다. 사용표의 팔과 등을 꼬집고 깨물면서 마구 악을 써댔다.

사용표는 뒤에서 누군가가 쫓아오고 있다는 사실을 눈치챈 듯 큰 소리로 구원을 청했다.

"자후, 얼른 와서 나 좀 도와주게!"

가산 북쪽의 다리를 지키고 있던 목자후와 노새는 사용표의 구원 요청을 듣고 동시에 서로를 번갈아 쳐다봤다. 곧 목자후가 황급히 말했다.

"아우, 여기를 잘 지키고 있게!"

목자후가 순식간에 사용표 쪽으로 달려갔다. 사용표는 목자후가 다가오자 너무 기쁜 나머지 "여기 있다. 받아라" 하는 말과 함께 무슨 사냥감을 던져주듯 목리마를 목자후에게 힘껏 내던졌다.

그 바람에 목리마는 뒤통수를 돌멩이에 힘껏 찧으면서 땅바닥에 큰 대자로 널브러지고 말았다. 평소에 내공을 다졌으니 망정이지 그렇지 않았다면 그 자리에서 황천객이 될 뻔했다.

사용표는 코앞까지 겁 없이 쫓아온 눌모를 보고 쓴웃음을 지으면서 욕설을 퍼부었다.

"개 같은 자식, 너도 물 한번 배터지게 처마시고 싶어서 발광이 난 거냐?"

사용표가 발을 힘껏 굴렀다. 그러자 대충 만들어 놓은 나무다리가 우지직! 하는 소리와 함께 두 동강 나면서 와르르 무너져 내렸다.

다급해진 눌모가 어쩔 줄 모르고 외마디 소리를 질렀다. 그러나 이미 때는 늦었다. 눌모는 물속에 빠져 물을 꿀꺽꿀꺽 마시면서 허우적거렸다. 하지만 이번에는 사용표도 함께 물에 빠지고 말았다. 다리를 건넌 다음 두 동강을 내버리고 공격을 막겠다는 그의 계획이 수포로 돌아가는 순간이었다.

위에서 관망하고 있던 병사들은 활을 쏘려고 여러 차례 시도했다. 사용표가 목리마를 둘러메고 갈 때나 눌모와 한 덩어리가 된 때나 계속 호시탐탐 기회를 노렸다. 그러나 정작 목표를 잘못 명중시킬 것이 두려웠는지 우왕좌왕하고만 있을 뿐이었다.

물에 빠진 두 사람은 비슷한 모양새로 허우적거리면서 밖으로 나올 기미를 보이지 않았다. 그러자 왜호가 신경질적으로 병사들을 향해 소리를 질렀다.

"이 멍청한 자식들아, 활 안 쏘고 뭐해?"

왜호의 호통에 수영을 할 줄 아는 두 명의 병사가 재빨리 물에 뛰어들어 눌모부터 건져 올렸다. 그러자 나머지 병사들이 연못 가운데에 있는 사용표를 향해 맹렬하게 화살을 날리기 시작했다.

수십 발의 화살이 우박처럼 쏟아졌다. 물속이라 쉽게 피할 수가 없었던 사용표는 꼼짝없이 당하는 수밖에 없었다. 그의 몸에는 고슴도치를 연상케 하듯 화살이 무수히 꽂혔다.

오차우는 가산의 돌무더기 뒤에 몸을 숨기고 지켜보다 너무나도 처참한 광경에 눈물을 비 오듯 흘리면서 밖으로 뛰어나갔다. 그가 눌모를 비롯한 병사들을 향해 큰 소리로 외쳤다.

"너희들, 나를 잡아가려고 그러는 것 아닌가? 그렇다면 내가 너희들을 따라가지!"

그러나 오차우의 뜻대로 되지는 않았다. 하계주가 달려나와 그를 잽싸게 눌러 앉혔던 것이다. 하계주는 오차우가 만용에 가까운 용기를 부릴 줄은 꿈에도 생각하지 못했던 터라 너무 놀랐다. 그가 어린애처럼 엉엉 울면서 애원했다.

"도련님, 이러시면 안 돼요! 절대로 무모한 희생을 해서는 안 돼요!"

목자후는 완전히 이성을 잃었다. 사용표의 죽음을 속수무책으로 바라볼 수밖에 없었던 그는 분노로 이글거리는 눈으로 활을 쏘는 목리마의 병사들을 무섭게 노려보았다. 이어 채찍으로 목리마를 칭칭 감아 가산의 돌무더기 꼭대기에 올려놓고는 악에 받친 목소리로 고래고래 소리를 질렀다.

"야, 이 개새끼들아, 한번 마음껏 쏴 봐라!"

물에 빠졌다가 두 병사의 도움으로 연못에서 겨우 빠져나온 눌모 역시 이성을 잃었다. 거의 발악에 가까운 몸짓으로 시뻘게진 두 눈을 부라리면서 길길이 날뛰었다.

"불을 확 싸질러! 이 도둑소굴을 완전히 잿더미로 만들어버려!"

노새가 눌모의 그런 모습을 지켜보다 갑자기 좋은 수를 생각해냈다. 그가 목자후의 귓가에 대고 살며시 말했다.

"형, 우리 이 다리를 허물어 버리는 게 어때요. 그런 다음 저 자식들을 유인해서 날이 어두워질 때까지 데리고 놀아보자고요. 괜찮죠?"

목자후가 기특해했다.

"아우, 참 좋은 생각이네! 저녁때까지만 잘 버티고 있으면 큰형님이 사람을 데리고 와 우리를 구출해줄 거야. 빈 깡통이 요란하다고 했듯 눌모 저 자식이 저렇게 길길이 날뛰어도 속으로는 겁나는 구석이 있는 것이 분명해. 밤늦게까지 있다 보면 자기들한테 불리한 줄 알 테니까 곧 철수할지도 몰라."

두 사람은 바로 칼을 휘두르면서 달려가 나무다리를 찍어 부수기 시작했다. 저 편에서 수십 발의 화살이 소름끼치는 소리를 내면서 날아왔다. 그러나 화살들은 목자후가 휘두르는 칼을 맞고 약속이나 한 듯 반으로 부러졌다. 화살의 파편들이 타타탁! 하는 불꽃 튕기는 소리를 내면서 천지사방으로 날아갔다.

두 사람은 조금씩 뒤로 후퇴했다. 그러면서도 나무 조각으로 이은 다리를 하나씩 제거해 나가는 것은 잊지 않았다. 하계주는 합장을 한 채 연신 "아미타불!"阿彌陀佛을 중얼거리면서 빌고 또 빌었다. 노새는 어느

새 온 몸이 파김치가 돼 있었다.

오차우는 목리마 일당이 왜 이다지도 자신을 쫓아다니면서 괴롭히는
지 도무지 알 수가 없었다. 또한 가게의 친구들이 자신을 지키기 위해
목숨을 걸고 도와주는 것 역시 마찬가지였다. 당최 이해할 수가 없었
다. 자신을 희생시켜서라도 나를 보호해 주려고 최선을 다하는 모습을
그냥 인간적인 의리로 받아들여야 하는가? 오차우는 궁금하기 그지없
었다. 그로서는 오배 역시 이해불가였다. 일개 선비인 자신을 왜 이토록
끈질기게 없애버리려고 하는지 도통 알 길이 없었다. 과연 '권지난국'圈
地亂國이라는 그 한 편의 과거시험 답안지가 그렇게 큰 괘씸죄로 이어졌
다는 것인가? 그는 생각할수록 머리가 복잡해졌다. 급기야 고개를 저으
면서 혼란스런 생각들을 몰아내려고 했다.

얼마 후에 여기저기에서 불길이 치솟았다. 왜호가 병사들을 데리고
다니면서 가게 안팎으로 태울 수 있는 물건에는 전부 불을 지른 것이다.

가는 날이 장날이라고, 때마침 건기乾期였다. 시뻘건 불길은 활활 치솟
으면서 파죽지세처럼 번져나갔다. 순식간에 연못 주위는 벌겋게 물들었
다. 또 짙은 연기 속에서 대나무가 타면서 빠개지는 소리는 마치 폭죽
을 터뜨리는 것처럼 크게 들렸다. 불길은 식을 줄 모르고 더욱 높이 치
솟았다. 이내 시커먼 연기가 먹구름처럼 하늘에 가득 번졌다. 근처에 사
는 백성들은 놀라서 혼비백산했다. 게다가 주변 경계가 삼엄해지고 소
란스러워지자 군대 행렬이 지나가는 줄 알고 더욱 겁에 질렸다. 뿔뿔이
흩어져 도망가기에 바빴다.

하계주는 신세가 고달프기는 했으나 그동안 가게가 있다는 사실을 위
안으로 삼고 하루하루를 버텨왔다. 그런데 그 가게, 산고점이 순식간에
잿더미로 변하는 것을 보고 있노라니 가슴이 저미다 못해 미어터졌다.
과거 열붕점을 경영할 때는 매번 시험철만 되면 과거시험을 준비하며

출세를 꿈꾸는 선비들로 북적거리고는 했다. 도련님 행세를 전혀 할 줄 모르는 오차우 역시 가끔씩 친구들을 불러 즐거운 나날을 보낼 때가 있었다. 그때는 정말 좋았다. 그러나 하루아침에 영문도 모른 채 가게문을 닫지 않으면 안 됐다. 그랬는데 이번에도 다시 가게가 불에 타서 잿더미가 되는 불운을 겪게 된 것이다. 색액도의 도움으로 간신히 산고점을 연 지 얼마 되지도 않았는데!

하계주는 치솟는 불길 속에서 뿌지직거리면서 타들어가는 가재도구들을 멍하니 바라봤다. 목구멍에서 단내가 나고 입술이 바싹바싹 말랐다. 땅바닥에 퍼질러 앉아 통곡이라도 하고 싶은 마음이었다. 그러나 그럴 수는 없었다. 그 감정을 억지로 달래느라 하계주의 가슴은 더욱 세차게 뛰었다. 눈물이 어른거리는 그의 두 눈에 혀를 날름거리면서 타오르는 불길이 비치고 있었다.

오차우가 넋을 잃고 실성한 듯 앉아 있는 하계주를 안쓰러운 눈빛으로 바라보다 그에게 다가갔다. 이어 어깨를 쓰다듬어 주면서 위로의 말을 건넸다.

"계주, 정말 면목이 없네. 다 나 때문이야. 그러니 너무 속상해하지 마. 아무리 생각해 봐도 북경은 우리가 살기에는 적합하지가 않은 것 같아. 조금 잠잠해지면 나랑 같이 고향에 내려가자고. 내가 아버님께 말씀드려 남경에서 생계를 유지해 나갈 가게라도 하나 열어줄게."

하계주는 그동안 오차우를 탓해본 적은 한 번도 없었다. 보상받을 생각 같은 것은 더더군다나 해보지 않았다. 그러나 오차우의 진심어린 위로를 듣자 흘러내리는 눈물을 주체할 수가 없었다. 그는 오차우에게 걱정을 끼치지 않으려고 연신 소맷자락으로 눈물을 훔치면서 억지웃음을 지었다.

"괜찮습니다. 하늘이 저에게 더 큰 복을 주시려고 구질구질한 것들을 태워버리는 건지도 모르죠. 인덕 많고 복 많은 도련님이 계시잖아요. 아무려면 산 입에 풀칠이야 못하겠어요? 더 큰 복이 올 것을 기대하면서 살 겁니다!"

두 사람이 얘기를 나누는 사이 바위 위에서 기절해있던 목리마가 서서히 정신을 차렸다. 그러나 그는 몸이 꽁꽁 묶여 있어 움직이지를 못했다. 게다가 손가락 하나 까딱할 기운조차 없었다. 그는 얼굴을 들어 저 멀리 한데 엉켜있는 자신의 병사들을 바라보면서 욕설을 퍼부었다.

"눌모! 이 짐승보다 못한 자식아! 너만 멀쩡하면 괜찮다 이거지? 왜 공격을 안 하는 거야?"

사실 건너편에서 발만 동동 구르고 있는 눌모도 조급하기는 마찬가지였다. 오죽했으면 울상까지 짓고 있었을까. 하기야 그럴 만도 했다. 그는 수백 명의 병사들을 거느리고 와서 한 주먹밖에 안 되는 조그만 가게 하나를 어떻게 제대로 하지 못했다. 어디 그뿐인가. 아무런 성과도 못 올린 것은 그렇다 치더라도 인솔대장인 목리마마저 사용표에게 잡혀갔으니, 이 정도 되면 접시 물에 코를 박고 죽어야 했다. 오배에게 돌아가 할 얘기도 없었다. 그런데 갑자기 건너편에서 목리마의 목소리가 들려왔다. 눌모는 너무나 기쁜 나머지 울음 섞인 목소리로 대답했다.

"셋째 삼촌! 조금만 참고 기다려 주세요! 조금 있다가 무슨 수를 써서라도 구출해 드릴 테니까요. 나중에 그 자식들의 심장을 도려내 술안주를 만들어 드릴게요!"

노새는 목리마와 눌모의 대화에 분기탱천했다. 바로 득달같이 목리마에게 다가가더니 옆구리를 확 걷어차면서 욕설을 퍼부었다.

"유금표의 한쪽 눈이 어떻게 멀었는지 알아? 내가 손가락을 팍 집어넣어서 확 빼내버렸다는 거 아니냐!"

노새가 말을 마치기 무섭게 목리마의 턱에 칼을 바싹 들이대면서 다시 겁을 줬다.

"이 망할 자식아, 다시 한 번 소리를 질렀다가는 뼈도 못 추릴 줄 알아! 이 칼 봤지? 내가 오장육부를 도려내는 데는 선수야, 선수! 시신이나마 멀쩡하게 보존하고 싶으면 내 말 잘 들어. 알았어?"

목리마는 그답지 않게 겁에 질려 덜덜 떨면서 눈을 감았다. 이때 목자후가 다가와 노새의 손을 잡았다.

"아우, 이자는 이제 도마 위에 놓인 생선 신세야. 뭘 그까짓 일로 화를 내고 그래? 괜히 입만 아프게. 그러지 말고 우리 저기 좀 가세. 상의할 게 있네."

목자후가 노새의 손을 잡고 가산 뒤쪽으로 가려고 했다. 그러다 안심이 안 됐는지 하계주에게 칼을 들고 목리마를 잘 지키고 있으라고 신신당부를 했다.

세 사람은 대책을 세우기 위해 자리를 잡고 앉았지만 한동안 침묵만 지키고 있었다. 먼저 입을 연 사람은 목자후였다.

"허, 참, 갑갑하군! 넷째는 무사히 포위망을 뚫고 나가기나 했는지 모르겠구먼. 우리의 계획이 차질 없이 진행됐다면 지금쯤이면 큰형님이 구원병들을 데리고 도착했을 텐데 말이야."

목자후의 말에 노새가 가망이 없다는 듯 그늘진 얼굴로 대답했다.

"이것들이 먼저 선수를 치고 성 안에서 큰형님을 노리지나 않았는지 모르겠어요. 정말로 그렇다면 큰일인데……. 그것도 아니라면 넷째가 소식을 밖으로 전하지 못했다는 것 아닙니까. 설사 그렇다고 하더라도 사람은 진작 돌아왔어야 하는 시간 아니에요? 방금 그놈들이 지른 불이 성 안에서는 안 보였다는 말인가요?"

이때 오차우가 끼어들었다.

"지금으로서는 자기네들의 대장이 우리 손에 잡혀 있으니까 막 나가지는 못할 걸세. 우리 눈치도 많이 볼 것이고."

노새가 오차우의 말에 씁쓸한 표정을 지으면서 한마디 덧붙였다.

"문제는 이것들이 약이 올라 물불을 가리지 않는다는 거예요. 그러면 골치 아플 거라고요. 하나를 희생해서 열을 얻겠다는 각오로 덤벼든다면 대책이 없죠."

"오배가 설마 자기 동생인 목리마의 목숨과 우리 목숨을 맞바꾸려 하겠어?"

사실 오배가 어떤 결정을 내릴지는 누구도 알 수 없었다. 그야말로 예측불허의 미지수라고 해야 했다. 오배는 만약 강희도 지심도에 있다는 사실을 확인했다면 동생인 목리마를 희생시키는 한이 있더라도 지심도를 대대적으로 공략했을 것이다. 그러나 아직은 강희의 행방이 묘연한 시점이었다. 오차우와 몇 명의 시위들을 잡기 위해 목리마를 희생시킬 것이라고는 누구도 단언하기 어려웠다.

오차우는 말할 것도 없이 강희와 자신 사이의 밀접한 관계를 전혀 모르고 있는 상태였다. 당연히 그 정도에까지는 생각이 미치지 못하고 있었다. 반면에 목자후는 속으로 계산을 이미 다 끝낸 상태였다. 다만 현 상황에서는 딱히 뭐라고 설명할 수가 없었다. 그가 한참 후에 다시 입을 열었다.

"오 선생님의 말씀이 틀리지는 않아요. 그러나 저자들이 치고 들어오면 우리는 이 말(목리마를 지칭)을 단칼에 죽여버리면 됩니다! 말의 간肝에 독이 들어 있다고 누가 그래요? 바로 날것으로 먹어버려도 아무 문제없어요!"

노새가 신이 난 듯 말했다.

"오 선생님은 체통이 있는 분이시라 우리처럼 살벌하게 사람 간을 빼먹고 그러는 것을 못마땅해 하실 거예요. 칼로 도려내자마자 얼음에 살짝 얼렸다 먹으면 맛이 얼마나 끝내주는데요!"

오차우가 노새의 농담에 오싹 소름이 끼치는지 몸을 가볍게 떨었다. 그러자 두 사람은 껄껄 크게 웃으면서 화제를 슬그머니 돌려버렸다. 사실 둘은 옆에서 엿듣고 있는 목리마를 의식하고 있었다. 그래서 일부러 더욱 살벌하게 얘기했던 것이다.

당연히 목리마는 공포에 휩싸였다. 여기에서 살아나갈 수 없을 뿐만 아니라 시신조차 온전히 보존하기 어렵게 됐다는 생각이 든 것이다. 고통스럽게 눈을 감은 그의 눈에서 갑자기 두 줄기의 흐릿한 눈물이 흘러내렸다.

바로 그때였다. 맞은편 언덕에서 "쏴아- 쏴아-" 하는 물소리가 크게 들려왔다. 이어 물보라가 높이 일기 시작했다. 병사들이 그 사이에 나무를 깎아 뗏목을 만들어 타고 오고 있었다.

사태는 급격히 악화되고 있었다. 지심도의 가산이라고 해봤자 손바닥만한 크기일 뿐이었다. 게다가 현재로서는 무예를 어느 정도 할 줄 아는 사람은 달랑 두 명밖에 없었다. 어디 그뿐인가. 오차우와 하계주는 닭 모가지 비틀 힘조차 없는 터라 적과 맞서 싸우기는커녕 자신들의 몸 하나 지킬 형편도 못 되었다. 어쨌거나 네댓 개의 뗏목이 병사들을 싣고 여러 방향에서 지심도를 향해 공격해 들어오고 있었다. 위기일발의 상황이었다.

날은 이미 저물어가고 있었다. 또 맞은편에서는 횃불을 지펴든 눌모가 팔을 냅다 흔들면서 광기어린 독설을 날렸다.

"오씨! 하씨! 이제는 날개가 솟아나도 날아갈 수 없을 걸? 무모한 객기 부리지 말고 어서 목리마 어른을 풀어줘. 그러면 너희들의 목숨만은 살려줄 테니!"

"눌모, 이 개자식아!"

노새가 하하 웃으면서 빈정댔다.

"내가 천하에 두려운 것이 없는 막가파인 줄 몰랐냐? 목리마인지 개리마인지 이 자식 목숨이 파리 목숨만도 못하다 이거지. 좋아, 나도 더이상 이 개 같은 인간을 살려두고 있을 필요가 없을 것 같군!"

노새가 이를 빠드득빠드득 갈면서 땅에서 부러진 화살을 주워들었다. 이어 그것으로 목리마의 엉덩이를 사정없이 찔렀다. 동시에 그의 입에서 살벌한 목소리의 명령이 터져 나왔다.

"저놈들 보고 어서 물러나라고 해!"

노새는 이어 초여드레 초승달 같은 서슬 푸른 칼날을 목리마의 목에 가져다댔다. 그러고는 소름이 쫙 끼치는 목소리로 덧붙였다.

"내가 이 손에 약간만 힘을 더 주면 네 목이 어떻게 되는지 잘 알겠지?"

목리마도 그 정도 상황이면 더 버티면서 큰소리치고 있을 수가 없었다. 완전히 혼비백산해 오줌을 지리기 일보직전이었다. 그는 칼날이 점점 자신의 목을 위협해오고 있다고 생각했는지 심하게 떨리는 목소리로 소리쳤다.

"그러지 마……. 그…… 그러지……."

목리마의 말은 애매모호했다. 노새에게 자신을 죽이지 말아달라고 애원하는 것인지, 아니면 뗏목 위에 있는 병사들에게 지심도를 공격하지 말라는 뜻인지 영 알 수가 없었다. 그래도 목리마의 말은 효과가 있었다. 병사들이 잠시 주춤거리다가 돌아선 것이다. 그들은 언덕 위에 서 있는 눌모를 바라보면서 그의 명령을 기다렸다.

눌모는 몇 초 동안 고민했다. 그러다 굳은 결심을 한 듯 이를 악물면서 깃발을 들었다. 병사들에게 계획대로 밀고 나가라는 신호를 보내려고 했다. 그 순간, 갑자기 누군가가 눌모의 어깨를 꽉 잡았다.

"잠깐만요!"

눌모가 머리를 돌렸다. 자신의 병사들과 같은 옷차림을 한 못생기고 지저분한 남자였다. 기분을 확 잡친 눌모가 눈을 부라리면서 그를 향해 소리를 질렀다.

"뭐하자는 거야?"

"너무 조급해 하시지 말고 좀 안정을 취하세요."

그가 덧붙였다.

"반포이선 대인의 지시를 받고 온 사람입니다. 여기 반 대인의 친필 서신이 있습니다. 읽어보면 알 겁니다."

눌모가 낚아채듯 편지를 받아들고는 불빛을 빌어 읽어 내려가기 시작했다.

> 눌모 장군 앞
>
> 백운관 지심도의 일은 오 대인과 나 두 사람 모두 소식을 전해 들었네. 도둑떼의 두목이 이미 현장을 빠져나간 뒤라고 하네. 공격을 계속할 필요가 없게 됐네. 여기 특별히 호궁산 선생에게 명주라는 친구를 함께 딸려 보내니 목리마 대인과 맞바꾸기 바라네. 편지를 받는 순간 즉각 처리해주기 바라네. 부탁이네!

편지에는 반포이선의 서명이 없었다. 하지만 눌모는 평소에 오배를 대신해 문서를 많이 처리한 경험이 있었다. 필체는 척 봐도 틀림없는 반포이선의 것이 분명했다.

눌모는 반포이선의 친필 편지를 들고 넋이 나간 채 한 곳만 물끄러미 바라보고 있었다. 호궁산이 그 모습을 보고 재촉했다.

"눌모 어른, 더 이상 지체할 시간이 없습니다. 위동정이 황제 직할의 어림군을 거느리고 달려오고 있어요. 고작해야 사 리四哩(약 1.5킬로미터) 밖에 있을 겁니다. 빨리 철수할수록 유리해요!"

호궁산의 말에 눌모가 뭔가 미덥지 못한 듯 눈썹을 치켜세우면서 물었다.

"그 사실을 어떻게 나보다 더 잘 아오?"

"내가 모르는 일이라는 것은 있을 수 없습니다!"

호궁산이 차갑게 대답했다.

"그러나 지금은 이런 말을 하고 있을 때가 아니에요. 명주를 가게 밖까지 데리고 오면서 지시를 받았습니다. 어서 저쪽 상대편과 협상에 들어가도록 하는 게 좋겠습니다!"

눌모는 그제야 마지못해 편지를 안주머니에 넣고는 내키지 않는 듯한 표정으로 지심도를 향해 소리를 질렀다.

"이 봐! 거기 잘 들어! 목리마 어른의 체통을 고려해 오늘은 명주와 목 어른을 맞바꾸는 것으로 끝내겠어. 다행인 줄 알고 앞으로 고분고분하게 말 잘 듣는 것이 신상에 이로울 줄 알라고!"

노새가 눌모의 건방진 어투에 욱하는 성미를 참지 못해 뭐라고 대꾸를 하려고 했다. 순간 목자후가 그를 잡아당기면서 먼저 나섰다.

"그걸 어떻게 믿나?"

이어 노새도 가소롭다는 듯이 웃으면서 목자후의 말을 거들었다.

"내가 반평생을 이런 짓을 일삼고 다녔어도 오늘처럼 통쾌해 보기는 처음이야!"

노새는 동시에 목리마의 엉덩이에 꽂혀 있던 화살을 더욱 깊숙이 쑤셨다. 그러자 목리마는 갑작스레 살을 저미는 아픔이 너무 컸던지 비명을 지르면서 기절하고 말았다.

호궁산이 약간은 억지를 부리면서 눌모를 놀려주는 데만 열을 올리는 노새와 목자후를 향해 손나팔을 만든 다음 크게 외쳤다.

"오 선생, 하 선생! 나 호궁산이 이름 석 자를 걸고 보증해도 안 되겠습니까? 당신네들의 명주 어른은 지금 가게 밖에 있어요. 곧 도착할 거예요! 내가 본 바로는 신변의 안전과 관련해서는 아무 걱정할 것이 없어요!"

호궁산에 이어 눌모가 병사들에게 명령했다.

"그 명주인가 뭔가 하는 자식을 데려와!"

눌모는 병사들을 자기네 쪽 언덕 위로 돌아가도록 지시하고는 혼자서 뗏목에 올라탔다.

오차우는 '호궁산'이라는 이름을 듣고도 별다른 반응을 보이지 않았다. 그러나 명주한테서 대충 그에 관한 얘기를 전해들은 하계주는 달랐다. 목자후의 옷자락을 잡아당기면서 나지막이 귀띔을 했다.

"같은 편이에요."

목자후 역시 호궁산이라는 사람이 지난번 강희의 '병세'를 정확하게 치료했다는 얘기를 들은 터였다. 때문에 적어도 적군은 아닐 것이라고 생각했다. 하지만 '같은 편'이라는 표현에는 거부감을 느꼈다. 그렇다고 해서 단호하게 아니라고 하기도 어딘가 지혜롭지 못한 처사일 수도 있었다. 어쨌든 지금으로서는 별다른 대책이 없었다. 목자후는 그런 생각이 들자 고개를 돌려 오차우에게 물었다.

"오 선생님, 저 사람더러 와 보라고 할까요?"

"저 사람의 말을 안 받아들여 타협을 거부한다고 해도 우리에게는 죽는 길밖에 더 있겠는가. 그럴 바에는 설사 간계에 빠지는 한이 있더라도 한번 오라고 해보는 것이 낫겠지!"

오차우의 말에 목자후가 머리를 끄덕이면서 손짓을 보냈다. 호궁산은 바로 호응했다. 즉각 뗏목을 타고 미끄러지듯 지심도에 도착했다.

지심도에 올라온 호궁산은 결박당한 채로 엉덩이에 화살이 꽂힌 채 널브러져 있는 목리마를 힐끔 쳐다보면서 웃었다.

"어느 분이 오 선생님인가요?"

오차우가 가산 뒤에서 나오면서 두 손을 맞잡은 채 인사를 했다.

"제가 바로 오차우입니다."

"처음 뵙겠습니다!"

호궁산이 황급히 맞절을 올렸다.

"선생님, 많이 놀라셨겠습니다. 여기 호신 아우의 편지도 한 통 있습니다."

목자후가 나뭇가지에 불을 붙여 편지를 비추었다. 이때 저쪽에서 소름 끼치도록 기분 나쁜 "쏴악!" 하는 소리와 함께 화살 하나가 날아왔다.

노새는 항상 신경을 곤두세우고 있던 사람답게 이상한 낌새를 눈치 채고 바로 달려가 오차우의 앞을 가로막았다. 그러나 호궁산이 한발 앞섰다. 이미 한 손으로 화살을 가볍게 잡은 것이다.

"저 자식이 아주 죽고 싶어서 환장을 했구먼!"

호궁산이 가소롭다는 듯이 비웃으며 홱 몸을 돌렸다. 그러더니 손에 잡힌 화살을 내던졌다. 거의 동시에 눌모의 병사들이 모여 있는 쪽에서 "아이고, 다리야!" 하는 비명소리와 함께 병사 하나가 쓰러지는 광경이 보였다. 노새가 그 광경에 놀라 눈이 휘둥그레졌다. 속으로는 경탄을 금치 못했다.

'이 호궁산이라는 사람의 무술 실력은 우리 스승인 사용표를 능가하면 했지 못 미치지는 않는구나!'

오차우는 거의 꺼져가는 불빛을 빌려 편지를 펼쳐봤다. 너무나도 익숙한 작은 해서체의 글씨가 눈에 들어왔다. 그는 그 글이 위동정이 쓴 것이 틀림없다고 바로 확신했다.

오차우 선생님 전상서

사흘 동안이나 얼굴을 못 뵈어서 궁금했습니다. 그런데 이런 봉변을 당하
시다니요! 모두 이 아우의 불찰입니다. 송구스럽기 그지없습니다. 다행히
이번 일은 호궁산 선생과 반포이선 대인이 상의해 목리마와 명주를 맞바
꾸는 것으로 마무리하기로 했습니다. 그러니 오 선생님께서는 마음 편히
가지시기 바랍니다!

                                        - 아우 동정 고개 숙여 올림

오차우는 지금껏 평생 겪어보지 못한 살벌한 일을 이날 하루 만에 다
경험했다. 은근한 두려움에 마음까지 졸였다. 그러던 차에 위동정의 편
지를 받고 보니 안도의 숨이 절로 터져 나왔다. 동시에 눈물이 흘러내리
는 것을 주체할 수가 없었다.

"동정 아우의 말대로 합시다."

호궁산이 즉시 오차우의 말에 호응했다. 바로 손을 들어 보이면서 건
너편을 향해 소리를 질렀다.

"눌모 어른, 명주 어른을 뗏목에 태워 보내주시오. 연못 한가운데에서
서로 바꾸도록 합시다!"

한참 후에 건너편에서 두 명의 병사가 명주를 들것에 실어 뗏목에 올
려놓았다. 호궁산 역시 목리마의 엉덩이에 꽂혀 있는 화살을 확 잡아
빼버리고는 몸을 감고 있던 채찍도 풀어주었다. 목리마는 뗏목 위에서
도 내내 엉덩이가 아프고 몸이 마비됐다면서 철부지처럼 칭얼거렸다.

곧 두 개의 뗏목이 연못 한가운데에서 만났다. 눌모와 호궁산이 양측
대표로 각각 상대편 뗏목 위로 건너갔다. 호궁산은 삿대도 필요 없다는
듯 아무것에도 의존하지 않은 채 몸을 가볍게 날려 사뿐히 뗏목 위로
올라섰다. 바로 그때 갑자기 언덕 위에서 수많은 화살이 호궁산을 향해

날아왔다. 그가 채 숨을 돌리기도 전이었다.

그러나 호궁산은 미리 짐작이라도 하고 있었던 듯 "치사하고 더러운 자식!"이라는 욕을 내뱉으면서 눌모를 노려봤다. 이어 여유만만하게 채찍을 휘둘러댔다. 동시에 그 많은 화살들이 전부 채찍에 맞아 튕겨나갔다. 목자후와 노새는 그러는 사이에 재빨리 명주가 누워 있는 들것을 들고 가산의 바위 뒤로 내달렸다.

네 사람이 명주에게 다가간 것은 한바탕 소란이 가라앉고 가까스로 조용해진 틈을 타서였다. 명주는 얼굴이 창백하게 질려 있었다. 그럼에도 힘없이 벌어진 입술을 움직이면서 뭐라고 말하려는 것 같았다. 하지만 인사불성인 탓에 네 사람은 한마디도 알아들을 수 없었다.

오차우는 명주와 유난히 정이 돈독했던 터였다. 손가락 하나 까딱할 기운조차 없어 보이는 명주를 보는 마음이 그 누구보다 아팠다. 곧 눈물까지 흘뿌리더니 명주의 손을 잡고 이름을 목놓아 불렀다.

"명주 아우! 명주 아우!"

노새는 오차우와는 상황이 달랐다. 명주에게 신경을 쓸 틈이 없었다. 부리부리한 두 눈을 딱 부릅뜨고 눈도 깜빡하지 않은 채 눌모 일행의 동향을 주시했다. 바로 그때였다. 노새의 예감이 적중이라도 하듯 저쪽에서 눌모가 손을 휘두르면서 큰 소리로 시비를 걸어왔다.

"위동정이 오기 전에 독 안에 든 쥐부터 잡고 보자! 사수들은 화살을 쏘고 나머지는 뗏목에 올라라!"

눌모의 말이 끝나기 무섭게 화살이 빗발쳤다. 동시에 병사들이 다투듯 우르르 뗏목 위에 올랐다. 순간 등골에 식은땀이 쫙 배일 정도로 놀란 목자후가 다급하게 외쳤다.

"놈들의 속임수에 걸려들었다!"

목자후는 황급히 가재걸음을 치면서 호궁산에게 다가갔다. 이어 다짜고짜 그의 옷자락을 틀어잡고 큰 소리로 물었다.

"우리와 당신 사이에 무슨 불구대천의 원한이라도 있는 거요? 어쩌면 우리한테 이렇게 악랄한 수법을 쓸 수가 있소?"

오차우를 비롯한 하계주, 노새도 너무나 돌발적인 사태에 화들짝 놀랐다. 당연히 호궁산에게 분노의 시선을 보냈다.

그러나 호궁산은 덤덤했다. 변명이나 반항도 없이 씩 웃어넘기는가 싶더니 갑자기 목자후의 팔을 낚아채 꼼짝달싹 못하게 뒤로 비틀면서 말했다.

"내가 그렇게 치졸한 인간으로 보였소? 좋소, 나는 못 믿는다 치고 그러면 당신들은 큰형님인 위 군문도 못 믿겠다는 거요?"

목자후도 질세라 바로 호궁산의 말에 반박했다.

"우리 큰형님의 지원병은 아직 도착하지도 않았는데, 저쪽에서는 벌써 공격해오고 있잖소? 그러니 당신이 간계를 부린 것이 아니고 뭐라는 말이오?"

목자후의 어조는 단호했다. 그 말에 지심도의 사람들은 너 나 할 것 없이 오배가 호궁산을 매수해 계략을 꾸민 것이 틀림없다는 확신을 했다. 목자후는 자신의 무능함이 너무 한심한지 가볍게 탄식을 토해냈다. 단칼에 죽어버리고 싶은 충동마저 느꼈다. 목리마도 내주고 일망타진 당하게 생겼으니 그럴 만도 했다. 이처럼 불을 보듯 뻔한 결과를 왜 사전에 예측하지 못했을까? 그는 그런 생각이 들자 큰 분노와 절망감에 사로잡혔다.

바로 그때였다. 호궁산이 자신의 옷자락을 꽉 움켜잡고 있던 목자후의 손을 밀치고 한쪽으로 가더니 가슴 속에서 성냥을 꺼내들었다. 이어 땅바닥에서 부러진 화살을 주워 손에 든 다음 불을 붙였다. 목자후는 그가 무슨 꿍꿍이를 부리나 잔뜩 긴장했다. 호궁산이 말했다.

"당신이 나를 의심할 법도 한 상황이니 이번 한 번만 봐드리겠소. 그렇지 않다면 내가 당신을 가만 놔두지 않았을 거요! 당신 말대로 내가 저쪽에서 보낸 간첩이라면 저치들이 건너올 필요도 없이 내 선에서 깨끗하게 해결해 버렸을 거요!"

호궁산은 하늘을 향해 불이 붙은 화살을 날렸다. 어찌나 힘껏 내던졌던지 화살은 쌩쌩 소리를 내면서 공중으로 한참을 솟아올랐다. 그와 동시에 어디에선가 하늘이 떠나갈 듯한 고함소리가 들렸다. 동시에 말들이 파죽지세처럼 들이닥치는 소리가 들려왔다. 소리는 점점 이쪽으로 가까이 오는 듯했다. 그제야 호궁산은 얼굴에 득의양양한 미소를 지었다.

"위 군문이 지원병을 거느리고 오는 소리요. 그래도 나를 못 믿겠소?"

이제 다급해진 쪽은 눌모였다. 앞뒤의 적을 맞아 싸워야 하는 황당한 처지가 된 것이다. 그는 황급히 부대를 집합시킨 다음 바로 줄행랑을 치기 시작했다. 그러면서도 패배는 인정하지 않았다. 오히려 씩씩거리면서 목에 핏대를 더 크게 세웠다.

"야, 이 개같은 자식들아! 어디 다음 기회에 정정당당하게 한번 겨뤄보자. 다시 한 번 내 손에 걸려드는 날에는 너희들의 껍질을 벗겨버리고 말테다!"

눌모는 말발굽 소리가 가까워지자 주위를 두리번거렸다. 이어 더 이상 생각해볼 것도 없다는 듯 부랴부랴 말 위에 올라타고는 냅다 도망치기 시작했다.

반면 목자후 등은 불과 몇 분 전까지만 해도 생명이 경각에 달릴 정도의 위협을 온몸으로 느낀 사람들 같지가 않았다. 언제 불안에 떨었는지 모를 정도로 자신감과 용기가 넘치는 모습이었다. 모두가 구원병을 이끌고 혜성처럼 나타난 위동정 덕분이었다. 불과 몇 분 사이에 완전 극과 극을 넘나든 것이다.

위동정은 순천부의 깃발을 꽂은 백여 명의 병력을 이끌고 있었다. 횃불을 높이 치켜든 채 여기저기 샅샅이 수색하면서 다가왔다. 순간 감격에 겨운 노새가 울먹이는 목소리로 위동정을 소리쳐 불렀다.

"큰형님!"

위동정은 노새의 목소리를 알아들었다. 그러나 주위가 캄캄해 제대로 볼 수가 없었다. 그가 어둠 속에서 큰 소리로 화답했다.

"그래, 나야! 노새, 괜찮은가? 오 선생님과 다른 사람들도 다 무사하지?"

오차우는 자신의 안부를 묻는 위동정의 목소리에 코끝이 찡해졌다.

"아우, 못난 형이 여기에 있네!"

순간 목자후도 눈시울을 붉히면서 무뚝뚝하던 평소의 모습과 달리 따뜻한 남자라는 사실을 확인시켜 주고 있었다.

30장
위동정과 구원병

강희는 취고가 남자로 변장한 채 자신을 기다리고 있다가 의도적으로 수레를 얻어탔다는 것을 알게 되자 그 이유를 다그쳐 물었다. 취고가 가만히 머리를 숙인 채 한동안 대답을 하지 않자 소마라고가 대신 나섰다.

"언니가 어떤 사람인지는 중요하지 않아요. 오늘 우리가 그쪽으로 가는 것을 막았다는 것 자체만으로도 언니는 우리의 은인이에요. 보아하니 굳이 속일 필요도 없겠네요. 이 분은 우리의 천자이신 대청제국의 강희황제이십니다. 나는 폐하의 시녀인 소마라고라고 해요. 수레 안이라 격식을 차려 인사드릴 수는 없으나 내가 먼저 폐하를 대신해 깊이 감사드려요!"

취고는 황제의 주위에 이토록 경우가 바르고 사리분별을 할 줄 아는 시녀가 있다는 사실에 감탄했다. 이어 슬그머니 강희의 얼굴을 훔쳐봤다. 그러자 강희가 미소를 지어 보이면서 머리를 끄덕였다. 황제라는 지위가 가지고 있는 무게감과 위엄에 짓눌려 잔뜩 기가 죽어있던 그녀는 해맑은 미소의 강희를 보면서 갑자기 두려움과 쑥스러움이 깡그리 사라지고 말았다. 한참 후에 그녀가 담담하게 대답했다.

"사실은 소인이 폐하께 꼭 말씀드릴 일이 있사옵니다. 그래서 무례함을 무릅쓰고 폐하를 뵙고자 했던 것이옵니다."

"무슨 일인가?"

강희가 흥미진진하다는 표정으로 물었다.

"명주 어른 때문이옵니다."

취고가 명주의 이름을 거론했다. 순간 강희는 흠칫 놀랐다. 동시에 얼굴을 돌려 의미심장한 눈빛으로 소마라고를 바라봤다. 두 사람의 눈이 충분히 교감을 이룬 다음에 강희가 취고를 바라보면서 물었다.

"명주는 나의 가까운 신하야. 그런데 행방불명이 됐어! 그 사람 지금 어디 있나?"

"오배의 집에 있는 줄로 아옵니다!"

취고가 짧게 대답했다.

"뭐야?"

강희가 화들짝 놀라는 표정을 보였다. 그러더니 이내 표정을 부드럽게 하면서 웃어보였다.

"아, 맞아! 내가 오배한테 볼일이 있어서 보냈지, 참!"

강희가 능청스럽게 말했다. 소마라고와 취고는 그의 엉뚱한 말에 둘 다 의아한 표정을 지었다. 동시에 약속이나 한 듯 강희를 바라봤다. 잠시 후에 취고가 황급히 물었다.

"폐하, 그런 호랑이굴로 왜 명주 어른을 혼자 보내셨사옵니까?"

"뭐라고? 그게 무슨 소리야?"

강희가 놀란 듯 반문했다. 수레가 흔들려서 그랬는지 아니면 놀랐기 때문에 그랬는지 하마터면 그 자리에서 앞으로 넘어질 뻔했다. 그러자 소마라고가 취고에게 다그쳐 물었다.

"언니는 그걸 어떻게 알았어요?"

취고는 손가락으로 옷자락을 돌돌 말면서 한참 동안 말이 없었다. 오랜 망설임 끝에 그녀가 나직이 입을 열었다.

"저도 뭐라고 딱히 말씀드릴 수가 없네요. 명주 어른이 살아서 돌아오면 직접 물어보세요."

저 멀리 서편문이 보였다. 소마라고는 그제서야 비로소 취고를 데리고 입궁할 수는 없다는 생각을 했다. 무엇보다 경사방 쪽에 누구라고 신분을 사실대로 밝히기가 곤란했다. 게다가 태황태후가 알기라도 하면 한바탕 난리가 날 것이 너무도 뻔했다. 그녀는 신중하게 생각한 끝에 물었다.

"사시는 데가 어느 곳인지 말씀해주시면 우리가 모셔다 드릴게요."

"아니, 괜찮아요."

취고가 가벼운 한숨을 내쉬더니 바로 수레에서 내리려고 했다.

"여기서 내릴게요. 세워 주세요!"

취고의 목소리는 너무나도 높았다. 장만강이 수레 안에서 무슨 일이 일어난 줄 알고 깜짝 놀라 급정거를 했다. 그녀는 강희와 소마라고에게 간단하게 고개를 숙여 인사를 건넸다. 그런 다음 두 사람의 반응은 아랑곳하지 않고 곧바로 밑으로 뛰어내렸다. 그녀는 처음에 그랬던 것처럼 모자를 눌러쓴 채 밖으로 나온 머리카락을 잘 쓸어 모자 안으로 넣고 나서 강희를 향해 절을 하고는 뒤돌아섰다.

"잠깐만!"

씩씩한 청년 같은 취고의 뒷모습을 바라보던 강희가 그녀를 불러 세웠다.

"무슨 다른 말 못할 사연이 있는 것 같은데?"

취고가 강희의 물음에 정색을 했다.

"죽여 버리고 싶은 원수가 있사옵니다. 지금 찾아가려고 하옵니다."

"그래? 그게 누구인가?"

"폐하께 말씀을 드려도 도움을 받을 수 없는 일이라고 생각하옵니다."

강희는 원수라는 사람이 분명히 오배일 것이라고 판단하고는 머리를 저으면서 웃었다.

"황제인 내가 아무려면 그런 일도 도와주지 못할 것 같아서 그래?"

"정말이옵니까? 그러면 소인이 실례를 무릅쓰고 말씀드리겠사옵니다!"

취고가 머리를 똑바로 쳐들면서 이를 악물었다.

"홍승주! 바로 그자이옵니다. 폐하께서는 그자를 처단해 소인의 한 맺힌 마음을 풀어주실 수 있겠사옵니까?"

"안 될 것도 없지!"

강희가 잠시 생각에 잠겼다. 그러더니 말을 이었다.

"하지만 그는 이미 재작년에 죽었어. 그러니 그동안 아가씨 혼자서 미워한 격이 됐네그래."

취고는 홍승주가 이미 저세상 사람이 됐다는 강희의 말에 마치 딱딱한 방망이에라도 얻어맞은 듯 비틀거렸다. 그러면서 떨리는 목소리로 물었다.

"정말이옵니까?"

강희가 대답했다.

"짐이 명색이 황제인데 설마 그대를 속이겠나? 그 사람은 충성심이 부족하고 쌓아놓은 공덕이 미미해 사후에도 영웅대접을 못 받았어. 조용히 쓸쓸하게 혼자 죽어갔으니 모를 수도 있지."

순간 취고의 얼굴이 하얗게 질렸다. 동시에 나뭇가지를 붙잡고 휘청거리더니 하늘을 향해 처량한 웃음소리를 토해냈다.

"하하하…… 죽었어, 죽었다고!"

취고의 감정은 묘했다. 너무나도 증오했던 원수가 죽었다는 사실이 일단은 기뻤다. 그러나 너무도 쉽게 편안히 죽어갔다는 사실에는 분통이 터졌다.

그녀는 급기야 땅과 하늘이 마치 한 덩어리가 돼 돌아가는 듯한 어지럼증을 느끼면서 땅바닥에 털썩 주저앉았다. 그 사이에 강희와 소마라고를 태운 수레가 서서히 움직이는 모습이 보였다. 그녀는 멀어져가는 수레를 바라보면서 실성한 듯 중얼거렸다.

"당신들은…… 갈 길이 급하면…… 가세요!"

취고는 물 먹은 솜 같은 몸을 이끌고 비틀거리면서 앞으로 걸음을 옮겼다.

수레는 쓸쓸한 풍경을 뒤로 한 채 계속 앞으로 나아갔다. 소마라고는 그 수레 안에서 잔뜩 굳어 있는 강희의 얼굴을 살폈다. 갈수록 얼굴이 침통해지고 있었다. 살의가 느껴지는 표정이었다. 그녀는 황급히 취고를 위한 변명에 나섰다.

"그녀는 우리를 살려준 은인이옵니다. 말이 거칠고 버릇이 없사오나 용서받을 자격이 있다고 생각하옵니다."

"자네가 그 여자를 언제 봤다고 편을 들어주려고 그래? 그 여자의 속마음을 어찌 알겠어!"

강희가 핀잔 비슷한 말을 내뱉더니 소마라고를 힐끗 쳐다봤다. 그런 다음 전혀 뜻밖의 말을 건넸다.

"그러나 아무튼 참 묘한 일이야. 사실은 짐도 이전부터 홍승주를 없애버리고 싶었거든!"

소마라고는 면전에서 강희의 입으로 직접 듣지 않았더라면 그 말을 믿지 않았을 것이다.

홍승주가 어디 보통 사람이던가. 그는 명나라의 대신으로 청나라 조정에 귀의했으나 완전한 배신자는 아니었다. 늘 명나라에 대한 미안한 마음을 버리지 않았다. 또 누가 뭐래도 대청제국으로서는 혁혁한 공을 세운 공신이었다. 태황태후조차 "오삼계나 홍승주가 없었더라면 대청제국의 오늘은 없다"고 아예 드러내 놓고 말할 정도였다. 또 태황태후의 신임을 한 몸에 받아왔다. 효자로 유명한 강희의 입장에서는 태황태후와 엇나가면서 한 비운의 여자가 내뱉은 사적인 감정에 좌우돼 공신을 살해할 수는 없는 일 아닌가. 소마라고가 의문을 떨치지 못하고 조심스레 여쭈었다.

"폐하의 대사大事에 감 놔라 배 놔라 건방지게 구는 것이 죽을죄를 짓는 것이라는 사실은 잘 알고 있사옵니다. 그러나 홍승주는 분명 대청제국의 공신이옵니다. 설사 살아 있더라도 죽이려는 생각까지 할 필요는 없지 않겠사옵니까?"

"대신들마다 전부 홍승주를 따라 배운다면……."

강희가 냉소를 터뜨리면서 잠시 말을 끊었다. 이어 다시 결론을 맺었다.

"황제로서의 존엄이 있을 수 있겠나?"

강희는 자문자답하듯 질문을 던졌다. 그리고는 입을 꾹 다물고 말았다. 눈앞에서는 흙먼지가 시야를 뿌옇게 흐려 놓고 있었다.

서북풍이 을씨년스럽게 휘몰아치는 가운데 저 멀리 서편문이 보였다. 날씨 탓인지 분위기가 으스스하게 느껴졌다. 서편문까지의 거리가 서서히 좁혀졌다.

몇 명의 시위들이 추위에 몸을 웅크린 채 덜덜 떨고 서 있는 광경이 눈에 들어왔다. 한줄기 찬바람이 횡하니 안으로 불어닥쳤다. 강희가 흠칫 몸을 떨면서 장만강에게 지시했다.

"오늘은 아예 일찌감치 궁으로 들어가는 것이 나을 성싶군. 서두르게!"

"예, 폐하!"

장만강이 황급히 대답하면서 빠른 속도로 수레를 몰았다. 바로 그때였다. 요란한 말발굽 소리가 들려오면서 서편문 안에서 말을 탄 사람이 하나 뛰쳐나와 강희 일행을 향해 달려왔다. 순간 놀란 장만강이 달리는 말에 채찍질을 가하면서 정신없이 앞으로 내달렸다.

그러나 수레를 달지 않고 혼자 달리는 말의 속력은 놀라웠다. 속력을 더욱 높이더니 가볍게 강희의 수레를 뒤따라와 앞을 가로막았다. 장만강이 놀라 숨을 들이마시는 사이 한 사람이 말에서 미끄러지듯 내려왔다. 그는 다름 아닌 웅사리였다.

웅사리는 늘 입던 두루마기를 입고 있었다. 머리에 쓴 모자는 심하게 구겨지고 헝클어진 채였다. 이상하게 수행원을 하나도 거느리지 않고 있었다.

강희가 땀범벅이 된 채 가쁘게 숨을 몰아쉬고 있는 그를 보면서 굳은 표정으로 물었다.

"도대체 무슨 일인데 이렇게 수선을 떨고 그래? 대신이면 대신다운 침착함이 있어야지, 안 그래?"

"천만번 지당하신 말씀이옵니다, 폐하!"

웅사리가 절을 한 다음 강희에게로 다가왔다. 이어 흘러내리는 땀을 훔치면서 아뢰었다.

"그런데 폐하, 위동정이 서화문西華門에 붙잡혀 있다고 하옵니다!"

"뭐라고?"

웅사리의 말에 순간 강희가 자리에서 벌떡 일어섰다. 분노가 머리끝까지 치솟았다. 그 바람에 강희의 머리가 수레의 천장에 심하게 부딪쳤다. 흥분한 탓에 수레에 앉아 있다는 사실마저 깜빡한 것이다. 강희는 터져 나오는 화를 주체할 길이 없는지 버럭 소리를 내질렀다.

"어서 말해 봐. 어떻게 된 건가?"

웅사리는 자신의 머리도 수레바퀴에 크게 세 번 부딪치고는 대답했다.

"정확하게 알지는 못하옵니다. 다만 시위한테 듣기로는 위동정이 함부로 궁 안에 들이닥치는 죄를 지었다고 하옵니다. 그 때문에 내무부로 압송된다고 들었사옵니다. 지금 소인의 부하가 보살피고 있사옵니다."

강희가 웅사리의 말이 끝나기 무섭게 큰 소리로 명령했다.

"자네가 먼저 가게. 내 곧 뒤따라 갈 테니!"

강희가 이어 장만강에게도 명령했다.

"서편문을 통해 서화문으로 가게. 아무래도 그쪽으로 가는 것이 빠를 테니!"

웅사리가 먼저 대답을 하고 말에 올라탔다. 말은 채찍을 가하기도 전에 울음소리를 내더니 먼지를 일으키면서 앞으로 내달렸다. 강희의 수레가 그 뒤를 따랐다.

웅사리는 자신의 부하와 유금표가 한참 승강이를 하는 모습을 보고 깜짝 놀랐다. 위동정이 유금표에게 붙잡혀 있는 광경이 눈에 들어온 것이다.

유금표는 말로는 위동정을 내무부로 보낸다고 둘러댔다. 그러나 보안을 위반했다는 핑계로 순방아문으로 보낼 것이 분명했다. 그쪽의 최고 책임자가 오배와 죽이 맞아 지내는 사이고 보면 그럴 것이 분명할 터였다. 문제는 위동정이 순방아문에 들어가게 되면 살아서 나오기 힘들 것이라는 사실이었다. 내각대학사 웅사리가 유금표와 맞닥뜨린 것은 그가 씩씩거리면서 위동정을 끌고 나오다 자신의 부하와 승강이를 하던 바로 그 순간이었다.

"거기 서지 못해!"

웅사리가 소리를 질렀다. 유금표는 눈에 확 띄는 관복에 늠름한 자태로 여러 병사들을 친히 거느리고 다가온 웅사리의 기세에 바로 기가 죽었다. 하기야 변변치 않은 지금의 자리에나마 임관된 지 갓 한 달밖에 안 되는 그로서는 당연한 반응이었다. 그가 웅사리에게 다가가 절을 올리면서 아뢰었다.

"대인, 사실은 방금 잡은 도둑이옵니다!"

"퉤!"

위동정이 유금표의 말이 채 끝나기도 전에 그의 얼굴에 침을 뱉으면서 욕설을 퍼부었다.

"너야말로 도둑놈이다, 이 망할 자식아! 웅 대인, 이놈 말은 믿지 마세요. 손전신이나 조병정에게 제 소식을 전해주세요. 이 자식을 혼내주게!"

웅사리는 당연히 위동정의 말에 일리가 있다고 생각했다. 그래서 그 자리에서 즉각 부하에게 명령을 내렸다.

"무슨 일이 있더라도 여기에서 위 대인을 잘 모셔야 한다. 이자들이 데려가게 해서는 안 돼. 내가 잠시 어디를 갔다가 바로 올 테니."

유금표는 사태가 절박하게 돌아간다는 것을 모르지 않았다. 또 눈앞의 웅사리가 반포이선과 결코 한솥밥을 먹는 사람이 아니라는 사실도 확신할 수 있었다. 그가 안으로 들어가려던 웅사리를 막고 나선 것은 너무나 당연했다.

"대인, 성지聖旨라도 받으신 건가요?"

"나는 황제폐하를 만나러 가는 것이 아니야."

웅사리가 싸늘하게 덧붙였다.

"내부무의 조병정을 만나러 가는 거야."

"그래요?"

유금표는 눈앞에 보이는 것이 없었다. 옆에 그림자처럼 따라다니는 부하를 대동한 채 웅사리에게 다가가더니 떡하니 길을 막고 나섰다.

"그렇다면 더더군다나 들어가실 필요가 없을 것 같네요. 조 대인께서는 안에 없으니까요!"

웅사리는 화가 치밀었다. 그예 버럭 소리를 지르고 말았다.

"뭐야? 지금 나를 걸고넘어지는 거야?"

"흥!"

유금표가 콧방귀를 뀌었다.

"찾는 분이 안 계시니 들어가지 말라는 겁니다. 그게 어째서 걸고넘어지는 것입니까? 저는 무식하고 단순한 놈입니다. 띠도 개띠라서 주인의 발뒤꿈치를 졸졸 따라다니는 재주밖에 없다고요. 다른 사람은 몰라보죠. 그래도 정 들어가시겠다면……."

유금표가 험악한 얼굴을 한 채 덧붙였다.

"정 그렇다면 대인도 함께 가두는 수밖에 없습니다!"

원래 북경 사람들의 호기심은 예로부터 유명했다. 모자에 빨간 끈을 드리운 높은 대신과 신참인 듯한 시위가 밖에서 손짓발짓을 해가면서 언성을 높이자 주변에 구경꾼들이 하나둘씩 모여들기 시작했다.

사실 웅사리는 강희가 백운관 산고재로 간다는 소식을 일찌감치 전해들었다. 그로서는 걱정을 하지 않을 수 없었다. 몇 명의 부하들을 거느리고 멀찌감치 뒤따라 나서려고 했던 것은 바로 그 때문이었다. 그런데 가는 길에 우연히 호궁산을 만났다. 그로부터 위동정의 처지도 전해 들었다. 사실을 알고도 그냥 가는 것은 말이 안 됐다. 당연히 위동정을 구해 나오려고 했다. 그런 생각에 서화문에 왔다가 그만 발목을 잡히게 된 것이다.

웅사리는 자신마저도 묘하게 휘말려 들자 더욱 조바심이 났다. 그가 한참을 궁리한 끝에 입을 열었다.

"보아하니 자신의 일에 충실한 보기 드문 사람인 것 같은데, 잠시만 기다려 보게. 내가 말이 먹힐 만한 사람을 찾아올 테니. 그때 가서 다시 보자고."

웅사리는 말을 마치자마자 유금표의 대답은 들을 생각도 않고 말을 달려 서쪽 방향으로 향했다.

유금표는 웅사리가 사라지기 무섭게 "흥! 별꼴이야!" 하고 내뱉었다. 이어 부하들에게 큰 소리로 명령했다.

"저자를 데리고 가자!"

유금표의 부하들은 명령이 떨어지자 바로 달려들어 위동정을 끌고 가려고 했다. 그러나 곧 두 줄로 나뉘어 빽빽이 늘어선 웅사리의 부하들에 의해 제지당하고 말았다.

"이보게 형씨, 뭘 그리 서두르시오?"

웅사리의 부하들 중 한 사람이 팔짱을 낀 채 앞으로 나서면서 "하하하!" 하고 웃었다. 입에서는 지저분하게 침까지 튕겼다. 그가 다시 말을 이었다.

"형씨나 나나 다들 윗사람 눈치 보면서 사는 처지가 아니오? 우리 어른 체면도 좀 생각해 줘야지. 그러지 말고 좀 기다렸다 가는 것이 어떤가?"

사내의 말에 유금표가 진짜 별꼴이라는 듯 목에 핏대를 세우면서 바락바락 악을 써댔다.

"당신의 어른이라고? 그 사람이 뭔데 내가 그 사람을 기다려줘?"

유금표는 계속 앞으로 밀고 나갔다. 그러자 웅사리의 부하 한 명이 더는 참을 수 없다는 듯 얼굴을 일그러뜨렸다.

"네가 개라고 했지. 그러면 나는 늙은 개야! 주인 발뒤꿈치 핥으면서 다닌 지 얼마나 됐어? 이마에 피도 안 마른 것이 눈깔만 잔뜩 굵어가지고. 에라, 이 자식아! 영정하永定河의 거북보다 못한 자식 같으니라고! 뒈지려고 남의 어른을 얕잡아보고 그래?"

나라마다 욕에는 특색이 있으니, 중국에서는 거북이와 관련된 욕이 예나 지금이나 제일 심하다. 때문에 유금표가 화를 벌컥 내면서 가로막고 있는 웅사리 부하의 팔을 거칠게 밀쳐버린 것은 전혀 이상할 것이 없었다. 그러고도 화가 풀리지 않았는지 주먹을 들어 상대의 얼굴을 향해 날렸다.

웅사리의 부하는 나이가 적지 않았다. 힘으로는 유금표와 일대일로 겨루기가 어려웠으나 눈치 하나는 무척이나 빨랐다. 순식간에 몸을 낮춰 유금표의 주먹을 잽싸게 피했다.

유금표는 더욱 화가 났다. 그 다음에는 상대의 아랫배를 힘껏 걷어차는 공격을 가했다. 곧 구경꾼들이 밀물처럼 밀려들었다. 그 정도에서 그치지 않았다. 그들은 모처럼 생긴 재미있는 볼거리를 놓칠세라 응원까지 해댔다.

유금표는 이 상태로는 상황이 해결이 될 것 같지 않다는 판단을 내렸다. 곧 그가 손가락을 입 안에 집어넣더니 휘파람을 불어 신호를 보냈다. 따라서 서화문 밖에서 경비를 서던 병사들이 우르르 몰려나왔다. 웅사리의 부하도 질세라 안주머니에서 비수를 꺼내들었다.

바로 그때였다.

"이 개자식들, 어서 꺼지지 못해!"

목소리의 주인공은 양심전의 총관태감 장만강이었다. 그는 태감 특유의 목소리로 호통을 치고는 고급스럽게 붉은 칠을 한 수레에서 내렸다. 이어 유금표를 향해 눈을 부라리면서 다가섰다.

그의 한 손에는 금으로 만든 화살이 들려 있었다. 또 다른 한 손에는 역시 금으로 만든 도끼가 보였다. 게다가 팔자걸음으로 걸어오고 있었다. 그 옆에서는 웅사리가 공손히 따라왔다. 그의 걸음에서 더욱 권위가 느껴졌다.

유금표는 순방아문으로 온 지 얼마 되지 않았으나 장만강의 손에 들려 있는 두 가지 물건에 대해서는 잘 알고 있었다. 웬만한 사람은 꿈도 못 꿀 귀한 신분의 상징이라는 사실을 말이다. 실제로 장만강이 손에 든 두 가지는 변방을 잘 지키고 공로를 인정받은 관리에게 특별히 하사하는 황실의 징표였다. 유금표가 황급히 무릎을 꿇으면서 머리를 조아렸다.

"노재 유금표가 황제폐하께 문안을 올리옵니다!"

유금표의 말에 다른 병사들도 일제히 무릎을 꿇었다. 주변 구경꾼들 중의 한 노인도 "황제폐하께 문안을 올린다"라는 말을 듣자마자 냅다 소리를 질렀다.

"폐하께서 행차하셨다는데, 어서 무릎을 꿇지 않고 뭐해!"

사실 북경에 산다 해도 백성들의 눈앞에 나타난 장면은 흔하게 볼 수 있는 모습이 아니었다. 당연히 노인의 말이 끝나기 무섭게 주변 구경꾼들은 하나같이 풀썩풀썩 무릎을 꿇으면서 외쳤다.

"만세! 만세! 만세!"

"황제폐하 만세!"

강희는 이때 장만강과 웅사리와 거의 간발의 차이로 도착해 있었다. 그러나 수레에서 내리지는 않았다. 그저 수레에 앉아 현장을 지켜보다 난데없는 "황제폐하 만세!" 소리를 들었을 뿐이었다. 그가 소마라고를 바라보더니 백성들을 직접 만나기 위해 수레에서 내리려고 했다. 소마라고가 황급히 머리를 흔들고 손을 가로저으면서 말렸다. 그러나 강희는 히죽 웃었다.

"손 어멈이 '사람은 지위고하를 막론하고 마음은 거의 다 비슷하다'고 그랬어. 황제가 자기들을 접견하러 나갔는데, 설마 해치기야 하겠어?"

강희는 곧바로 몸을 일으키더니 수레에서 내려 백성들에게 다가갔다. 이어 맨 앞에 엎드린 노인의 팔을 잡아 일으켰다.

"어! 연세가 꽤나 들어 보이시는데, 어서 일어나세요. 여기 모여앉아 뭐하시는 거예요?"

노인은 말로만 듣던 멋진 청년 황제가 나타나 겸손하게 말하자 어쩔 줄을 몰라 했다. 말도 대충 얼버무렸다.

"폐하……, 사실은 심심해서…… 구경 나왔사옵니다. 여기, 여기서…….."

노인이 얼버무리는 틈을 놓칠세라 유금표가 잽싸게 말을 가로챘다.

"노재, 폐하께 아뢰옵니다. 사실은 건청궁 시위 위동정이 무단으로 입궁하려 하다가 소인에게 잡혔사옵니다."

강희는 이미 한쪽에 묶여 있는 위동정을 보고 상황을 훤히 꿰고 있던 차였다. 속으로는 유금표가 괘씸하기 그지없다는 생각을 하고 있었다. 그러나 억지로 분노를 억누른 채 웃어 보였다.

"그대는 정말 자신의 일에 충실한 사람이군. 이름이 뭔가? 여기에서 일한 지는 얼마나 됐나?"

강희의 물음에 유금표가 시커먼 눈동자를 움찔움찔하면서 대답했다.

"소인 유금표는 여기에서 일한 지 꼭 한 달이 되었사옵니다."

"오, 그런가!"

강희가 알겠다는 듯 피식 웃었다

"신참이라도 진짜 새파란 신참이군. 그러니까 뭘 잘 모르지. 이 위동정은 짐을 모시는 어전시위야. 오늘 성지를 받고 왔다가 급한 김에 통행증도 안 가져온 모양이군. 하지만 사람이 가끔 실수를 할 수도 있지 않겠나? 어전시위이고 초범인 것을 감안해 이번 일은 없었던 걸로 하게."

이어 장만강에게 지시했다.

"일을 참으로 열심히 하는군. 앞으로도 잘 좀 해주게. 조금 있다가 황금 열 냥을 상으로 주게."

"예, 폐하!"

장만강이 황급히 대답했다. 유금표의 부하들은 강희의 명령을 너무나도 잘 알아들었다. 마치 불에라도 덴 듯한 표정으로 즉각 꼼짝 못하게 결박하고 있던 위동정을 풀어줬다. 위동정은 바로 강희 앞에 무릎을 꿇었다.

"성은이 망극하옵니다."

주위의 백성들은 어느 정도 자초지종을 알아챈 모양이었다. 너도 나도 예외 없이 강희의 결단성 있는 태도에 박수를 보냈다.

강희는 모든 일이 끝난 것으로 생각했는지 수레에 오르기 위해 휘장을 젖히려 했다. 그러다 갑자기 멈추더니 뒤를 돌아보았다.

"위 군문, 그대도 같이 가지. 웅사리, 그대는 내무부에 가서 돈을 좀 찾아 오늘 이 자리에 같이 있었던 백성들에게 나눠주게. 한 사람 앞에 은전 두 냥씩 나눠주게."

수레의 휘장을 내린 강희는 다시 입궁을 재촉했다. 얼마 후에 강희를 태운 수레는 서화문 안으로 들어섰다.

호궁산은 취고와 헤어지자마자 바로 위동정을 찾아갔다. 그러나 헛물을 켜고 말았다.

"위 어른은 방금 전 궁에 들어갔습니다. 서화문에 가서 기다리시면 바로 만나실지도 모르겠네요."

위동정의 집에서 일하는 하인이 아무 일 아니라는 식으로 대답했다. 호궁산 역시 별일 있을까 싶은 심정으로 서화문으로 향했다. 그러나 그곳에서 위동정이 결박당해 있는 모습을 목격했다. 어떻게든 구해내야 했다. 하지만 섣불리 무모하게 나설 상황은 아니었다. 그는 한참을 생각하다 우선 백운관에 가서 상황을 파악한 다음에 결정하기로 마음을 먹었다.

호궁산은 황급히 태의원으로 돌아왔다. 이어 웅사리의 아들이 발작을 일으켜 부인이 사람을 보내 자신을 찾으러 왔다면서 당직 관리에게 적당하게 둘러댔다. 그런 다음 아무 말이나 잡아타고 무작정 채찍질을 가했다.

한참을 달려갔을까, 그는 서화문 쪽을 향해 맞은편에서 오고 있는 웅사리와 맞닥뜨렸다. 사복 차림의 웅사리의 뒤로 하인들과 사병들이 보였다. 모두 사복차림이었다.

호궁산이 말을 멈추고 인사를 올렸다.

"웅 대인, 잠시만요! 소인이 긴히 드릴 말씀이 좀 있습니다!"

웅사리가 그를 반갑게 맞아주었다.

"누구 아들이 발작을 일으켜서 급히 가봐야 한다는 사람이 이처럼 노닥거려도 되겠는가?"

"지금은 농담을 할 때가 아닙니다!"

호궁산이 진지하게 덧붙였다.

"위동정 군문이 서화문에 잡혀 있습니다. 웅 대인, 어서 가 보십시오!"

"뭐라고?"

웅사리가 대경실색했으나 다음 동작은 빨랐다. 황급히 말을 몰아 서화문으로 달리기 시작한 것이다. 호궁산이 그 모습을 바라보다 말고삐를 잡은 채 한마디 했다.

"아무리 바쁘더라도 옷은 제대로 차려입고 가셔야죠! 요새 애들은 제대로 차려입지 않으면 사람대접조차 잘 안 한다고요!"

호궁산은 자신도 서둘러 백운관 방향으로 달려갔다. 등에서 땀이 배어 나올 정도였다.

백운관을 대략 1리쯤 남겨 놓았을 즈음이었다. 그의 눈에 산고점을 에워쌌던 담벼락들이 전부 허물어져 있는 모습이 들어왔다. 아우성과 고함소리는 들리지 않았으나 번쩍이는 무기를 들고 있는 병사들의 모습이 심심찮게 보였다. 그가 어떻게 할까 하고 잠시 생각하는 사이 나무 뒤에 숨어있던 병사들이 갑자기 뛰쳐나왔다. 이어 호궁산의 앞을 막으면서 호통을 쳤다.

"뭐하는 사람이오? 앞에서는 지금 도둑을 잡느라 정신이 없소. 우리 오 대인의 특별허가가 없는 한 누구도 이 안으로 들어갈 수 없소."

"개가 뼈다귀 핥아먹는 소리 좀 작작해라, 이 뒈질 놈아!"

호궁산이 빈정대면서 욕설을 퍼부었다. 그리고는 미리 손에 끼고 있던 표창을 날렸다. 그러자 병사 두 명은 끽소리도 못하고 이마에 표창이 꽂힌 채 널브러지고 말았다.

호궁산은 두 구의 시체를 발로 툭툭 걸어차서 길가에 있는 흙탕물 속으로 밀어 넣었다. 그런 다음 길옆에 있는 나무에 말고삐를 매어 놓고 갓길 옆의 숲으로 몸을 숨겼다. 천천히 산고점에 접근하겠다는 뜻이었다.

목표 지점에 거의 다 이르렀을 때였다. 맞은 편에서 모자에 붉은 천을 드리우고 꿩의 무늬가 새겨진 제복을 입은 태감이 정신없이 말을 달려 오고 있는 모습이 보였다.

호궁산은 숨어 있던 숲속에서 뛰쳐나가 길 한가운데를 막고 섰다. 말의 주인은 전속력으로 달려오다 말고 다급하게 말고삐를 잡아 당겼다. 그러나 놀란 말은 속력을 바로 줄이지 못해 앞발을 높이 치켜든 채 그 자리에서 몇 바퀴나 돌았다. 말 다루는 솜씨가 뛰어난 사람이었기에 망정이지 하마터면 큰 사고가 날 뻔한 순간이었다.

태감은 가까스로 정신을 가다듬었다. 키가 5척이나 될까 싶은 못생긴 사람이 떡하니 길 중앙에 버티고 있는 모습이 그의 눈에 들어왔다. 차림새로 보면 황달병 환자 아니면 거지 같았다.

그는 크게 화가 나 호궁산이 뭐라고 알아 듣지도 못할 욕을 해댔다. 만주어인 것 같았다.

"지금 뭐라는 거야! 이 사람아, 알아듣게 말을 해야지."

호궁산이 오히려 큰소리를 쳤다.

"이 거지 같은 자식아! 뒈지고 싶냐고 했다, 왜?"

태감이 이번에는 한어漢語로 욕을 해대면서 채찍을 날렸다. 호궁산은 눈을 감고 일부러 얼굴을 바싹 들이댔다. 채찍 세례를 순순히 받아들이겠다는 뜻이었다.

채찍이 호궁산의 얼굴을 한바탕 갈기고 지나갔다. 그러나 호궁산의 얼굴은 줄 하나 가지 않고 멀쩡했다.

깜짝 놀란 태감이 또다시 내려치기 위해 채찍을 들었다. 그러다 팔을 맥없이 내리면서 물었다.

"당신은 도대체 사람이오? 귀신이오?"

"헛소리하지 말고 내려와, 이 자식아!"

호궁산이 다섯 손가락으로 말의 앞다리를 두어 번 툭툭 쳤다. 말은 금세 다리에 쥐가 났는지 "쿵!" 하는 소리와 함께 쓰러졌다. 호궁산은 말과 함께 땅바닥에 나뒹굴게 된 태감이 일어나기도 전에 다가가 발로 그의 허리를 짓밟았다.

"너 같은 놈 백 명이 달려들어 봐라. 내가 눈 하나 깜빡하는가? 말해! 저기서 무슨 일이 일어났어? 너는 지금 어디로 가던 중인지도 솔직하게 말하고."

태감은 입에 흙탕물을 잔뜩 묻힌 채 애써 일어나려고 안간힘을 다했다. 그러나 허사였다. 호궁산이 발에 별로 힘을 주는 것 같지도 않은데 허리조차 펴지 못했다. 그는 눈앞의 못생긴 사람이 보여주는 괴력이 심상치 않다고 느꼈다. 바로 겁에 질려 헉헉거리면서 대답할 수밖에 없었다.

"어, 어르신! 발만 치워주시면…… 말…… 말하겠습니다."

태감은 한참을 더듬거리면서 장황하게 말을 했다. 호궁산은 대충 상황을 파악했다. 우선 산고점 주변에 무려 500여 명의 병사들이 진을 치고 있다는 사실을 알 수 있었다. 또 산고점의 식구들은 모두 지심도에 갇혀 있다는 사실도 확인했다. 게다가 목리마가 생포돼 있다는 것도. 태감은 바로 이런 사실들을 오배에게 전하기 위해 눌모의 명을 받고 가는 길이었다.

호궁산은 안타까웠다. 마음이 조급해졌다. 오배가 이번에 대청소를 제대로 해버릴 요량으로 덤빈 것으로 판단되었다. 게다가 오배의 성격으로 보면 속전속결로 밀어붙일 것이 분명했다. 만약 제때에 구원 작전을 펼치지 못한다면 지심도에 있는 사람들의 생명은 장담을 할 수 없을 것이 거의 확실했다. 게다가 위동정이 잡혀 있는 상황에서는 혼자서 마냥 독불장군 노릇을 할 수도 없었다. 그러나 불행 중 다행이게도 목리마가 생포돼 있다는 사실은 희망적이었다. 때문에 당장에 무슨 일이 벌어지지는 않을 거라는 기대감도 없지 않았다.

그가 이런저런 생각에 잠겨 잠깐 방심하는 사이에 발밑에 깔려있던 태감이 갑자기 힘껏 솟구쳤다. 그러더니 개구리처럼 빠져나가 저 멀리 숲 속으로 도망을 가 버렸다.

그러나 호궁산은 마치 병든 쥐 붙잡아오는 고양이처럼 어렵지 않게 그 태감을 다시 붙잡았다. 그가 독 안에 든 쥐처럼 된 태감에게 물었다.

"너는 한족인가? 아니면 만주족인가?"

"저, 저는……."

한어에 서투른 태감이 한참 머리를 굴리다 대답했다.

"저는 한족인데요!"

"거짓말!"

호궁산이 다그쳤다.

"그러면 조금 전에 한 만주어는 또 뭐야!"

"정말, 정말입니다."

태감은 호궁산에게 짓밟혀 있는 발의 통증이 뼛속까지 스며드는 모양이었다. 아픔을 못 이겨 얼굴을 찡그렸다.

"만주어를 하면…… 사람들이 저를 무서워해서……."

호궁산이 태감의 말에 화가 치밀었는지 한 손을 번쩍 들었다. 이어 그를 머리 위까지 번쩍 들어올렸다.

"도망가다가 나무에 부딪친 셈 치는 게 좀 덜 억울할 거다!"

호궁산은 그렇게 내뱉고는 태감을 힘껏 내던졌다. 나무에 머리를 심하게 부딪친 태감은 그만 뇌수가 터졌는지 나무에 기댄 채 즉사해 버렸다.

호궁산은 곰곰이 생각했다. 그쪽의 상황은 이제 확실히 알게 됐다. 그러나 현재 자신의 처지에서 도움을 주기란 쉬운 일은 아니었다. 굳이 쫓아가서 화를 자초할 필요는 없었다. 호궁산은 그런 생각이 들자 몸에 묻은 먼지를 툭툭 털면서 주변의 나무에 매어 놓았던 자신의 말을 찾으러 발길을 돌렸다. 그런데 저 멀리서 남루한 차림에 머리가 마구 헝클어진 웬 사람이 악을 쓰면서 말고삐를 풀고 있는 모습이 보이는 게 아닌가!

"너 잘 만났다. 이 도둑놈아!"

호궁산이 소리를 지르면서 말도둑을 붙잡았다. 그런데 가만히 살펴보니 안면이 있는 사람이었다. 그는 바로 산고점의 '일꾼'이자 어전 오품 시위인 넷째였다. 순간 호궁산은 깜짝 놀라면서 다그쳐 물었다.

"아우, 자네 도대체 어떻게 된 건가?"

"호 어른!"

넷째 역시 호궁산을 알아보고는 반가운 듯 되물었다.

"그러는 어르신은 여기에는 어쩐 일이세요?"

"왜? 이런 곳에는 자네만 다니란 법이라도 있는가? 그런데 자네는 왜 이렇게 됐나?"

"말도 마세요! 완전 재수 옴 붙었어요. 엊저녁에 도박판에서 돈을 몽땅 잃고 홧김에 술이 떡이 됐다는 것 아니겠어요."

"나보다 거짓말을 더 잘하는 사람도 있으니 기가 막히는군."

호궁산이 껄껄 웃음을 터트렸다.

"나는 다 알고 있어. 위 군문을 찾아 구원병을 요청하려고 하는데, 잘 안 되고 있는 거지?"

넷째는 호궁산과는 평소에 적잖이 왕래를 하는 사이였다. 그러나 예상치도 않은 장소에서 만나니 왠지 께름칙한 것은 어쩔 수 없었다. 그래서 눈치가 보통이 아닌 호궁산의 물음에 어떻게 대답을 해야 할지 정말 난감했다.

"그건 그렇고 내가 구원병을 부르러 가려는 것은 어떻게 알았어요?"

호궁산이 그의 어깨를 툭 친 다음 대답했다.

"그래, 솔직히 얘기하니까 이제야 아우답군! 이렇게 사실대로 얘기해야 내가 도와주든지 말든지 할 것 아닌가."

넷째는 진퇴양난의 상황에서 호궁산의 따뜻한 말을 듣자 그렇게 반가울 수가 없었다. 갑자기 그가 땅바닥에 풀썩 무릎을 꿇으면서 눈물로 호소했다.

"호 어른께서 만약 저기 갇혀 있는 우리 두 형을 구해주신다면 저는 영원히 호 어른의 노예가 돼도 좋아요. 언젠가는 이 은혜를 꼭 갚을게요!"

"허튼소리 작작하고 그만 일어나!"

호궁산이 말을 이었다.

"자네가 영악하다는 사실은 내가 너무나 잘 알지. 지금 갇혀 있는 사람 중에는 두 명의 형들뿐만 아니라 황제의 스승인 오차우 선생도 포함돼 있는 거잖아? 내 말 틀려? 또 자네가 제일로 걱정스러운 건 오 선생의 안위일 테고. 어때, 맞아?"

넷째가 너무나도 상황을 분명하게 꿰뚫고 있는 호궁산의 말에 그제야 솔직하게 대답했다.

"호 어른 같은 산신령 앞에서는 사실대로 실토하는 수밖에 없겠네요. 그런데 무슨 좋은 대책이라도 있는 거예요?"

호궁산이 넷째의 말에 준비해 두기라도 한 듯 술술 대책을 꺼내놓기 시작했다.

"내가 이미 알아봤어. 목리마가 사용표 어른에게 잡혀 지심도에 있는 것이 분명해. 그러니 우리 측의 안위도 아직은 그렇게 걱정스러운 단계는 아니라고. 먼저 나하고 같이 오배의 집에 가서 목리마와 명주를 맞바꾸는 방안을 논의해야겠어. 천하의 오배가 피를 나눈 형제의 생사에 대해 어떻게 생각하는지도 알아보고 말이야."

넷째가 잠시 주저했다.

"그 방법이…… 괜찮을까요?"

호궁산은 히죽 웃기만 했다. 그는 곧 자신의 말고삐를 풀더니 넷째에게 넘겨줬다. 이어 근처의 어느 마구간에 가서 아무 말이나 발로 툭툭 차서 끌어내더니 가볍게 올라탔다. 둘은 말없이 각자의 생각을 품고 달렸다.

"넷째, 자네는 눈썰미가 좋아. 내가 보기에는 성격도 나하고 잘 맞는 것 같아. 이번 기회에 나를 따라 입산해 도나 닦는 게 어때?"

"네?"

넷째는 호궁산이 농담을 하는 줄 알았다. 그래서 자신 역시 농담으로 맞받았다.

"저, 다 알아요. 시치미 떼지 마세요. 폐하께서 어르신을 크게 기용하려고 하신다는 소식이 있던데요, 뭘!"

넷째의 말에 호궁산의 얼굴이 갑자기 굳어졌다. 넷째는 재빨리 입을 막았다. 그 순간이었다.

"큰일났어요. 저기 보세요!"

넷째가 다급하게 외쳤다. 호궁산도 놀라 머리를 들어 바라봤다. 저 멀리서 약 100여 명은 돼 보이는 기병들이 희뿌연 먼지를 일으키면서 이쪽으로 달려오는 모습이 보였다.

"분명히 오배가 또다시 증원병을 보내오는 것이 틀림없어요!"

호궁산이 말없이 병사들을 뚫어지게 쳐다봤다. 그러다 한참 후에야 실소를 토했다.

"맨 앞에서 달려오는 사람은 다름 아닌 자네들의 큰형님 위 군문이 아닌가!"

넷째는 호궁산의 말에 얼굴에 희색을 띠었다. 이어 앞쪽을 천천히 응시했다. 그는 곧 펄쩍펄쩍 뛰면서 좋아 어쩔 줄 몰라 했다.

"틀림없네요. 그런데 어르신께서는 방금 우리 형이 서화문에 갇혀 있다고 했잖아요. 정말 이상하네요. 그런데 어떻게 이렇게 빨리 풀려나온 거죠?"

호궁산은 그러나 넷째의 말은 듣는 둥 마는 둥 하면서 이맛살을 찌푸렸다.

"적들은 오백 명도 더 되는 것 같은데, 위 군문은 백 명밖에 안 데리고 오는군. 그렇게 해서 될까?"

그가 말하고 있는 사이에 위동정이 이끄는 기병들이 코앞까지 다가왔다. 넷째가 황급히 말에서 미끄러지듯 내리더니 땅바닥에 엎드리며 울먹였다.

"형, 얼마나 기다렸다고요. 형! 이제 우리 저 자식들을 확실하게 손봐주러 가자고요!"

위동정은 넷째와 호궁산이 전혀 예상치 않은 장소에 함께 있다는 사실이 의아했다. 하지만 의문은 일단 마음속에 감추고 말에서 내려 넷째를 일으켜 세웠다.

"자세한 얘기는 나중에 하도록 하자. 가게 안은 지금 어떤 상황이야?"

넷째가 하소연 비슷한 설명을 한참 동안이나 했다. 위동정도 워낙 경황이 없어 넷째의 말을 다 들은 다음에야 몸을 호궁산 쪽으로 돌리고 가볍게 고개를 끄덕였다.

"저희들의 일로 심려를 끼쳐드려 대단히 죄송합니다!"

호궁산도 급히 답례를 했다. 그런 다음 방금 넷째와 둘이서 명주와 목리마를 맞바꾸기로 의논했던 부분을 다시 한 번 더 설명해줬다. 그러자 위동정이 턱을 잡은 채 생각에 잠기더니 이윽고 입을 열었다.

"역시 호 어른이십니다. 여기는 제가 책임을 질 테니 넷째하고 호 어르신은 오배를 만나러 가셔서 명주를 데려오는 것이 좋겠습니다."

위동정과 호궁산은 좀더 세세하게 의견을 교환한 다음 각자 가야 할 길로 내달렸다.

〈3권에 계속〉